WILD MEN

Titre de l'édition originale : *Shelter*

Pour la traduction française
Photo de couverture : © Shutterstock
Graphisme : Jef Cortes
Collection New Romance® créée par Hugues de Saint Vincent
et dirigée par Arthur de Saint Vincent
Ouvrage dirigé par Alice Serverin

34-36 rue La Pérouse
75116 Paris
www.hugoetcie.fr

ISBN : 9782755641639
Dépôt légal : juin 2019
Imprimé en France par Corlet imprimeur - N° 203138

JAY CROWNOVER

NEW ROMANCE®

WILD MEN

SAISON 2

Traduit de l'anglais (américain)
par Joachim Duflot

Hugo Roman

Dédié à tous ceux qui, comme moi,
ont volé leur première romance
dans la bibliothèque de leur mère.

PROLOGUE

EMRYS

Six mois plus tôt…

C'était entièrement ma faute si les types armés nous avaient rattrapés.

Je savais qu'ils voulaient nous faire du mal.

Je savais qu'ils étaient plus rapides que nous avec leurs motocross et leurs 4x4.

Je savais qu'ils n'hésiteraient pas à nous tuer.

Ils jetaient les cadavres dans la rivière comme on se débarrasse de vulgaires déchets ; s'ils nous rattrapaient, je savais qu'ils nous feraient subir le même sort.

Ils étaient prêts à tout pour protéger les gigantesques champs de marijuana de leur ferme clandestine, dissimulée au plus profond des forêts nationales du Wyoming. Ils ne pouvaient pas se permettre de nous laisser quitter la montagne en vie. Certains secrets méritent que l'on tue pour les préserver… Nous étions pris dans l'un d'eux.

Je savais tout cela, pourtant j'ai forcé Warner à s'arrêter.

Je ne montais pas à cheval aussi bien que lui, surtout au rythme effréné qu'il nous avait imposé afin de rejoindre au plus vite son ranch. Le reste du groupe avec lequel je passais mes vacances avait pris des routes séparées pour semer les trafiquants de drogue et les hommes armés qui surveillaient les champs cachés dans la nature sauvage du Wyoming. Sutton et moi étions la plus petite unité : rien que nous deux traversant la forêt dans un galop vertigineux. Nous espérions atteindre le ranch pour appeler à l'aide avant qu'il y ait d'autres victimes. De tous les groupes, nous étions censés être le plus rapide, mais c'était impossible à vérifier. Le frère aîné de Sutton et un touriste qui, lui aussi, croyait passer d'agréables vacances, avaient été blessés au moment où les dealers s'étaient abattus sur notre campement dans une pluie de balles. En un clin d'œil, nous avions dit adieu à la semaine reposante et paisible que j'avais prévu de passer dans les montagnes avec ma meilleure amie. Désormais, nous étions engagées dans un combat à la vie à la mort contre une horde de psychopathes armés jusqu'aux dents.

Sutton refusait qu'on fasse une halte. Je respirais avec difficulté et ne cessais de glisser de ma selle. Depuis que nous avions quitté le reste du groupe, nous étions constamment en mouvement. On n'avait pas le temps de s'arrêter pour prendre un peu de repos, pas le temps de manger, encore moins de penser aux dangers qui nous guettaient. Le cheval sur lequel je tenais à peine montrait lui aussi des signes de fatigue. Harassée, la pauvre bête ne cessait de trébucher et se rebiffait contre la tension imprimée à ses rênes et mes coups de talons sur ses flancs. Je souffrais des pieds à la tête ; je distinguais à peine devant moi l'homme blond et fort assis sur sa monture. Il n'avait quasiment pas dit un mot depuis que nous avions commencé le voyage. À vrai dire, il ne disait déjà pas grand-chose avant qu'on se mette en route. Il ne s'en cachait pas : ma compagnie durant cette mortelle randonnée jusqu'à son ranch était pour lui un fardeau, un obstacle.

Il n'était ni très attentionné ni très amical. Il n'avait pas eu une seule parole encourageante depuis notre départ. Mais il avait accepté de s'arrêter chaque fois que je le lui avais demandé, et j'étais convaincue qu'il ferait l'impossible pour s'assurer qu'aucun mal ne me soit fait. Il était sur le qui-vive et attentif à tout ce qui nous entourait, ultra-concentré sur la mission à accomplir. Il s'inquiétait également pour ses deux frères, les hommes qui nous avaient servi de guides en prenant la tête de notre bande hétéroclite à travers la forêt. Cette dernière semaine avait été riche en événements, et notre fuite contre des assassins n'était que la partie visible de l'iceberg. Ma meilleure amie se trouvait Dieu sait où dans cette contrée sauvage avec le frère aîné de Sutton ; eux aussi avaient fui pour sauver leur peau. Heureusement pour elle, son compagnon semblait davantage l'apprécier et ne la traitait pas comme un caillou dans sa chaussure.

J'ai senti Sutton s'agacer quand je lui ai demandé de faire une nouvelle pause. Il était à deux doigts de s'énerver pour de bon, ce n'était pas une bonne idée, mais j'étais incapable de rester en selle une minute de plus. Mes fesses étaient complètement engourdies. Le cheval a trébuché et fait une embardée. J'étais trop épuisée et ankylosée pour réagir correctement, si bien que le brusque écart m'a envoyé valser sur le côté. Au moment où j'ai heurté le sol en geignant, l'homme aux cheveux blonds a juré dans sa barbe. Il a fait pivoter sa monture, un Appaloosa tacheté, et a sauté au bas de la selle d'un seul mouvement fluide. Si je n'avais pas été sur le point de m'évanouir, je me serais pâmée d'admiration face à cette démonstration d'élégance. Avant de m'embarquer pour ce voyage, j'avais dévoré un tas de romans d'amour qui mettaient en scène cow-boys virils et ranchers ténébreux. Depuis toujours, je nourrissais secrètement le fantasme d'un homme sexy en jean serré et bottes de cow-boy. Dans mon imaginaire, c'étaient *des hommes, des vrais*. De ceux qui vivent de leur chasse et savent changer une roue. Le type d'homme qui sait prendre soin d'une femme, dans la chambre à coucher comme à l'extérieur. Rien à voir avec les minables traîne-savates de mon cercle d'amis à San Francisco. Je fréquentais beaucoup d'artistes et de poètes. J'attirais les acteurs et les musiciens. Je finissais au lit avec des « créatifs » qui semblaient ne jamais avoir de revenu stable et recherchaient un hébergement gratuit plus qu'ils ne s'intéressaient à moi. À notre arrivée au Ranch Warner, quand nous avions été accueillies par trois spécimens de cow-boys plus vrais que nature, j'avais été parcourue d'un frisson.

Cyrus Warner, l'aîné des trois frères, était ce que ma meilleure amie Leo qualifiait de « pas vraiment un cow-boy ». Il ressemblait davantage à un croisement entre un motard et un PDG. Il était imposant et bourru… Le *badass* par excellence. Avec un petit quelque chose de dangereux. Il avait un style et une allure inattendus pour une région aussi coupée du monde civilisé ; on l'imaginait aussi bien dans un conseil d'administration que dans une écurie. Le cow-boy entrepreneur. C'était lui qui avait transformé le ranch moribond en une destination de vacances florissante.

Lane, le benjamin, était le stéréotype du cow-boy idéal. Il avait les yeux bleu vif, les cheveux noirs et souples, une peau brunie par le soleil. Ses longues jambes étaient couvertes d'un jean Wranglers bien serré, et sur son visage presque trop beau, un sourire dévastateur indiquait qu'il savait parfaitement jouer de ses charmes. Il était de ces cow-boys que l'on retrouve sur les calendriers sexy : torse nu, un poulain dégingandé dans les bras. L'incarnation vivante du fantasme de cow-boy. Un simple sourire de lui suffisait à faire tourner la tête de n'importe quelle jeune citadine.

Sutton était un curieux mélange de ses deux frères. Des trois, il était le plus séduisant, au sens traditionnel, avec ses cheveux blonds en bataille et ses yeux d'un vert profond. Il était plus petit que Cyrus mais plus grand que Lane – même si aucun d'entre eux n'avait à se plaindre de sa taille (une chose que je ne manquais jamais de remarquer, étant assez grande). Il portait la tenue réglementaire du cow-boy, bottes et jean, dans laquelle il semblait à l'aise, cependant on avait l'impression qu'il n'appréciait pas tant que cela la vie au ranch, du moins pas autant que ses frères. Il n'était pas aussi sévère et taciturne que son aîné, et quand il parlait c'était d'un ton sarcastique et avec une mordante insolence – un humour plus acéré et piquant que celui, affable, de son benjamin. Il se mouvait avec assurance et fermeté dans la propriété, mais une colère sourdait de chacun de ses pas. L'image même du cow-boy taciturne. Celui qui, à défaut de savoir jouer un autre rôle, se trouve néanmoins à l'étroit dans celui qu'il tient. Évidemment, c'est lui qui a accroché mon regard et rallumé une étincelle que je croyais depuis longtemps éteinte.

J'ai toujours eu un faible pour les hommes que l'existence a brisés. Comme si je voulais à tout prix les réparer. J'avais tendance à sacrifier mon bonheur pour voler au secours de n'importe quel oiseau blessé qui avait atterri dans mon nid.

Sutton a tendu une main et m'a soulevée de terre. Je me suis retrouvée avec les mains plaquées sur sa poitrine musclée, la tête inclinée en arrière. Yeux dans les yeux. Ses lèvres étaient contractées en une fine ligne, mais il n'a pu masquer une lueur dans ses yeux vert profond quand mon corps est venu se presser contre le sien.

– Ça va, Em ? a-t-il demandé d'un ton bourru.

Je voyais clair dans son jeu. Il y avait autre chose dans sa voix qu'une impatience mal contenue.

Il avait remarqué que je l'avais remarqué. Mais si lui aussi m'avait remarquée, ça ne semblait pas le rendre fou de joie.

J'ai baissé le menton et poussé un long soupir.

– Ça va aller. J'ai juste besoin de quelques minutes pour me remettre. Je n'ai pas l'habitude de ce genre d'effort. J'ai l'impression que mon cœur va exploser dans ma poitrine.

De fait, les cuisses me brûlaient d'avoir étreint le cheval comme un noyé s'accroche à une branche.

J'ai posé une main sur ma poitrine battante et son regard a suivi mon geste. Il a paru ciller, puis m'a repoussée comme si ma peau s'était subitement couverte d'épines.

– Je vais conduire les chevaux près de la rivière pour qu'ils puissent boire. Trouve un abri et reste à couvert jusqu'à ce que je revienne. Essaie de t'étirer les muscles. Le ranch n'est plus qu'à une grosse journée de cheval. Une fois qu'on sera rentrés, tu pourras te reposer autant que tu veux. Tu vas devoir supporter la douleur, Em. Leo compte sur toi.

Évidemment, il fallait qu'il évoque ma meilleure amie, elle aussi embarquée dans une folle course-poursuite à travers la forêt. D'ailleurs, si nous étions toutes les deux dans ce pétrin, c'était uniquement à cause de moi. J'avais décidé qu'une retraite en pleine nature serait le lieu idéal où guérir sa peine de cœur. J'étais loin de me douter que seul l'aîné des frères Warner y parviendrait, pas notre escapade entre filles.

Je m'apprêtais à lui répondre que j'allais me glisser sous un immense pin et y rester tapie jusqu'à son retour, quand le premier coup de feu a retenti. La balle a frappé le flanc du cheval de Sutton, qui s'est écroulé. L'animal blessé hennissait à me fendre le cœur. Sans un mot, Sutton a jeté son corps massif sur le mien pour nous plaquer au sol. Soudain, nous avons été cernés par le vrombissement de moteurs, apeurant mon cheval qui s'est éloigné nerveusement.

Nous n'avions pas été assez rapides, ils nous avaient rattrapés.

Malgré l'imminence du danger, je l'avais forcé à s'arrêter.

Les motocross nous ont encerclés. Bien que mon visage soit enfoui dans le cou de Sutton qui me couvrait tel un bouclier humain, je distinguais pas moins de quatre fusils d'assaut braqués sur nous. Descendant de son engin, un des hommes s'est avancé et a donné un coup de pied si violent dans les côtes de Sutton que j'ai cru entendre ses os craquer. Sutton, qui n'avait laissé échapper qu'un faible grognement quand l'homme l'avait frappé, m'a signalé de rester calme d'une légère pression. Il m'a fallu quelques secondes pour réaliser que je hurlais à pleins poumons tandis qu'ils le soulevaient et enfonçaient le canon d'un fusil sous son menton relevé avec défiance. Son agresseur s'est baissé pour m'attraper par la queue-de-cheval. D'une poussée brutale, il m'a remise debout et m'a attirée tout contre son visage. Lorsque ses yeux ont fouillé les miens, j'y ai vu le reflet des actes monstrueux et diaboliques qu'il comptait me faire subir.

– Vos amis vont se mettre à votre recherche quand ils s'apercevront que vous avez disparu. Nous allons détacher les chevaux pour qu'ils les retrouvent. Comme ça, ils sauront qu'on vous a. Pendant ce temps, on va s'occuper de vous. Ça fait des jours et des jours qu'on est coincés dans ces montagnes. Les gars crèvent d'envie de s'amuser un peu… a-t-il dit avant de se tourner vers ses sinistres compagnons. Le bras levé, il leur a lancé : Les gars, je vous présente votre divertissement.

Son sourire m'a retourné l'estomac.

– Ne la touchez pas !

Nous étions surpassés en nombre et en armes ? Tant pis. Sutton a plongé sur l'homme qui m'avait prise en otage, mais un autre derrière lui a abattu la crosse de son fusil sur le crâne. Sutton est tombé à genoux. Du sang s'est mis à couler en abondance de la plaie, colorant de rouge ses cheveux clairs. Il a secoué la tête et s'est effondré en avant, ne se rattrapant qu'au dernier instant avec les mains. Lorsque le type l'a frappé de nouveau, j'ai poussé un cri et fait involontairement un pas dans sa direction.

Pour me punir de mon audace, celui qui me tenait par les cheveux a empoigné mon visage avec rudesse et grogné :

– Si t'essaies de te débattre ou de faire des embrouilles pendant qu'on vous ramène au campement, je lui mets une balle dans la tête. Après tout, vous n'avez pas besoin d'être vivants tous les deux.

Éperdue, des larmes roulant silencieusement sur mes joues, j'ai lancé un regard à l'homme qui gisait inconscient sur le sol. Il m'avait prévenue qu'il ne fallait pas s'arrêter, qu'il ne nous restait qu'une journée de voyage avant d'atteindre le ranch. Tout était ma faute... encore. S'il arrivait quoi que ce soit à Sutton, je serais la seule responsable. J'ai acquiescé faiblement et essuyé d'une main mon visage trempé de larmes.

Des hommes ont soulevé le corps inerte et ensanglanté de Sutton et l'ont balancé en travers d'un cheval. Un autre m'a lié les mains vers l'avant. Un fusil braqué sur mon flanc, on m'a installée sur le siège passager d'un 4x4 qui nous a conduits plus loin dans la forêt. Je n'ai pas cessé de pleurer durant le trajet. J'aurais voulu projeter mon corps de droite à gauche, m'enfuir, mais je craignais qu'ils fassent du mal à Sutton. Il n'avait pas à subir les conséquences de ma faiblesse, de mon incapacité à rester à cheval.

Quand nous sommes arrivés dans leur campement misérable, un homme a jeté sans ménagement le corps de Sutton par terre. Mon ravisseur, lui, m'a traînée jusqu'à l'une des tentes de toile blanche, où il m'a poussée sur un matelas gonflable puant. En un tournemain, il a découpé mon chemisier et mon soutien-gorge, me laissant seins nus.

Je me suis débattue. Je lui ai donné un coup de pied dans la poitrine. Je l'ai frappé de mes mains entravées. J'ai continué à lutter, même quand le couteau qui avait servi à couper mes vêtements a mordu mes chairs et que du sang s'est écoulé de l'entaille. Je hurlais si fort qu'il a fourré son T-shirt dans ma bouche pour me faire taire. Il a mordu mon téton avec une telle rage que j'ai cru m'étouffer. Une main posée sur mon visage, il m'a maintenue allongée et a retiré le reste de mes vêtements tandis que je m'asphyxiais. J'aurais voulu disparaître. Il n'était pas le seul homme armé dans la tente. Deux autres l'avaient rejoint, l'écume aux lèvres à la vue de mon corps progressivement dénudé. Plus je me débattais, plus ça les excitait.

Je suis parvenue à abattre mes poings sur le crâne de l'homme qui me clouait au matelas. Une ruade sauvage a manqué de peu ses parties, mais je me suis figée telle une morte quand le couteau, déjà couvert de mon sang, m'a labouré la joue. J'ai senti sa pointe crasseuse s'enfoncer dans mes chairs. L'homme a eu un sourire.

– Tu te crois meilleure que moi, c'est ça ? Vous, les putes, vous êtes toutes pareilles. On verra si tu continues à me prendre de haut avec le visage lacéré. Tu me supplieras de te prendre. Plus personne ne voudra de toi quand j'aurai gravé mes initiales dans ta peau.

Le couteau a fendu ma joue et j'ai cru que je me noyais dans mon sang. J'ai senti le liquide qui s'écoulait dans mon cou, puis dans l'oreille. Le sang a atteint le coin de ma bouche et son goût métallique m'a donné un haut-le-cœur.

Le couteau est descendu de ma poitrine nue et ensanglantée vers mon bas-ventre. Lorsque la lame est venue creuser l'intérieur de mes jambes, j'ai fermé les yeux en souhaitant ne plus jamais avoir à les ouvrir. Je voulais mourir. Des dents acérées et pointues ont mordillé ma peau. Jamais auparavant on ne m'avait touchée sans mon consentement. Jamais je ne m'étais sentie aussi impuissante. Je n'avais aucune idée de la façon dont j'allais survivre… si je survivais. La pointe du couteau a fouillé l'intérieur charnu de mes cuisses tandis que des doigts s'insinuaient avec rudesse dans mon intimité. Entre deux sanglots, j'ai essayé d'enlever le bâillon mais j'étais incapable de bouger. Ma vie était en train de basculer, et il n'y avait rien que je puisse faire.

Soudain, les hommes qui attendaient avec impatience leur tour pour me violer se sont agités.

Sutton avait repris connaissance.

Il était même complètement réveillé. Et il faisait des siennes. Il était parvenu à subtiliser le fusil d'un des hommes dans la tente, trop occupé à jouer les voyeurs. Une balle a fauché ce dernier au moment où l'autre sautait sur Sutton. Cherchant à s'emparer de l'arme, ils ont roulé au sol tandis que mon agresseur se relevait. Il avait remonté son pantalon et saisissait son fusil quand un tir a retenti. L'homme qui se battait avec Sutton s'est écroulé. Celui-ci s'est remis péniblement debout, le poing serré sur l'arme sombre et hideuse. La blessure à son crâne continuait à saigner.

– Lâche-la.

Face à face. Aucun des deux hommes ne paraissait vouloir céder.

– Pourquoi je ferais ça ? Je commençais seulement à m'amuser.

J'étais couverte de sang et de morsures. Ma peau était à vif, lacérée en mille endroits.

Il faut croire qu'on n'avait pas les mêmes façons de s'amuser.

– Je ne te laisserai plus la toucher.

Sa voix était râpeuse, son regard brillait d'une volonté farouche. Je me suis dépêchée d'enfiler mon pantalon et de me couvrir avec mon T-shirt en lambeaux. Pas facile avec mes mains attachées, poisseuses de sang. J'ai réussi à cacher ma poitrine, mais le tissu a viré aussitôt à l'écarlate à cause de mes blessures. J'allais me précipiter vers Sutton quand un homme a pénétré dans la tente.

Il émanait de lui une aura si funeste qu'un frisson glacé a parcouru ma nuque. Il a jeté un regard aux hommes étendus au sol (tous deux transpercés de balles) et sorti son pistolet. Sans dire un mot, il a tiré deux balles dans la poitrine de Sutton. Son visage n'exprimait aucune émotion lorsqu'il a regardé le cow-boy aux cheveux blonds basculer vers l'avant. Avec un hurlement, j'ai couru m'agenouiller près de Sutton. Les mains posées sur son dos, j'entendais son souffle haletant, je voyais sa peau prendre la pâleur de la mort. Ses yeux ont roulé dans leurs orbites et il est tombé au sol, le visage entre mes jambes.

– Comment as-tu laissé une chose pareille se produire ? a demandé l'homme au pistolet en pointant les deux cadavres.

Celui qui avait failli me violer a haussé les épaules.

– J'ai eu un moment de distraction et le cow-boy était plus coriace que je pensais.

Le nouveau venu a fait pivoter son arme et a abattu le violeur manqué aussi froidement et calmement qu'il avait descendu Sutton.

– On n'a pas le temps pour les distractions.

L'homme s'est écroulé comme une poupée de chiffon. Son assassin s'est tourné vers moi. Je chuchotais doucement à l'oreille de Sutton, dans une tentative désespérée pour le maintenir en vie. Mais son pouls était de plus en plus faible et irrégulier. Il n'allait pas s'en sortir. Comme s'il pouvait lire dans mes pensées, le nouveau venu m'a dit :

– Il est déjà mort. Aucun d'entre vous ne quittera cette montagne vivant.

Il se trompait.

Sutton a failli y rester… mais il a survécu.

J'ai regardé la vie quitter son corps, j'ai vu ses yeux s'assombrir et sa poitrine cesser de bouger. Mais ces trafiquants de drogue n'imaginaient pas combien les frères Warner étaient obstinés.

À peine une minute plus tard, Cyrus surgissait de nulle part avec du renfort et nous sauvait tous les deux. Sutton a failli y passer. Personne ne sait comment il a survécu au vol jusqu'à Billings, dans le Montana, ni à l'interminable opération en urgence qui a suivi. Mais c'est ce qui est arrivé.

Je lui devais la vie et beaucoup, beaucoup plus.

Je voulais rester à ses côtés.

Je voulais le tenir dans mes bras et le remercier, infiniment.

Je voulais prendre soin de lui comme il avait pris soin de moi.

Je voulais le réparer.

Je voulais qu'il me laisse une chance de l'aimer, car j'étais persuadée d'en être capable. Personne n'avait jamais fait attention à moi avant, encore moins pris une balle et manqué mourir pour moi.

Mais dès qu'il a ouvert les yeux, il m'a dit de partir. Les tubes rentrés dans sa gorge l'empêchaient de parler, mais il était si fâché, si désespéré à ma vue qu'il m'a écrit de quitter immédiatement les lieux.

Il ne voulait rien avoir à faire avec moi. Après quelque temps, j'ai pris conscience que je ne lui en voulais pas. Après tout, c'était ma faute s'il était dans cet état. J'avais failli le faire tuer. Il s'était sacrifié pour me sauver et manifestement, il le regrettait. N'avait-il pas une famille, une fille à élever ? À cause de moi, ils avaient failli le perdre.

Il voulait que je sorte de sa vie… C'est ce que j'ai fait.

J'ai quitté mon boulot, mes amis, ma famille.

J'ai abandonné tous ceux qui cherchaient à m'aider ou à me consoler.

Seulement, où que j'aille, quelle que soit la personne que je m'évertuais à être, demeurait le sentiment inébranlable d'un non-dit entre Sutton Warner et moi. Il m'obsédait, occupait mes moindres pensées.

Partout où j'allais, il me suivait.

Une partie de moi, de mon cœur, était restée auprès du cow-boy qui m'avait sauvé la vie. Si je voulais avancer, si vraiment je voulais retrouver mon intégrité, il me faudrait aller la chercher.

I

AU FOND DU GOUFFRE

SUTTON

– T'as couché avec ma femme, Warner.

C'était moins une question qu'une affirmation, et le type qui demandait paraissait déjà connaître la réponse.

J'ai regardé l'homme par-dessous la visière de ma casquette de base-ball défoncée. Il faisait sombre dans le bar et j'ai dû plisser les yeux à cause de l'éclairage merdique. J'avais vidé plus de la moitié d'une bouteille de mauvais bourbon, et le grand cow-boy devant moi m'apparaissait en double, vision floue et tremblotante. Il a fallu que je me concentre de toutes mes forces pour décider laquelle des deux images était une menace bien réelle et non une hallucination provoquée par l'alcool. Aucun doute, le type était fâché et cherchait la bagarre.

J'ai frotté d'une main tremblante la barbe fournie qui couvrait mon menton. Cela faisait des jours ou des semaines, voire des mois, que je ne m'étais pas rasé. Mais je me foutais royalement de mon apparence depuis que ma vie s'était écroulée. Si ce cow-boy n'avait pas été aveuglé par la colère, il se serait rendu compte que je n'étais plus le tombeur que j'avais été. Ce n'était un secret pour personne que j'avais pris ma part de bon temps. Mon petit frère Lane et moi avions conquis toutes les femmes célibataires, et celles qui l'étaient moins, de Sheridan, dans le Wyoming. Au fil des années, l'essor du tourisme avait accru les opportunités de s'amuser sans complexe ; Lane et moi en avions profité au maximum. Je sortais d'une relation de presque dix ans qui avait été tout sauf marrante. J'avais voulu rattraper le temps perdu. Jusqu'au jour où deux balles dans le torse et une brune magnifique m'avaient coupé dans mon élan.

Si j'avais couché avec la femme de ce type, c'était avant que tout bascule.

C'était avant que je manque y laisser ma peau, avant que je passe chaque foutue heure de la journée à regretter d'être en vie, vu que cela impliquait de revoir sans cesse l'expression de son visage au moment où ce salaud la touchait et la tailladait.

Ça faisait un bail que je commençais à boire dès que j'ouvrais les yeux, pour ne m'arrêter que lorsque je perdais connaissance.

Un bail déjà que tout me faisait souffrir. Absolument tout. Ma poitrine me faisait mal là où les balles étaient entrées en déchirant mes organes. Ma tête me faisait mal à cause des regards que me jetait ma fille, comme si elle ne me reconnaissait plus. Mon âme se consumait chaque fois que mon grand frère me regardait d'un œil où se lisaient la déception et le reproche. Quant au reste de mon corps… eh bien, il ne s'était jamais remis de mon séjour à l'hôpital. J'avais perdu toute ma force. J'étais maigre, maladroit et mou. Mais, pire que tout, je voyais mal comment j'aurais pu baiser la femme de ce type même si elle avait été nue et qu'elle m'avait supplié à genoux, parce que ce qui se trouvait sous ma ceinture n'avait pas une fois fonctionné comme il faut depuis que tout était parti de travers. En bref, tout ce qui faisait de moi un homme m'avait été volé à la minute où j'avais laissé ces types lui faire du mal.

Chaque fois que j'étais assez stupide pour me retrouver avec le pantalon aux chevilles, devant une femme déçue qui me regardait d'un air furieux, je rejetais la faute sur le whisky.

Vu mon état d'alcoolisme, ce n'était pas difficile à croire. Mais quand j'étais sobre, j'étais poursuivi par le cauchemar sans fin de ses cris et par l'image de ce salaud vautré sur elle, avec son couteau lui lacérant les chairs, encore et encore. Je savais que ce dysfonctionnement récent n'avait rien à voir avec l'alcool et tout à voir avec *elle*. Je l'avais laissée tomber. Quel genre d'homme permettrait à une femme d'endurer une chose pareille ? J'étais prêt à parier qu'elle aurait préféré que je ne survive pas à l'opération chirurgicale. Moi-même, j'aurais voulu mourir.

Tâtonnant à la recherche de mon verre, j'ai bu une grosse gorgée qui m'a brûlé l'œsophage. Le temps que l'alcool atteigne l'estomac, ce n'étaient plus deux, mais trois cow-boys qui me dévisageaient d'un œil noir.

D'un doigt, j'ai relevé la visière de ma casquette et plissé les yeux. Je n'avais aucune idée de qui c'était – non que cela ait eu beaucoup d'importance. Sheridan s'étendait lentement mais sûrement depuis que le reste du pays avait décidé de quitter les zones urbaines pour mener plutôt le type de vie tranquille, calme et rustique que, dès notre naissance, mes frères et moi nous étions battus pour préserver. Ces cinq dernières années, la plupart des ranchs autour de notre propriété s'étaient agrandis, ce qui était une bonne chose pour les affaires, moins pour les habitants de notre petite ville où tout le monde se connaissait de vue.

– Tu es sûr que tu te trompes pas de Warner, l'ami ?

J'avais délibérément parlé d'une voix lente afin de ne pas manger mes mots. Je dois avouer que ça m'a demandé un sacré effort. J'avais du mal à respirer et une sueur froide coulait sur mon front. Bref je me sentais mal, mais rien de nouveau à ça.

Le cow-boy a basculé d'avant en arrière sur ses talons, et ses doubles l'ont imité. Son balancement m'a donné la nausée. Je commençais aussi à avoir mal au crâne à force de me concentrer pour lui faire retrouver son unité. J'ai tapoté le bord de mon verre vide et le barman m'a regardé d'un air navré avant de secouer la tête. Burke Bolton avait eu son diplôme la même année que mon grand frère. Il avait quitté Sheridan quelques années auparavant et, comme Cyrus, il avait hésité à revenir. Sa famille était propriétaire du Big Horn depuis toujours. C'était lui qui, à l'adolescence, nous avait offert notre première cuite en volant une bouteille de tequila vraiment infecte. Il était du genre taiseux et observateur, si bien qu'il était facile de se confier à lui. Ce n'était pas à proprement parler un ami, mais il s'en rapprochait. C'était aussi la première personne à avoir osé me refuser un verre. Ces derniers temps, cela devenait une habitude. D'autres, maintenant, me disaient quand j'avais pris le verre de trop. D'autres encore essayaient de me calmer et de me protéger de moi-même. C'était toujours la même histoire, nuit après nuit après nuit.

Ce n'étaient pas eux qui entendaient ses hurlements à chaque seconde.

Ils ne la voyaient pas brisée, en sang, luttant pour sauver sa vie tandis que ce monstre posait ses sales pattes sur elle, la frappait… abusait d'elle.

Tout l'alcool du monde ne suffirait jamais à faire disparaître cette vision, cette souffrance qui battait constamment sous ma peau.

– Y en a qu'un seul parmi vous trois qui est blond, et c'est toi, Sutton. Alors maintenant, réponds à ma foutue question. T'as baisé ma femme ?

Il avait perdu le peu de patience qu'il avait à son entrée dans le bar. En parlant, il avait enfoncé son doigt dans ma poitrine, à l'endroit où ma chemise était boutonnée de travers.

Il avait également raison à propos de la couleur de mes cheveux. Mes deux frères tenaient de notre paternel, avec leurs cheveux noirs et leurs yeux clairs. J'étais le seul qui avais hérité de notre traînée de mère, tant au niveau du physique que du caractère. Cyrus commençait à avoir des cheveux blancs et paraissait donc plus âgé qu'il ne l'était. Plus gâté par la nature, Lane faisait plus jeune avec ses fossettes et sa repartie vive. Et puis il y avait moi, le blond, le mouton noir de la famille. À jamais coincé au milieu, ni aussi sérieux que Cyrus, ni aussi désinvolte que Lane. J'avais toujours l'impression de jouer les moralisateurs avec eux, comme si c'était mon rôle de dérider Cyrus à l'occasion, ou de rappeler à Lane que la vie ne se résumait pas à une fête géante. J'étais le salaud, le type instable, celui qui ne trouvait sa place nulle part. Longtemps, j'avais ressenti un malaise sur le sol même qui m'avait vu naître, cette terre inégale et pierreuse que foulaient mes bottes. Les événements récents n'avaient fait qu'accroître ce sentiment ; même chez moi, je ne me sentais plus en sécurité ni le bienvenu.

Écartant le doigt accusateur de ma poitrine, j'ai essayé de me mettre debout. Mes fesses n'avaient pas plus tôt décollé du tabouret que le monde a chaviré, et soudain il y avait beaucoup plus que trois cow-boys flous devant moi. Tout a tourbillonné en un kaléidoscope nauséeux, et j'ai dû me retenir au bar d'une main tremblante pour ne pas basculer. J'ai ôté ma casquette pour la fourrer dans la poche arrière de mon jean. Une main passée dans mes cheveux gras et sales, je me suis crispé en tanguant légèrement. Comment ce mec pouvait-il croire que je sautais qui que ce soit dans mon état ? J'étais crade au-delà de l'imaginable, limite répugnant. Je ne me souvenais même pas de la dernière fois que ma fille m'avait fait un câlin, alors que c'était une des gamines les plus affectueuses du monde.

Pire, je ne me rappelais pas la dernière fois que je l'avais prise dans mes bras. Je n'étais pas répugnant, j'étais le pire dégueulasse que la terre ait jamais porté. Cela faisait des mois que je m'autoflagellais, mais cette manie de m'apitoyer sur mon sort était nouvelle. Je la sentais qui m'aspirait de l'intérieur. D'habitude j'aurais trouvé l'énergie pour la combattre, mais pas ce soir.

– Un voisin m'a appelé il y a quelques jours pour me raconter qu'il avait vu un type grand et blond venir chez moi dans la journée pendant que j'étais au boulot. Un connard de blond au volant d'un camion flambant neuf. D'après lui, c'était pas juste un livreur de pizzas venu apporter son déjeuner à Cyndi. Tout le monde en ville sait que toi et tes crétins de frères n'êtes pas gênés par une alliance quand vous en voyez une.

Il a croisé les bras sur sa poitrine et, à cet instant seulement, j'ai remarqué que les trois cow-boys étaient plus grands et en bien meilleure forme physique que moi.

Autrefois, je l'aurais chassé comme une vulgaire mouche. Mais là, j'envisageais sérieusement de fuir tant bien que mal vers la sortie pour éviter une dérouillée. Après tout, j'étais encore en convalescence. Je n'allais pas arranger mon cas en me faisant défoncer les côtes et écrabouiller la figure alors que je n'étais pas en état de me battre.

– Calme-toi, Joe.

La voix sèche de Burke, qui s'était penché sur le comptoir pour regarder mon accusateur droit dans les yeux, a détourné momentanément l'attention du cow-boy enragé.

– On est dans le Wyoming. Tout le monde ici conduit un camion, même les fillettes. Et Sutton n'est pas le seul blond dans cette ville. Si tu veux savoir avec qui ta femme s'envoie en l'air quand t'as le dos tourné, tu devrais peut-être lui demander directement.

Burke aurait aussi bien pu dire au cow-boy que je n'avais pas bougé de mon tabouret depuis midi la veille, et le jour d'avant, et encore celui d'avant. En fait, je ne quittais le bar que lorsque Burke me mettait à la porte, auquel cas Lane se pointait pour ramener ma carcasse misérable à la maison. Burke avait cessé d'appeler Cyrus : quand mon frère aîné arrivait, son corps massif frémissant de colère et de frustration, et qu'il me jetait brutalement dehors, c'était toute l'ambiance du bar qui en prenait un coup. Il effrayait les clients de Burke… et Burke également. Impossible d'éviter les commérages chaque fois que je me mettais dans le pétrin. Sheridan avait beau s'étendre rapidement et le Wyoming ne pas être une contrée désertique, tout le monde se mêlait des affaires des autres ; j'étais le sujet de ragot préféré des habitants. Ma descente en enfer faisait chaque jour les choux gras de leurs conversations.

– Je me suis pas fait ta femme.

Cette fois les mots sont sortis tout emmêlés et je n'ai fait aucun effort pour empêcher mon corps de tanguer dangereusement.

– J'aurais pas *pu* me la faire.

C'était la vérité, mais la phrase a pris un sens pire que celui que j'avais prévu. Déjà que le cow-boy était furax, il n'allait pas essayer de chercher midi à quatorze heures. Dans sa tête, il ne pouvait pas croire qu'un homme, n'importe qui, mais surtout un natif pur et dur du Wyoming, puisse jamais admettre un défaut de virilité. Les types comme nous n'avouaient jamais leurs faiblesses.

Ses mains ont frappé ma poitrine et j'ai été projeté en arrière. Mon coude a heurté mon verre vide, qui s'est brisé par terre. Burke a poussé un cri et plusieurs clients se sont mis à brailler tandis qu'ils s'écartaient de la bagarre naissante. Un avant-bras passé autour de mon cou, le cow-boy m'a acculé contre le comptoir dont le rebord en bois m'est rentré douloureusement dans le dos. Mon cœur a cogné fort dans ma poitrine, martelant mes côtes et mes os déjà fragiles. Son poing s'est refermé sur ma chemise et j'ai senti son haleine brûlante lorsqu'il a approché son visage du mien.

– Tu sous-entends quoi par « J'aurais pas pu me faire Cyndi » ? Elle est pas assez bien pour toi, c'est ça ? Maintenant que ton frère est maqué avec cette nana de la ville, tu penses que nos filles sont des laiderons ? Tu crois que Cyndi aurait pas une leçon ou deux à donner à cette pimbêche rousse, au pieu comme dehors ?

Le type délirait totalement. Il était arrivé furieux contre sa femme et ses infidélités, et voilà qu'à présent il gueulait parce qu'il s'imaginait que je l'avais insultée. Je suppose que ce genre de retournement émotionnel survient quand un homme est assez stupide pour donner son cœur à quelqu'un qui n'en veut pas. Je connaissais la chanson.

Agrippant ses poings, j'ai tenté de me dégager tandis que Burke hurlait sur le cow-boy ivre de rage.

– Je t'ai déjà dit que tu te plantais de gars, Joel. Si tu cherches des emmerdes à Sutton, faudra pas t'étonner que ses frères viennent finir le boulot. Et dans ce cas… (le barman s'est penché sur le comptoir en pointant un doigt menaçant)… je me dépêcherais de trouver un coin où me cacher à ta place, parce que quand Cyrus apprendra les saloperies que tu racontes sur sa femme, il te fera la peau.

Une voix s'est élevée derrière moi.

– Carrément ! On aime bien Leo, alors si tu crois qu'on va empêcher Cyrus de te casser la gueule, tu te trompes.

Un murmure d'approbation a parcouru la foule.

Tout le monde aimait Leo. Elle était maligne, vive d'esprit et n'hésitait pas à dire ce qu'elle pensait. Elle était également jolie et douce. Mais la raison pour laquelle les gens d'ici n'acceptaient pas qu'on parle mal d'elle, c'est justement parce qu'elle était la femme de mon frère. Cy faisait partie de cette communauté, comme notre père avant lui. Lorsqu'il était revenu vivre à Sheridan, c'était comme si la ville avait retrouvé une pièce manquante. En transformant le ranch familial en refuge de luxe pour vacanciers nantis, il avait relancé l'économie de la région. Cy avait un don pour les affaires. Mon frère resterait ici tant que Leo s'y plairait. Aussi, chacun faisait de son mieux pour s'assurer que la nouvelle petite amie de Cy se sente chez elle. Après tout, elle parviendrait peut-être à briser la malédiction qui pesait sur les choix amoureux des frères Warner.

Leora Connor avait redonné à Cy le goût de vivre. C'était une pure citadine et personne ne pensait qu'elle s'habituerait à la vie rurale, jusqu'à ce qu'ils les voient ensemble. Un regard suffisait à comprendre que Leo n'irait nulle part sans mon frère, ni lui sans elle. Ils s'étaient choisis. Leo avait insufflé la joie de vivre qui manquait à mon frère trop sérieux et sévère. À son contact, il s'était détendu au point que j'avais cessé de craindre qu'il fasse un infarctus avant cinquante ans. Alors oui, carrément, tout le monde aimait Leo, et puisque mon frère l'aimait passionnément, personne n'allait permettre à un minable de dire du mal d'elle.

Le cow-boy m'a secoué assez rudement pour me déchausser les dents et m'a poussé plus fort contre le comptoir. Du coin de l'œil, j'ai vu Burke passer un coup de fil. Je savais qu'il appelait le ranch, ou le shérif. Voire les deux.

– T'as pas les couilles de me régler seul mon compte ? Faut que tu te caches derrière tes frères ?

Il a eu une grimace de mépris et pour la première fois depuis longtemps, j'ai senti remonter autre chose que l'horreur et le dégoût dans lesquels je me vautrais. Mes frères et moi étions comme les doigts de la main. Nous l'avions toujours été, du moins jusqu'à récemment. Mais je n'avais jamais eu besoin d'eux pour régler mes affaires. Notre père s'était assuré que chacun sache se débrouiller par lui-même, y compris se battre si c'était nécessaire, et seul.

Maladroitement, j'ai réussi à agripper le cow-boy par la chemise et l'ai repoussé brutalement. Surpris, il a fait un pas en arrière alors que je reprenais peu à peu mes esprits. J'avais des vertiges et la nausée. Mon cœur battait à tout rompre et la sueur collait ma chemise à ma peau.

– Je ne me cache derrière personne. Je te le répète, je n'ai pas baisé ta femme.

Le type a finalement pris le temps de me regarder vraiment. Son regard s'est attardé sur mes cheveux trop longs et emmêlés, puis sur mon visage mal rasé et cireux, ma chemise froissée, mon jean crasseux et mes bottes usées jusqu'à la corde. On aurait dit que je sortais d'un panier de linge sale ; je puais comme une salle de bar après l'*happy hour*. C'est seulement à ce moment-là qu'il a compris.

Le cow-boy a eu un rictus moqueur.

– Tu sais quoi, Warner ? T'as raison. Si Cyndi devait se taper un autre mec, tu peux être sûr que ça ne serait pas toi.

C'était vrai. Elle aurait également choisi un homme qui pouvait garder une érection plus d'une minute. Je n'étais plus cet homme depuis longtemps.

– Ça suffit, a aboyé Burke et toute la salle s'est figée. Joel, s'il y a une chose que je sais, c'est que Sutton n'a jamais touché ta femme, alors laisse-le tranquille. Si tu ne sors pas immédiatement d'ici, Rodie se fera un plaisir de te jeter dehors. La prochaine fois que tu viens dans mon bar avec l'intention de foutre la merde, vérifie d'abord tes informations. Parle à ta femme.

Rodie Collins était le shérif de la ville, et l'un de mes meilleurs amis depuis le lycée. Il avait reçu son lot d'appels de Burke lui demandant de me ramener chez moi lorsque mes frères n'étaient pas là pour le faire. Mais récemment, notre relation avait changé. On aurait dit que d'être vu avec moi nuisait à ses affaires. À Sheridan, le shérif est élu. Je voyais bien que Rodie gardait ses distances depuis que j'étais devenu incontrôlable.

– Sutton, j'ai appelé au ranch et quelqu'un va bientôt venir te chercher pour te reconduire chez toi, a-t-il poursuivi en me tendant un nouveau verre, cette fois rempli de ce qui semblait être juste de l'eau. Bois ça et reprends-toi… Au moins, fais semblant.

J'ai acquiescé mollement et tenté de me rasseoir lorsque tout a paru se figer autour de moi. Ma respiration s'est coupée soudainement. Mon cœur a cessé de battre. Mes muscles se sont tétanisés. Le son lui-même s'est éteint lorsque mon cauchemar vivant a poussé la porte et est entré dans le dernier endroit sur terre où je l'attendais.

Les habitants d'une petite ville sont toujours curieux. Un nouveau visage, quel qu'il soit, ne manquera jamais d'attirer l'attention, surtout quand il s'agit de la plus belle femme du monde, en tout cas selon moi. La salle entière s'est tue dans un silence de mort, les yeux rivés sur elle. Pourtant je n'ai pas remarqué que tout le monde la fixait, car j'étais incapable de détourner le regard. Contrairement au cow-boy, il n'y avait qu'une seule image d'elle, et elle était parfaite.

Elle ne ressemblait pas du tout à un cauchemar. Elle ressemblait à un rêve devenu réalité.

Sans aucune explication, j'ai saisi le verre posé sur le comptoir et l'ai lancé de toutes mes forces contre le dos du cow-boy. Comme tout le monde, il s'était figé pour regarder la femme qui s'avançait avec prudence sur le seuil. Il offrait donc une cible immobile. C'était un coup bas, mais je m'en foutais. Il était en train de déshabiller du regard la seule femme à laquelle je pensais depuis des mois.

Burke a juré et crié mon nom en sautant par-dessus le comptoir. Le cow-boy a pivoté pour me faire face, sa colère à présent aussi bouillante que les flammes de l'enfer. L'eau qui coulait dans son dos, formant une mare à ses pieds, n'arrangeait rien à la situation.

Lorsqu'il s'est précipité sur moi, je ne l'ai pas esquivé.

Lorsque son poing s'est écrasé sur mon visage, je n'ai pas cillé.

Mais quand son genou a frappé mes couilles, je n'ai pu m'empêcher de me plier en deux, le souffle coupé. La douleur était si aiguë que j'ai dû combattre une puissante vague de nausée.

Burke faisait son possible pour retenir le cow-boy. J'ai étouffé un rire. Évitant soigneusement le regard de la femme à l'entrée, j'ai levé la tête vers mon agresseur. La dernière fois que je l'avais vue, ses yeux ensorceleurs et brillants ruisselaient de larmes parce que je rejetais sa présence. C'était trop douloureux. Je lui avais demandé de partir, de ne plus jamais revenir. Je lui avais dit de se tenir éloignée de cette ville et des souvenirs qui me hantaient. L'un de nous deux méritait d'oublier définitivement l'épisode tragique qui nous liait, et ce n'était pas moi.

Elle n'était pas partie pour toujours. Je me haïssais d'avoir entretenu l'infime espoir qu'elle reviendrait.

– Eh, cow-boy, ai je dit d'une voix aussi tremblante que mon corps, m'essuyant la bouche du revers de la main et tentant de lui faire un sourire. Je n'ai pas baisé ta femme, mais maintenant… (j'ai remué comiquement les sourcils malgré mon atroce mal de crâne)… Maintenant que je sais qu'elle aime ça, j'irai lui rendre une petite visite dès que j'aurai l'occasion.

Il a poussé un rugissement qui aurait fait s'écrouler les murs si le Big Horn n'avait pas été bâti d'un bois si dur qu'il avait résisté à des siècles d'hivers rigoureux du Wyoming. Après ça, Burke serait incapable de retenir l'homme plus longtemps, de même que quiconque avait entendu ma boutade ne pourrait nier que j'avais mérité une correction.

Une femme a eu un hoquet de surprise et j'ai su qu'il s'agissait d'elle sans même la regarder. Elle a soufflé : « Non », et je me suis souvenu de l'avoir entendue hurler ce mot encore et encore tandis qu'elle se battait pour sa vie.

Cela n'aurait pas été si mal si le cow-boy avait visé ma tête. Le sang pulsait dans mon crâne, et mon nez avait déjà été cassé deux fois. Passe encore que l'enfant de salaud poursuive son combat déloyal et me frappe à nouveau aux couilles. Les vrais hommes ne tapaient jamais sous la ceinture, sauf urgence absolue. Ce type avait déjà outrepassé la règle tacite.

Peut-être était-il au courant de ma blessure et des dommages qu'elle avait causés. J'avais beau avoir passé la majeure partie de ma convalescence à l'hôpital dans le Montana, les gens savaient que j'avais déserté depuis longtemps le ranch et l'affaire que mes frères et moi tenions. Ils savaient aussi qu'à mon retour, je n'étais que l'ombre de celui que j'avais été.

Mais peut-être ignorait-il ça et qu'il a juste eu un coup de bol.

Dès que son poing a heurté ma poitrine, je me suis effondré. La douleur a été pire que tout. Ma vision s'est assombrie et j'ai été incapable de rester debout.

Le sol s'est précipité vers mon visage et une voix terrifiée a hurlé mon nom, du même ton que lors de ce jour fatal, faisant rejaillir d'un coup tous mes souvenirs. Le reste s'est obscurci.

La pression dans ma poitrine était si forte que j'ai cru qu'elle allait écraser mon cœur.

Je ne respirais plus.

Je ne voyais plus.

Je ne bougeais plus.

Mais je l'entendais hurler… et ce son m'a suivi dans les ténèbres, exactement comme il l'avait fait auparavant.

2

PROCHE DU CHAOS

EMRYS

C'était absurde qu'une ville minuscule située à des millions de kilomètres de tout aéroport ou centre commercial soit peuplée à ce point. Les gens venaient ici pour vivre, passer des vacances ou fuir leur vie précédente. Ils atterrissaient ici, cherchant à échapper au bruit, à la confusion, aux tracas de la vie quotidienne. Ils y auraient songé à deux fois s'ils avaient su que ce lieu serein pouvait, en un clin d'œil, éclater en violence et en désordre aussi aisément que n'importe quelle ville qui ne voyait du soleil que ses rayons filtrant timidement entre les gratte-ciel.

Jadis, moi aussi je m'étais laissée abuser par la promesse de nuits silencieuses et de journées tranquilles sous le soleil. J'avais cru chaque mot de la brochure m'assurant que je pouvais m'évader vers une vie plus simple et plus calme. J'avais été dupée par les paysages grandioses et les imposantes montagnes. Bêtement, j'avais cédé à la tentation de laisser mes problèmes à San Francisco pour me reposer au beau milieu de nulle part.

Je savais désormais que l'alléchante brochure qui m'avait conduite dans le Wyoming n'était qu'un ramassis de mensonges bien ficelés. Le combat qui se préparait dans le bar était loin d'être la pire chose qui puisse arriver dans ces lieux. Malgré le sang et la violence, cette dispute était un jeu d'enfant comparée aux événements auxquels j'avais assisté la dernière fois que j'avais mis le pied dans cette bourgade au charme pittoresque. Bon, je n'avais pas vraiment été à Sheridan. J'avais passé presque tout mon séjour dans les forêts qui bordaient le ranch des frères Warner, lui-même à quarante-cinq minutes de la ville. C'est d'ailleurs précisément à cet endroit que je me rendais, afin de voir ma meilleure amie.

Lorsque j'avais quitté le Wyoming, je m'étais juré de ne plus jamais revenir.

Jamais.

Il n'y avait rien ici que des mauvais souvenirs et une peine de cœur. J'étais la reine pour me mentir à moi-même ; je justifiais mes actions en me disant exactement ce que je voulais entendre. J'arrivais à me convaincre de n'importe quoi, par exemple que mon dernier petit ami avait eu raison de voler l'argenterie de ma grand-mère puisqu'il en avait plus besoin que moi. Je croyais sincèrement que faire quitter la ville à Leo était la seule manière de soigner sa déception amoureuse, malgré ses réticences de départ. Il était plus facile de la distraire que de la regarder se plaindre. De la même façon, je m'étais mis en tête que la distance et la solitude m'aideraient à guérir. Je m'étais accrochée à cette certitude, jusqu'au moment où j'avais réalisé que le temps n'y ferait rien, je me sentirais toujours aussi désespérée. J'étais fatiguée de moi-même, de fuir mes sentiments. Sans surprise, moi qui me mettais toujours en quatre pour soigner les gens, j'étais incapable de me faire du bien. Je passais mes journées à aider les autres à se fixer des objectifs, à se surpasser et à s'épanouir, uniquement pour ne pas voir mon propre manque d'ambition. J'avais eu trente ans en fin d'année, pourtant j'ignorais encore qui je voulais être et ce que je voulais faire « quand je serais grande ». Depuis trop longtemps, j'errais sans but fixe. Mais au fond de mon cœur, je savais qu'il me faudrait un jour retourner dans le Wyoming pour affronter Sutton Warner.

Je savais que Leo me comprendrait et qu'elle ne discuterait pas mon soudain revirement. Leora Connor était davantage une sœur qu'une amie. Nous avions toujours été ensemble toutes les deux contre le reste du monde. Jusqu'à ce que je la rejette. Heureusement pour moi, elle ne m'a pas laissée partir très loin. Elle m'a lancé une corde à laquelle m'accrocher, puis m'a tirée vers le haut quand elle s'est rendu compte que j'étais à bout de forces. Lorsque je l'ai appelée pour lui annoncer ma visite, elle n'a pas hésité un instant à m'ouvrir sa porte, même si sa relation avec Cy était relativement récente. Je ne voulais pas être un fardeau pour eux, mais Leo m'a rappelé que je lui avais moi aussi tendu la main à l'époque où elle se sentait couler.

Aucune de nous n'a évoqué la véritable raison pour laquelle m'héberger au ranch Warner risquait d'être problématique. Sutton m'avait demandé de partir. Il avait dit clairement ne plus jamais vouloir me voir de sa vie. Sutton et moi avions vécu une expérience si traumatisante qu'elle aurait détruit l'âme la plus endurcie. Un tel événement aurait dû nous lier à jamais. Il aurait dû nous rapprocher, nous aider à recoller les fragments brisés de notre âme. Il était la seule personne à savoir exactement ce que j'avais subi. J'étais la seule à savoir ce qu'il avait enduré pour me sauver la vie. Je l'avais regardé mourir pour moi. Quand il était revenu d'entre les morts, je croyais que je serais la première personne qu'il voudrait voir. Je lui étais éternellement redevable pour son sacrifice. Personne n'avait jamais fait une chose pareille pour moi. Alors que je passais mon temps à prendre des balles symboliques, lui en avait pris une réelle… pour moi.

Ma souffrance a été terrible lorsque j'ai compris qu'il ne voulait plus me voir.

Il m'a dit de but en blanc qu'il voulait que je sorte de sa vie et que je ne remette plus jamais les pieds dans le Wyoming. Il est entré dans une telle colère que les médecins m'ont ordonné de quitter immédiatement la chambre d'hôpital et qu'ils ont dû le mettre sous calmants. Ses frères ont hésité entre s'assurer que j'allais bien et faire ce qui était le mieux pour leur frère. Les Warner étaient des gens bien, mais la famille passait avant toute chose. De toute façon je n'aurais pas supporté de rester près de Sutton alors que ma présence lui faisait du mal. Je n'avais jamais rencontré de situation aussi complexe et difficile. Ma spécialité, c'était les excuses. Je prenais la fuite dès qu'il s'agissait de fournir un effort. J'étais habituée aux vitesses de croisière. Ce qui nous était arrivé avec Sutton dans la forêt, c'était comme de descendre des rapides sans pagaie ni gilet de sauvetage.

Je cherchais la facilité. Il me fallait le calme et la sérénité. J'ai loué une villa en bord de plage sur une île grecque. Passé mes journées à prendre des bains de soleil, à boire des cocktails sur la plage, bref à panser mon corps meurtri. Ma souffrance était si grande que je pensais qu'elle ne disparaîtrait jamais complètement. J'aurais beau fuir aussi vite et aussi loin que possible, j'étais prise dans un réseau d'émotions contradictoires qui me poursuivrait toujours, m'enserrant jusqu'à me paralyser. Peu importe où je me trouvais, c'était impossible de m'en débarrasser. Il n'y avait qu'une issue possible : arrêter de courir, de chercher des excuses…

J'ai appelé Leo pour lui annoncer que j'allais revenir à Sheridan. Elle a compris que je venais me confronter à mes peurs et au cœur le plus dur que j'aie jamais rencontré de ma vie. Celui qui battait encore miraculeusement dans la poitrine de Sutton Warner.

Après ce que nous avions traversé ensemble, il me devait une explication. Qu'il le veuille ou non, il allait devoir accepter ma reconnaissance éternelle. Leo m'a prévenue qu'il n'avait plus été le même depuis l'attaque dans les montagnes. Elle m'a avertie que l'homme qui m'avait chassée de l'hôpital était le prince charmant en comparaison de l'ivrogne méchant et imprévisible que Sutton était devenu. Ça m'était égal. Je n'étais plus la femme qui fuyait lâchement devant l'effort. Je ne cherchais plus la facilité à tout prix.

En disant à Leo que peu m'importait que Sutton ait changé, je me mentais à moi-même. Je voulais croire à ce mensonge. J'avais besoin de son pardon afin de pouvoir enfin me pardonner à moi-même. En me renvoyant de l'hôpital sans explication, il avait agi de manière cruelle et mesquine, et ça ne lui ressemblait pas.

J'aurais dû écouter les mises en garde de Leo.

Rien n'aurait pu me préparer à la vision de cet homme violent et déchaîné dans le bar, qui me regardait comme s'il avait devant lui un fantôme. J'étais paralysée. Que faisais-je ici alors qu'il ne voulait pas me voir ? J'aurais dû me trouver au ranch, avec ma meilleure amie et sa famille pour jouer les intermédiaires entre nous, atténuer le choc de mon brusque retour dans sa vie.

Par malchance, la voiture que j'avais louée à ma descente de l'avion à Denver avait eu des problèmes. Sur les six heures de route que comptait le trajet, les cinq premières s'étaient déroulées sans encombre. Puis la voiture s'était mise à caler chaque fois que je montais une côte et le moteur à produire un battement sourd. Si j'avais été n'importe où ailleurs, je me serais garée sur le côté pour appeler à l'aide, mais le réseau téléphonique était mauvais et il était hors de question que je reste coincée au milieu de nulle part en attendant en vain des secours. Tant bien que mal, j'avais poursuivi ma route, et Dieu merci la voiture de location avait rendu l'âme seulement aux abords de Sheridan. Le bar Big Horn était le premier endroit ouvert que j'avais repéré. Je m'étais garée en pensant appeler le ranch pour demander à Cy ou Lane de venir me chercher. Jamais je n'avais imaginé tomber au milieu d'une bagarre, ni que Sutton y serait mêlé. Des trois frères, Sutton était le plus stable, même s'il avait la réputation d'être sec et bourru. Il ne se mettait pas dans des rages noires comme Cyrus et ne passait pas son temps à rire de tout comme Lane. Il était calme, d'une nature contemplative, mélancolique. Tellement mélancolique ! Une personnalité complexe. Bref, le genre d'homme que j'évitais d'habitude, car il n'y avait aucun moyen de réparer ce qui était brisé en eux. Mais, pour une raison que je ne m'expliquais pas, j'étais incapable de ne pas l'aimer.

Son attitude boudeuse avait d'abord joué en sa faveur… mais c'était avant. Lorsque je l'avais rencontré, il était le cow-boy typique, sans tomber dans le cliché. Son corps mince et élancé semblait coulé dans son jean serré et ses bottes élimées. Ses cheveux blonds en bataille, trop longs déjà à l'époque, avaient à présent une coupe ridicule. Enfin, ce n'était pas la coupe qui était ridicule mais leur saleté, et les nœuds. Il aurait probablement eu de plus beaux cheveux que moi s'il avait pris la peine de s'en occuper. Il n'avait rien perdu de sa taille, mais il était désormais presque maigre. Son beau visage était couvert d'une barbe épaisse. Ses pommettes étaient émaciées, ses yeux creux cerclés de cernes noirs. La couleur de ses prunelles restait splendide : un vert profond semblable aux aiguilles des pins qui environnaient cet endroit. Même striés de veinules rouges et agrandis par la terreur, on ne remarquait qu'eux. C'était d'ailleurs la seule chose qui n'avait pas changé depuis la dernière fois que je l'avais vu. Son apparence débraillée était celle d'un sans-abri plus que d'un rancher. J'ai eu l'impression de me trouver face à une bombe à retardement.

J'aurais aimé savoir que j'en étais le détonateur.

J'ai ouvert la bouche pour lui demander pardon, pour justifier les raisons de mon retour et pour le supplier de me pardonner. Avant que je puisse émettre le moindre son, il a subitement perdu les pédales. Il arrivait à peine à tenir debout, pourtant il a atteint facilement sa cible lorsqu'il a jeté le verre dans le dos du grand cow-boy.

Je n'ai pas entendu ce qu'il a dit à l'homme, mais ça ne devait pas être sympathique car le cow-boy a foncé sur Sutton comme un taureau enragé. La salle s'est désintéressée de moi et une partie des clients s'est mise à acclamer les deux hommes tandis que d'autres essayaient de les séparer. Le barman a sauté par-dessus le comptoir avec une surprenante agilité et s'est interposé entre les deux adversaires. Je n'ai réalisé que j'avais crié qu'au moment où Sutton s'est écroulé au sol. Ses yeux ont roulé dans leurs orbites et son corps s'est affaissé dans les bras du barman qui luttait pour ralentir sa chute.

Deux clients tenaient fermement le cow-boy, qui continuait à insulter Sutton et à lui hurler de se battre comme un homme. D'une pâleur cadavérique, Sutton ne bougeait plus. Du sang coulait de son nez.

J'ai horreur de la violence et des bagarres. Même avant les événements dans le Wyoming. Mais après ce que j'avais vécu, je ne voulais plus jamais entendre parler de sang et de coups de feu. Mon esprit me hurlait de courir à ma voiture et de fuir aussi loin que mon véhicule de location en panne me le permettrait. Mon corps me pressait de quitter ce bar avant qu'il ne m'arrive malheur. Mais mon cœur, lui, cet organe stupide et brisé, me commandait de rester, d'avancer parmi la foule d'inconnus excités et brailleurs, jusqu'à ce que je me retrouve aux côtés de Sutton, à qui le barman criait dans l'oreille pour le réveiller.

Je pensais que ma pire frayeur était de me trouver au milieu d'une foule en colère et d'être à nouveau blessée et soumise à un autre. Je croyais sincèrement qu'il ne pourrait y avoir de pire cauchemar que celui d'être touchée par un homme contre ma volonté, de sentir son couteau s'enfoncer dans mes chairs, encore et encore.

Je me trompais.

Voir Sutton mourir une seconde fois a fait voler ces craintes en éclats.

Je suis tombée à genoux près de son corps inerte et j'ai posé délicatement mes doigts tremblants sur son cou afin de lui prendre le pouls. Le barman m'a fixée d'un air inquiet. De près, il était très beau avec ses grands yeux bleus et son abondante chevelure noire. Il faisait un peu teigneux, acariâtre, comme la plupart des hommes de la région. Avant qu'il puisse me demander qui j'étais, je lui ai dit doucement :

– Il a gardé des éclats de balles dans la poitrine. Les blessures étaient si proches de son cœur et de sa colonne vertébrale que les médecins ne pouvaient pas les retirer sans mettre sa vie en danger.

C'était ce que m'avaient dit les médecins à Billings après l'opération. Le cow-boy l'avait frappé pile là où il était le plus vulnérable.

– L'imbécile, a grommelé le barman. J'ai appelé le shérif pour qu'il embarque Joel. J'ai aussi passé un coup de fil au ranch, quelqu'un est déjà en route. Il y a une chance sur deux pour qu'ils soient là avant l'arrivée de l'ambulance.

– Il faut qu'il aille à l'hôpital, ai-je dit d'une voix maîtrisée et calme qui m'a surprise : la dernière fois que j'avais vu cet homme saigner, j'avais fait une crise d'hystérie.

– Il n'y en a qu'un seul en ville, a acquiescé le barman. On va l'y emmener.

Il a levé la tête vers la foule, qui s'est soudain écartée pour laisser passer un homme. Je me souvenais de Rodie Collins. Le shérif était venu plusieurs fois à l'hôpital pendant que j'attendais que Sutton se réveille de l'opération. À l'époque, il travaillait avec le service des stupéfiants à éradiquer le trafic de marijuana que nous avions découvert par hasard en tombant sur leurs champs clandestins. La situation avait dérapé si brusquement que nous pouvions nous estimer extrêmement chanceux d'être sortis vivants de ces montagnes. En voyant Sutton inconscient devant moi, j'ai réalisé que certains avaient eu plus de chance que d'autres.

Le shérif a soulevé le bord de son chapeau de cow-boy pour examiner Sutton. Lorsqu'il a tourné les yeux vers moi, sa mâchoire a tiqué. Il a paru surpris de me voir agenouillée près de son ami.

– Em. Je ne savais pas que tu étais revenue, a-t-il dit avant de regarder le barman, les mains sur les hanches. Cy va te réduire en bouillie quand il apprendra que tu as laissé Sutton se foutre dans le pétrin, Burke. Il t'avait prévenu de ne plus le servir.

Les dents serrées, Burke s'est remis debout. Je refusais de retirer mes doigts du pouls qui battait faiblement au cou de Sutton. Tant que je le sentais, j'avais l'assurance qu'il était encore en vie.

– Je vais te répéter exactement ce que j'ai dit à Cy la dernière fois qu'il est venu ici. Il vaut mieux pour Sutton qu'il se saoule jusqu'au coma dans un endroit où un ami pourra garder un œil sur lui. Je lui interdis de prendre le volant quand il s'en va. Je ne le laisse repartir avec personne. Je ne lui donne pas plus d'alcool qu'il ne peut en supporter. Ça fait six mois que toute cette foutue ville fait du baby-sitting pour lui. Si je lui interdis de venir, il ira boire ailleurs, dans un bar où personne n'en aura rien à foutre et où les bagarres finiront plus mal que ce soir.

Cet homme qu'on appelait Burke paraissait outré que le shérif mette en doute son habilité à gérer la situation. Sa colère était légitime : on l'accusait d'être la cause de l'état de Sutton, alors que c'était évidemment la seule faute du cow-boy blond évanoui.

Il y a eu un bruit de sirènes à l'extérieur. Si on l'a entendu, c'est parce qu'un silence irréel s'était abattu dans la salle : Cy venait d'entrer. Quelque chose chez cet homme commandait le respect et l'attention. Tout le monde l'a regardé tandis qu'il se frayait un chemin parmi la foule pour avancer vers son frère. Il a fait un signe de tête à Rodie, qui était en train de menotter le cow-boy bagarreur.

– Je passerai te dire un mot tout à l'heure, a-t-il sifflé au cow-boy en s'arrêtant devant lui.

Ce n'était pas une menace. C'était une promesse.

Le shérif ne s'est pas donné la peine d'expliquer la situation tandis qu'il entraînait son prisonnier hors du bar.

– J'irai aux urgences dès que celui-ci sera derrière les barreaux, s'est-il contenté de dire.

J'ai senti le regard glacial de Cy sur moi. J'ai levé la tête vers lui, mes doigts toujours sur la veine de Sutton. Je me suis rendu compte que je pleurais au moment où Cy m'a effleuré délicatement la joue.

– Tu as versé suffisamment de larmes sur cet imbécile, ma belle.

– Il est blessé.

Cy a posé la main sur la poitrine de son frère et a poussé un soupir de soulagement quand il a senti le cœur qui battait faiblement.

– Oui, il est blessé. Mais la seule personne qui pourra faire cesser sa souffrance, c'est Sutton lui-même.

J'ai acquiescé et Cy a levé la tête vers l'homme qui se tenait de l'autre côté du corps inerte de son frère.

– Toi et moi, on a deux mots à se dire, Burke.

– Bah tiens, a répondu le barman avec une moue. Laisse-moi juste le temps de ranger un peu pour que les secouristes puissent l'évacuer.

Il a pivoté et s'est mis à aboyer des ordres aux clients qui restaient. Il n'a pas non plus perdu de temps à leur demander de l'argent pour leurs boissons, comme si avoir assisté au drame les dispensait de régler.

Cy a passé son bras musclé autour de mes épaules et je me suis blottie contre l'homme que j'en étais venue à considérer comme mon meilleur ami. Sa puissance m'a procuré du réconfort : sa patience et son calme étaient contagieux.

– S'il essaie encore de me faire quitter l'hôpital, je ne m'en irai pas, ai-je dit d'une voix douce.

Il a ri doucement et m'a serrée plus fort.

– C'est bon de te revoir, Em. Tu nous as manqué.

Il n'a rien dit sur mon retour dans le Wyoming.

J'avais pris la fuite par peur et par désespoir. Mais dès que mes yeux s'étaient posés sur Sutton, j'avais su que je n'étais pas revenue pour récupérer une partie de moi. J'étais venue chercher une partie entièrement nouvelle qui comblerait le vide intérieur que je ressentais. Je n'étais pas naïve : je savais que cela demanderait des efforts. Mais pour la première fois de ma vie, j'étais résolue à m'atteler à cette tâche difficile. Plus jamais je ne m'enfuirais nulle part.

3

LÀ OÙ JE NE DEVRAIS PAS ÊTRE

SUTTON

– J'ai l'impression qu'un cheval m'est passé sur le corps.

Pour m'être déjà pris des coups de sabot dans le torse, je savais de quoi je parlais. Ma poitrine paraissait sur le point d'exploser, la douleur irradiait depuis la clavicule jusque sur le côté de la nuque. J'étais incapable de tourner la tête, mais le bip des machines et l'odeur caractéristique du désinfectant ne laissaient aucun doute : j'étais de retour à l'hôpital.

J'ai entendu un bruit de pas suivi du froissement d'un corps qui se déplace. Je n'ai pas été surpris de voir le visage de mon frère aîné sur le côté du lit. Il paraissait fatigué et en colère, bref son air habituel lorsqu'il avait affaire à moi. Ses yeux bleus perçants et observateurs, toujours sur le qui-vive, étaient à présent résignés, avec une lueur qui ne présageait rien de bon. J'allais passer un sale quart d'heure. Ces six derniers mois, Cy m'avait regardé partir en roue libre, me crasher, et brûler. Plus d'une fois il m'avait sorti des flammes et avait tenté vainement de me remettre du plomb dans la cervelle. J'avais beau avoir l'esprit embrumé, je savais que mon frère avait atteint le point de rupture.

Il y a eu un autre froissement et mon petit frère est apparu de l'autre côté du lit. Lane était le seul de nous trois à avoir conservé sa joie de vivre juvénile et une lueur malicieuse dans les yeux. Cependant aucun de ces deux traits n'était visible lorsqu'il a agrippé le rebord métallique du lit pour me fixer. Manifestement, Cy n'était pas le seul à en avoir ras le bol de mes frasques. J'ai compris que Lane se retenait de me passer le savon du siècle au tic nerveux qui déformait sa bouche et à ses mâchoires crispées.

J'ai laissé errer mon regard de l'un à l'autre.

Nous avions toujours formé une équipe : les frères Warner contre le reste du monde. D'accord, Cy et moi avions nos prises de tête, mais c'était en partie parce qu'on dirigeait une affaire ensemble et qu'on vivait sous le même toit. Si on ajoutait le fait qu'aucun de nous n'admettait jamais avoir tort, on était face à un cas classique de rivalité fraternelle. Mais au final, chacun serait mort pour l'autre. Il n'y avait rien que nous n'aurions fait pour nous protéger les uns les autres. Jamais je ne m'étais retrouvé seul contre eux, et j'ai eu un moment de panique en prenant conscience que c'était exactement là qu'on en était arrivés. J'avais été exclu de l'équipe.

– Depuis combien de temps je suis ici ?

Longtemps, je supposais. Mes jambes étaient raides et ma bouche comme remplie de coton. Je me suis agité sous le tissu léger de ma blouse d'hôpital, et la douleur dans ma poitrine m'a fait pousser un gémissement. Chaque fois que je clignais les yeux, j'avais l'impression qu'ils étaient pleins de sable. J'ai donc fixé mon regard sur Lane, avec l'espoir qu'il me prendrait un tout petit peu en pitié.

J'avais tort.

– Plus de quarante-huit heures. Tu as failli mourir, ils ont été obligés de te laver l'estomac. Burke sait que tu avais pris tous ces comprimés en plus de l'alcool ? a dit Lane d'un ton où toute pitié était exclue en serrant la barre du lit tellement fort que ses jointures ont blanchi. Tu ne t'es pas évanoui parce que ce connard t'a tabassé. Tu t'es évanoui parce que tu es passé à un doigt de l'overdose.

Il contenait à peine sa fureur. S'il avait pu me frapper, il l'aurait fait.

Je me suis humecté les lèvres, sans grand effet, et j'ai prudemment tourné la tête vers mon autre frère. Cy était capable d'être un vrai salaud. Lorsqu'il s'est approché pour me dévisager, les bras croisés sur la poitrine, le regard froid et dur, j'ai su qu'il n'allait pas prendre ma défense. Il luttait aussi fort que Lane pour ne pas m'envoyer au tapis.

– Burke n'en savait rien.

C'était la vérité. Je me foutais qu'il me voie totalement ivre, mais je refusais que quiconque apprenne le niveau de déchéance où j'étais tombé ces derniers temps. J'étais au croisement entre l'addiction et la destruction, et je balançais encore entre les deux routes.

– Je ne mens pas, ai-je ajouté. Burke n'était pas au courant.

Cy était déjà en colère contre son ami. Je ne voulais pas que leur relation se détériore irréversiblement à cause de moi, le déchet humain. L'ordure.

– On a cru que ton cœur s'était arrêté, a repris Lane d'une voix furieuse. Les médecins n'auraient pas pu le faire repartir à cause des éclats de balles dans ta poitrine. Ils ont même hésité à te réanimer. Si ton cœur s'arrête, on n'est pas sûrs que tu survives à un choc cardiaque, Sutton. Tu le sais, mais tu as continué à avaler ce poison.

Les gens avaient tendance à voir Lane seulement comme un dragueur inoffensif. Son caractère affable et sa désinvolture les incitaient à croire qu'il était le moins dangereux de nous trois. Ils se trompaient. Lane était bien plus malin et observateur qu'il ne le paraissait. Il maîtrisait à la perfection l'art de montrer précisément ce que l'on voulait voir. Si les gens avaient une idée préconçue de lui, il ne se donnait pas la peine de les détromper. Mais personne n'avait les armes pour lutter contre sa repartie cinglante. J'ai été terrassé par sa rage et sa frustration contre moi. Je ne lui donnais pas tort.

Sa colère m'a balayé telle une vague. Depuis des mois il endossait avec moi le rôle du bon flic, et Cy du mauvais. Manifestement, il en avait sa claque de jouer les gentils.

– Daye a déjà une mère trop ivrogne et narcissique pour l'élever correctement. Un mauvais père est la dernière chose dont elle a besoin, a sifflé Lane entre ses dents, sans réagir ensuite lorsque j'ai juré et essayé de me redresser en entendant le prénom de ma fille.

– Où est-elle ? Qui s'occupe d'elle ?

Cela faisait des années que je me battais pour avoir la garde de ma fille. Sa mère Alexa avait été, disons, une erreur de parcours. Mais une de celles, malheureusement, dont j'avais pris conscience trop tard : elle ne serait jamais une bonne mère pour Daye. Ma fille avait trois ans quand j'avais quitté le foyer familial. Depuis, je n'avais cessé de me battre pour la récupérer. Après une bataille juridique sanglante, le tribunal avait fini par trancher partiellement en ma faveur, et j'en avais la garde la majeure partie du temps. Mais à mes yeux, Alexa était encore trop présente dans nos vies. Elle était déjà alcoolique quand nous nous étions rencontrés, mais elle me l'avait caché pendant longtemps.

Elle s'était sevrée quand elle avait découvert qu'elle était enceinte, donc j'étais resté avec elle. Après la naissance du bébé, sa vie s'était résumée à un cycle sans fin de rechutes et de promesses brisées. Au fond, ça m'aurait été égal si Daye n'avait pas souffert le plus de la situation. J'avais cessé d'aimer Alexa bien avant de la quitter. C'était une épave qui avait mis en danger la vie de ma fille. Quand mon petit frère m'a comparé à elle, j'ai ressenti la brûlure de la honte, ce qui était exactement le but que Lane recherchait.

– Tu n'aurais pas besoin de demander si tu étais avec ta fille à la maison en ce moment même, comme tu devrais l'être, Sutton, a dit Cy d'une voix calme, mais il ne faisait aucun doute qu'il me portait le coup de grâce. Elle est au ranch avec Leo et Emrys. Elle était morte d'inquiétude d'apprendre que tu serais absent pendant plusieurs jours. Elle garde un souvenir traumatisant de toi à l'hôpital après l'attaque dans la montagne. Elle était persuadée que tu allais mourir. Elle a eu très peur de devoir retourner vivre définitivement avec sa mère.

Daye avait eu six ans deux semaines plus tôt. Elle commençait à être assez âgée pour comprendre que ça n'était pas parce qu'une personne vous aimait qu'elle agirait toujours forcément pour votre bien. La preuve avec sa mère… et moi, maintenant.

J'ai essayé de m'éclaircir la gorge mais ma poitrine me faisait trop souffrir. J'ai levé une main d'où sortaient des tas de tubes et me la suis passée sur la bouche. Pour changer de sujet, j'ai demandé :

– J'ai rêvé ou Em est vraiment de retour ?

À présent c'était moi qui paraissais les accuser d'avoir mal agi.

– Tu n'as pas rêvé, a acquiescé sèchement Cyrus. Elle a appelé Leo il y a quelques jours pour lui demander si elle pouvait venir nous rendre visite.

– Qu'est-ce qu'elle peut foutre ici ? ai-je dit avec mépris en fermant les yeux.

– La seule personne qui pourra répondre à cette question, c'est Emrys. Elle a dormi à la maison hier soir. Elle voulait être là quand tu te réveillerais, mais elle était épuisée. Leo m'a dit qu'elle était arrivée directement d'Europe et qu'elle avait fait toute la route en voiture depuis Denver. Elle dormait debout.

Mâchoires crispées, j'ai rouvert les yeux pour regarder mon frère.

– Je me fous de savoir pourquoi elle est ici. Je veux qu'elle déguerpisse immédiatement, ai-je lancé, les poings serrés sur les côtés, le cœur battant la chamade.

– Dur pour toi, a répondu Cy en secouant la tête. Ce que tu veux ou pas n'a aucune espèce d'importance. (Le bleu de ses yeux brillait d'une colère glacée. Il n'était pas seulement fâché contre moi, il était à bout.) Je t'aime plus que tout, petit frère, mais tu es un adulte responsable. Tes actions ont des conséquences, tu le sais parfaitement.

À voir l'expression sur son visage, ma poitrine s'est contractée et un frisson glacé a parcouru ma peau.

– C'est une petite ville. Les rumeurs vont vite. Tout le monde sait déjà que tu es sorti du Big Horn sur une civière. Quand Alexa l'apprendra, elle va s'en servir pour obtenir la garde exclusive de Daye. On a fait tout ce qu'on pouvait pour te sortir de la spirale destructrice où tu es tombé. Mais c'est fini. Il y a quelqu'un de plus important que toi à sauver, et c'est ta fille. Daye a besoin de savoir qu'on la protège, qu'elle a le soutien de sa famille. Il faut qu'elle sache que des adultes seront toujours là pour veiller sur ses intérêts plutôt que sur les leurs. Si tu veux foutre ta vie en l'air, Sutton, c'est ton problème. Mais je ne te laisserai pas entraîner ta fille dans ta chute

J'ai essayé de me jeter sur lui. J'aurais voulu le saisir par le col de son T-shirt Harley-Davidson et lui donner des coups de tête répétés. Mais même au meilleur de ma forme, je n'ai jamais réussi à gagner un combat contre Cy. Il était trop costaud et vicieux. J'étais tellement fou de rage que je m'en fichais. Lane m'a attrapé par les épaules et forcé à me rallonger. Il a gardé une main posée sur ma poitrine. Son regard me transperçait quand il a dit d'une voix blanche :

– Tu as passé ta vie à essayer de la protéger contre son ivrogne de mère. Sauf que maintenant, c'est toi qui agis de la même façon. Daye mérite mieux que toi. Elle mérite mieux que ça, a-t-il dit en regardant la chambre d'hôpital. On en a marre, Sutton. Tous. Tu nous as mis dans la position où on est obligés de protéger ta fille contre toi.

Je n'arrivais plus à respirer. Les visages de mes frères sont devenus flous et mes oreilles se sont mises à bourdonner. J'avais l'impression que l'air ne passait plus dans ma gorge et que l'intense douleur à ma poitrine s'étendait au reste du corps. J'avais pris des comprimés et bu de l'alcool pour faire cesser mes souffrances. Je ne voulais plus rien sentir. À présent, tout ce que j'avais essayé de bloquer me revenait en pleine figure. La sensation a été si violente qu'elle m'a coupé la respiration.

– Je ne vous laisserai jamais me prendre ma fille.

Mon cerveau s'emballait. Je n'avais qu'une idée en tête : enlever l'adorable fillette blonde qui était mon portrait craché et disparaître avec elle. Je l'emmènerais quelque part où on ne nous retrouverait jamais. Je la cacherais en lieu sûr afin que personne ne puisse plus jamais nous faire de mal.

– Bon sang, Sutton. On ne va pas te l'enlever. D'ailleurs tu ne savais même pas où elle était à ton réveil. Tu as passé les deux derniers jours dans le coma. Si elle n'avait pas déjà été au ranch, elle serait avec Alexa et tu sais très bien que cette garce ne nous aurait jamais permis de la prendre avec nous. C'est toi qui la mets en danger, pas nous, a dit Lane avec une expression de dégoût.

Mes yeux ont brûlé de larmes retenues tandis que la terrible vérité perçait mon âme. J'avais voulu effacer la trace de mes souvenirs et de mes erreurs, mais quelque part en chemin j'avais oublié de me comporter en père. J'avais agi exactement comme Cy l'avait dit. J'avais privilégié mon désir de fuite aux besoins de ma fille.

J'étais une raclure. La pire raclure de l'univers.

– Ne t'avise pas de faire ce que tu as en tête. Je m'occuperai d'Alexa si elle essaie quoi que ce soit contre moi, ai-je dit d'une voix tremblante.

Je ne voulais pas être le maillon faible de notre chaîne. Je refusais que notre famille se disloque après tout ce que nous avions enduré. Il fallait que je me reprenne en main. Vite.

Mes frères ont poussé un soupir et Cy m'a ordonné de lever la tête pour le regarder dans les yeux. Ses lèvres étaient serrées. Dans son regard, ni pardon ni compassion.

– Tu ne vas pas t'occuper d'Alexa. Tu n'arrives même pas à t'occuper de toi. On a atteint le bout de la route, petit frère. Fini l'alcool. Finis les comprimés. Et plus jamais je ne veux t'entendre te plaindre de ton sort. Tu vas te désintoxiquer. Puis tu rentreras à la maison et tu te comporteras en adulte responsable. On verra alors si tu es digne d'élever cette enfant. Tes actions ont eu des conséquences désastreuses sur elle.

Ce n'étaient pas des suggestions. Cy avait donné ses ordres, et tout le monde dans la pièce savait que si je ne les suivais pas à la lettre, je serais l'ennemi numéro un de la famille. C'était ce qui arrivait quand une personne essayait de tenir tête à un Warner. Elle perdait. Toujours.

– Je n'arrive pas à croire que tu menaces de m'enlever ma fille… ai-je dit agressivement, choqué par sa trahison.

– Jamais on ne pensait en arriver là, a soupiré Lane en se penchant pour me regarder en face. Tu crois que ça nous fait plaisir ? Tu crois qu'on est heureux d'être encore une fois dans un hôpital à espérer que tu ouvres les yeux ? Il n'y en aura pas de troisième. À toi de décider ce que tu veux. Après tout, c'est à cause de toi qu'on est ici.

Le salaud. De nous trois, Lane était le plus impitoyable. La brutale vérité de ses mots m'a heurté plus douloureusement que les deux balles.

– Je ne vais pas perdre ma fille. Je ne la laisserai pas retourner vivre avec Alexa. Je vais arranger tout ça.

Je n'avais aucune idée de la façon dont j'allais m'y prendre, mais j'allais le faire.

Lane semblait sceptique mais Cy a acquiescé lentement pour me faire savoir qu'il m'accordait le bénéfice du doute. Il a haussé un sourcil :

– Burke t'a officiellement banni du Big Horn. Rodie a convaincu Joel Hammond de ne pas porter plainte contre toi. Emrys restera au ranch jusqu'à ce qu'elle décide d'aller ailleurs. Tu n'es pas obligé de la traiter comme ta meilleure amie, mais tu as intérêt à te montrer aimable et respectueux avec elle. Autrement tu dégages.

– Alors comme ça, tu es prêt à m'enlever ma gosse et mon foyer… ai-je dit avec un rire sans joie.

Mais l'idée d'être renvoyé du ranch m'a blessé plus que je ne le pensais. J'étais furieux de devoir obéir aux ordres de mon grand frère, pourtant il fallait reconnaître qu'il avait raison.

De nouveau, Cy a acquiescé lentement. Je n'allais pas réussir à l'émouvoir. Je le connaissais suffisamment pour savoir qu'il ne mentait pas.

– Tu as tout compris.

– De toute façon tu as failli perdre définitivement les deux, a grogné Lane.

Pas faux.

Cy a passé une main dans ses cheveux noirs parfaitement coiffés. Il passait plus de temps devant un miroir à arranger sa coiffure que sa femme.

– Je vais rentrer m'assurer que les filles vont bien. Quand je reviendrai te chercher plus tard, je serai avec Em. Elle était très perturbée par la bagarre. Ce n'est pas le genre d'accueil que je lui souhaitais.

J'ai poussé un gémissement. La douleur qui a parcouru ma poitrine à la mention de son nom était complètement différente de celle provoquée par le coup de poing du cow-boy.

– Je me fous qu'elle soit bien accueillie ou pas.

J'avais cru que je n'aurais plus jamais à la voir.

Cy a plissé les yeux et j'ai entendu Lane me traiter de pauvre type.

– C'est la meilleure amie de Leo, donc ça fait d'elle quelqu'un d'important pour moi. Tu veux vraiment jouer à ce petit jeu ?

Non, je ne voulais pas. Si je m'amusais à le chercher, il détruirait toute la vie que j'avais bâtie, même si je le faisais très bien sans son aide. J'ai serré les dents.

– T'en fais pas. Je saurai me tenir, ai-je répondu en le fixant dans les yeux.

Avec un grognement, il a tourné les talons et quitté la chambre. J'ai regardé mon petit frère, qui avait retrouvé le sourire et une lueur espiègle dans ses yeux bleus enfantins.

– Je peux savoir ce qui te fait marrer ? ai-je demandé, irrité.

Il a éclaté de rire, une main sur l'estomac, en levant ses bottes pour les poser sur le lit.

– Te voir faire des efforts pour être gentil avec Em va être beaucoup plus drôle que te voir te saouler à mort.

J'étais persuadé que j'aurais survécu à l'alcool et aux pilules. Je m'étais seulement laissé un peu aller, c'est tout.

Mais cette femme… Il n'y avait aucun moyen que je survive à sa présence. Même quand j'ignorais où elle était, je ne faisais que penser à elle. Comment étais-je censé l'oublier, effacer de ma mémoire les moments où je n'avais pas été digne de sa confiance, alors qu'elle allait être constamment sous mon nez ?

À cette pensée, j'ai eu une envie désespérée de boire un verre, même si ma bouche était encore amère des ravages du dernier.

4

UNE PERSONNE SPÉCIALE

EMRYS

Il y a eu un remue-ménage et j'ai su que je n'étais plus seule dans la chambre d'amis à la décoration rustique. J'avais toujours eu le sommeil léger, même avant l'attaque dans les montagnes. Désormais, le moindre bruit suffisait à me sortir des cauchemars où je voyais Sutton mourir et mourir encore dès que je fermais les yeux. La brûlure du couteau contre ma peau. Les mains vicieuses qui me touchaient aux endroits les plus intimes. Et je me tournais et m'agitais sans fin dans le lit. Hier soir, pourtant, lorsque Leo m'avait forcée à quitter l'hôpital sans attendre le réveil de Sutton, je n'avais pas résisté, trop épuisée. J'étais tombée dans un sommeil profond dès que ma tête avait touché l'oreiller. Je n'avais pas aussi bien dormi depuis une éternité.

M'éveillant de ce doux repos, j'ai ouvert les yeux lentement avec la sensation qu'on m'observait. Je savais que Leo s'inquiétait pour moi. Je le voyais à son regard et à la force avec laquelle elle me serrait dans ses bras. D'ailleurs, elle ne me quittait pas des yeux. Elle avait proposé que je m'installe dans un des refuges pour vacanciers bâtis sur le ranch, en évitant soigneusement de me rappeler qu'une retraite en pleine nature avait été la raison initiale de notre venue ici. Elle me ménageait. Mais j'étais fatiguée de moi-même. Je préférais loger dans une des chambres inoccupées du vaste ranch qui servait aussi bien de gîte de luxe que de nouveau foyer à Leo. J'étais en manque de compagnie. J'avais besoin de me rappeler comment vivre auprès de personnes qui me voulaient du bien et que j'aimais. Plus jamais je ne voulais qu'un événement, aussi traumatisant soit-il, me dicte ma conduite.

Je voulais de la compagnie ? J'ai eu ce que je cherchais.

Je n'étais définitivement plus toute seule. Clignant des yeux face au soleil qui pénétrait dans la chambre, j'ai roulé sur le côté… pour me retrouver face à deux yeux qui me dévisageaient avec curiosité, des yeux du même vert profond que ceux de son père.

La petite fille serrait dans ses bras une licorne en peluche dotée d'une selle à paillettes. La tête légèrement de côté, elle m'observait comme pour mémoriser chaque détail. Elle n'avait pas plus de cinq ou six ans, mais l'intensité de son regard la faisait paraître plus âgée. Gênée, j'ai levé une main pour me recoiffer rapidement.

– Salut, ai-je dit d'une voix rauque en repoussant les couvertures pour sortir mes jambes du lit. J'ai passé une main sur mon visage et penché la tête dans la même pose que celle de l'enfant : Je suis Emrys. Et toi ?

Pas de doute, c'était bel et bien la fille de Sutton. Elle était le portrait craché de son père. Ses bouclettes aux reflets dorés jaillissaient en épis rebelles, et elle avait le même sourire méfiant. Puis il y avait les yeux, bien sûr.

– Emrys ? a-t-elle murmuré en accentuant le « risss » comme si elle imitait le sifflement d'un serpent.

– Tu peux m'appeler Em, c'est plus facile, ai-je souri. Tout le monde m'appelle comme ça.

Avec un hochement grave, elle m'a tendu une petite menotte que je me suis empressée de serrer. Je fondais ; elle était mignonne comme tout.

– Je suis Daye. Tu es très jolie.

Mal à l'aise, je me suis raclé la gorge et lui ai lâché la main. J'étais peut-être jolie, mais pas autant que je l'avais été. À présent, quand je me regardais dans le miroir, c'était avec l'obsession de voir mon œil droit tomber légèrement par rapport au gauche à cause des nombreuses opérations chirurgicales que j'avais subies afin de gommer les cicatrices laissées par le couteau. Grâce à mon sang espagnol, j'avais naturellement la peau mate. Les fines marques blanches qui zébraient ma joue jusque sous la mâchoire étaient donc à peine visibles, surtout quand je portais du maquillage. Malgré tout, je ne voyais qu'elles.

– Merci. Toi aussi tu es très jolie, ai-je répondu et la petite fille a rougi de plaisir.

– Je sais. Mon papa me dit que je suis la plus jolie du monde entier. Avant c'était sa chambre. Mais là, il est malade, a-t-elle ajouté, la bouche tremblante, en serrant tellement fort la peluche que j'ai eu peur qu'elle craque. Il me manque. Je veux le voir mais tante Leo ne veut pas.

J'ai eu un mouvement de recul. J'allais tuer Leo pour m'avoir mise dans la chambre de Sutton. Elle m'avait dit qu'il s'était installé dans l'un des refuges après son retour de l'hôpital. Elle avait oublié de mentionner que je dormais dans la chambre d'enfant de Sutton.

– Je connais ta tante Leo depuis très, très longtemps. C'est une femme intelligente. Si elle dit que tu ne peux pas voir ton papa tout de suite, c'est qu'elle a de bonnes raisons, ai-je chuchoté sur un ton conspirateur, les mains posées sur le bord du lit, en me penchant vers la petite fille. Moi aussi je voulais voir ton papa, mais je n'ai pas eu le droit.

Cy m'avait autorisée à rester quelques minutes auprès de son frère toujours inconscient, avant de me faire patienter dans la salle d'attente. Selon lui, Sutton ne permettrait jamais qu'on le voie au plus bas. Connaissant Cy, je savais que c'était lui en fait qui ne voulait pas qu'on soit témoin de la déchéance de son frère. Il était le protecteur de la famille, le bouclier qu'il fallait traverser pour approcher les Warner, et Leo maintenant. Il prenait son rôle très au sérieux.

Daye a écarquillé ses grands yeux verts et lâché la peluche pour la tenir d'une seule main.

– Tu connais mon papa ? s'est-elle exclamée d'une voix où perçait l'adoration.

Clairement, le petit ange plaçait son père au firmament, avec la lune et les étoiles. Un frisson de tristesse m'a parcourue à l'idée que Sutton avait préféré se détruire plutôt que de prendre soin de cette délicieuse enfant.

Sautant au bas du lit, j'ai levé les bras pour étirer mes muscles engourdis par les longues heures de vol et le trajet en voiture. Mon T-shirt de nuit a remonté sur mon ventre, laissant apparaître le réseau enchevêtré de cicatrices. Le regard curieux de Daye s'est posé sur mes chairs dévastées et je me suis préparée à devoir répondre à une salve de questions innocentes. Il avait fallu six mois pour me reconstruire le visage et effacer le rappel quotidien de ce qui s'était passé. Ma poitrine et mon ventre portaient des marques qui, lorsqu'on les regardait de près, laissaient penser que j'étais chanceuse d'être encore en vie. Tous les jours, je songeais à les faire examiner afin de trouver une solution pour les rendre moins visibles, mais jusqu'à maintenant, je n'avais pu m'y résoudre.

Je n'ai pas subi d'interrogatoire enfantin. Me prenant par la main, Daye m'a annoncé que Brynn avait cuisiné du pain perdu – son préféré – et que si on ne se dépêchait pas, son oncle Lane allait tout manger. Brynn Fox-Warner était la très jeune belle-mère des Warner. Elle était aussi la meilleure amie de Lane depuis le lycée et s'occupait de l'intendance du ranch. Son histoire était compliquée et son lien avec les Warner étrange, mais au final, elle faisait partie de la famille et c'était l'unique chose qui comptait pour les trois frères. Daye me tirait avec insistance par le bras, me racontant comment Brynn avait déjà été obligée de chasser Lane de la cuisine, et bien qu'à l'évocation du pain chaud nappé de beurre j'aie déjà senti mon appétit se réveiller, j'avais tout de même besoin d'une douche et d'une minute à moi pour redevenir présentable.

Je me suis agenouillée devant la petite fille pour lui donner un bisou, qu'elle m'a aussitôt rendu. Elle était si adorable et ressemblait tellement à Sutton, j'ai senti mon ventre se nouer.

– Je vais me préparer puis je descendrai prendre le petit déjeuner. Dis à ton oncle Lane que je me battrai s'il le faut pour avoir du pain perdu, ai-je souri en tortillant une de ses bouclettes entre mes doigts. Ensuite on demandera à tante Leo si on peut aller voir ton père. Je suis sûre qu'il se sentira beaucoup mieux quand il te verra.

– Et toi, Em, est-ce que papa sera content de te voir ? a-t-elle demandé, les yeux brillants, avec un immense sourire.

J'ai dû me mordre la langue pour m'empêcher de dire que j'étais la dernière personne sur terre qu'il voulait voir. Heureusement, Leo est apparue à ce moment-là, m'évitant de devoir mentir à la petite fille.

– Daye, va prendre ton petit déjeuner avec Lane et Brynn, a dit Leo. Comme ton père va beaucoup mieux aujourd'hui, on ira le voir tout à l'heure.

Daye a poussé un petit cri de joie et s'est précipitée vers l'escalier en s'arrêtant d'abord pour faire un câlin à Leo. Puis nous avons entendu ses petits pas descendre les marches. Un rire féminin a retenti, puis la voix grave d'un homme. Daye avait rejoint son oncle et Brynn.

Je me suis relevée, les mains sur les hanches, en scrutant attentivement Leo. C'était le type de femme qui serait belle toute sa vie. Elle était petite avec des formes voluptueuses et des cheveux qui paraissaient indomptables. Elle avait des taches de rousseur sur le nez, et, malgré leur douceur de surface, ses yeux d'un brun chaud pouvaient jeter des éclairs. Leo était une lionne plus qu'un chaton, mais personne n'aurait pu s'en douter à son apparence.

– La chambre de Sutton ? Vraiment ? Il n'y avait pas d'autre endroit où me loger dans cette immense baraque ? ai-je attaqué, sourcils haussés, alors qu'elle levait les yeux au ciel.

– Daye a sa propre chambre. Cy refuse qu'elle reste avec Sutton dans le refuge. On avait une chambre d'amis, mais j'y allais chaque fois que Cy et moi on se disputait. Il en a eu marre de me ramener de force dans notre lit. Un jour je suis rentrée à la maison et il avait vidé entièrement la chambre d'amis. Plus de lit, plus de commode, rien. Brynn a sa chambre et Lane également. Il y en a deux autres, pour loger des vacanciers, mais pour l'instant elles sont vides. Cy n'arrête pas de me dire que je peux les utiliser comme je veux, mais je n'ai pas encore décidé quoi en faire. Il ne restait donc que la chambre d'enfant de Sutton. Je n'avais pas prévu que Daye crache le morceau. Je ne comptais même pas t'en parler, a-t-elle dit en haussant les épaules.

J'oublie combien cette enfant est maligne. J'aurais dû me douter qu'elle serait curieuse de savoir ce qui se passait dans l'ancienne chambre de son père. (Elle m'a fait un sourire espiègle.) Les enfants… Tous les jours, ils me surprennent.

– Elle est vraiment adorable, ai-je dit même si je ne lui apprenais rien.

– Elle est très spéciale, a acquiescé Leo. On espère tous que Sutton saura s'en rappeler.

Leo n'avait jamais été le type de femme à discuter pendant des heures de mariage et d'enfants. Elle était férocement indépendante et aimait la solitude. Elle était ambitieuse, résolue à se faire une place dans le monde par elle-même. C'était d'ailleurs une des raisons pour lesquelles je m'étais attachée à elle dans notre jeunesse. Leo avait toujours paru savoir où elle allait exactement, jamais elle ne s'était posé de questions sur la route à suivre. Sa détermination me donnait de l'assurance. À ses côtés, du moins jusqu'à ce que son ex, Chris, lui tourne la tête et joue avec son cœur, je n'avais plus l'impression de me laisser porter au gré du vent. Je pouvais prétendre que mes affaires allaient s'arranger. Une rupture amoureuse et sa relation passionnelle avec Cy avaient complètement changé ma meilleure amie. Elle était toujours ambitieuse et farouchement déterminée, mais elle ne recherchait plus la solitude. Jamais elle n'avait été entourée par une famille aussi nombreuse, et jamais je ne l'avais vue aussi radieuse.

Décidée à égayer de nouveau l'atmosphère, je lui ai fait un petit sourire. Nous avions vécu suffisamment de drames comme ça.

– N'importe quoi, toi. Si j'avais un mec aussi sexy que Cyrus qui m'attendait au lit, je courrais le rejoindre, dispute ou pas !

Des trois frères, Cy était celui qui cadrait le moins avec la vie d'un ranch perdu au milieu de nulle part dans le Wyoming. Sa beauté sauvage était différente de celle de ses frères, et je ne mentais pas à Leo. S'il était à moi, je ne voudrais dormir qu'à ses côtés.

Elle a levé et descendu les sourcils avec une grimace si comique que j'ai dû me tenir le ventre tellement je riais.

– Fais-moi confiance, ça valait vraiment le coup de le forcer à venir me chercher. Tu n'imagines pas les trésors d'imagination qu'il peut déployer quand on s'oppose à lui.

– Tu as si l'air heureuse, Leo, ai-je dit avec un sourire tendre. Je ne t'ai jamais vue comme ça.

La route avait été longue et difficile, mais de toute évidence, elle avait trouvé la place qui lui convenait.

– Et moi, je suis heureuse que tu sois venue, a-t-elle répondu avec un coup d'œil à mes cheveux décoiffés et à mon visage chiffonné par la nuit. Tu as bien meilleure mine, Em. Ça fait plaisir à voir.

Je savais qu'elle ne parlait pas des cicatrices sur mon visage.

– J'ai peut-être meilleure mine, mais ce n'est pas encore tout à fait ça, ai-je dit avec précaution. C'est vrai ? Sutton s'est réveillé ?

– Tôt ce matin, a acquiescé Leo. Cy a dit qu'ils allaient le faire sortir demain. Lane avait rendez-vous cet après-midi pour emmener une famille d'Atlanta en excursion, donc c'est Cyrus qui est resté avec lui à l'hôpital. Normalement, j'aurais dû attendre qu'il rentre avant de laisser Daye le voir, mais elle vit mal la séparation. Ça avait déjà été très dur pour elle quand il était en convalescence dans le Montana. J'ai peur qu'elle s'effondre si elle ne le voit pas bientôt.

Je comprenais que la fillette ait besoin de s'assurer par elle-même que son père allait bien, qu'il respirait et que ses yeux étaient ouverts. Je ressentais la même chose. L'angoisse me crispait les mâchoires et contractait mes épaules. Même ma peau me gênait, comme si elle était trop étroite.

– Je la comprends. Moi aussi j'ai hâte de le voir.

Une expression inquiète a traversé le visage de Leo, qu'elle a dissimulée par un grand sourire.

– Dans ce cas, dépêche-toi de prendre ta douche et de te changer. Les Warner détestent être enfermés. Plus on oblige Sutton à garder le lit, plus il risque d'être de mauvais poil. Je vais m'assurer que Lane te laisse de quoi manger. Il a un appétit d'ogre.

J'ai ri car c'était ce qu'elle attendait de moi, mais avant qu'elle quitte la chambre, je lui ai demandé doucement :

– Comment ça se fait que tu sois Tante Leo et que Brynn soit juste Brynn ? Daye n'a pas grandi avec elle ?

Leo a eu un sourire lumineux et son regard a fondu.

– C'est parce que Sutton m'appelle Tante Leo alors qu'il appelle Brynn uniquement par son prénom. Daye voue une adoration sans bornes à son père. Il est son héros, la personne qu'elle préfère au monde. Elle imite chacun de ses gestes et répète tous ses mots, même ceux qu'elle ne devrait pas dire.

Ma gorge s'est subitement serrée et les larmes me sont montées aux yeux. Sutton était peut-être autodestructeur et dangereux, mais il n'hésitait pas à partager celle qu'il aimait le plus au monde avec les personnes qui le méritaient. Au fond de lui, il avait une belle âme.

Une boule dans la gorge, je suis entrée dans la salle de bains. L'eau brûlante de la douche a dissipé les dernières vapeurs du sommeil. Comme je n'avais pas le temps d'attendre que mes cheveux sèchent, je les ai tressés encore mouillés et me suis changée avec soin. J'étais habituée maintenant à voir les cicatrices sur ma poitrine. Elles ne me faisaient plus pleurer. Du moins, elles ne me définissaient pas. D'instinct, j'ai su que Sutton ne penserait pas pareil. D'ailleurs, l'autre soir, il avait été incapable de croiser mon regard dans le bar. J'avais le sentiment que, s'il voyait les marques qu'il avait désespérément tenté d'empêcher, il me renverrait de l'hôpital. Il n'avait pas la force physique ou morale d'être confronté au rappel de ce que nous avions vécu.

C'est pourquoi j'ai opté pour un T-shirt par-dessus lequel j'ai mis une chemise en jean ajustée. L'ensemble suffirait à tout couvrir. J'ai enfilé ensuite un legging noir et des bottes qui arrivaient juste sous le genou. J'avais gardé pas mal des jolis vêtements achetés spécialement pour notre premier séjour dans les terres sauvages du Wyoming. En notant que j'étais habillée quasiment comme Leo et Brynn, j'ai été contente d'avoir gardé mes anciennes tenues. Ce n'est qu'en grimpant à bord du rutilant 4x4 de Leo que j'ai pris conscience que j'essayais de m'adapter à elles. Je voulais qu'on ait l'impression que ma place était ici. Le choc de la révélation a été si brutal que je suis restée silencieuse tandis que les deux femmes bavardaient gentiment pour occuper Daye pendant l'heure de trajet jusqu'à l'hôpital de Sheridan.

– Lane s'est presque enfui après le petit déjeuner. Je croyais qu'il serait trop inquiet à propos de Sutton pour penser à son excursion, a remarqué Leo sur le ton de la conversation, mais même à l'avant, j'ai senti Brynn se raidir sur le siège arrière.

Tournant la tête pour regarder la sublime rousse, je l'ai vue qui se mordillait la lèvre avec insistance. Brynn avait plusieurs années de moins que Leo et moi. Ses magnifiques cheveux couleur rouille paraissaient jeter des flammes. Elle n'était pas toute menue avec la peau très blanche, comme on aurait pu s'y attendre, mais plus mate que moi. Ses jambes auraient fait pâlir n'importe quelle mannequin de défilé. Ses yeux noirs comme une nuit sans lune recelaient des secrets qu'elle ne semblait pas disposée à partager. Il émanait d'elle une innocence empreinte de douceur qu'il était impossible de ne pas aimer – Leo elle-même avait essayé très fort lors de leur première rencontre, persuadée que la jeune femme était amoureuse de Cy. Brynn aimait les trois frères, mais d'un amour qui n'était ni romantique ni sexuel. À la grande déception de Lane. Aussi étrange que ça puisse paraître, elle faisait partie de la famille, c'est tout.

Notant mon regard interrogateur, Brynn a tourné la tête pour regarder le paysage par la vitre.

– Ce soir, je vois Jack Hendrix. Il travaille dans le ranch des McKenna. Ça fait des mois qu'il me demande qu'on sorte ensemble, j'ai fini par accepter. Je ne crois pas que Lane l'aime beaucoup.

Si Brynn était proche des trois frères, sa relation avec Lane était plus compliquée. Ils avaient le même âge et se connaissaient depuis l'école. Brynn avait eu une enfance terrible. Comparée à ce qu'elle avait enduré dans son foyer, mon expérience traumatisante faisait l'effet d'une partie de campagne. Aussi, pour l'extraire définitivement de chez elle, le père des trois frères, alors au stade terminal d'une longue maladie, s'était marié avec la jeune femme et lui avait ouvert la porte de chez lui. Lane avait bien évidemment déjà proposé de l'épouser afin de la tirer des griffes d'un père ultra-violent, mais Brynn avait refusé. Ses frères avaient consolé Lane en lui disant qu'il était de toute façon trop jeune pour se sacrifier de cette manière. C'est ainsi que Brynn était devenue la belle-mère de son meilleur ami et la veuve de Boyd Warner.

La situation était d'autant plus complexe que Lane était manifestement épris de son amie d'enfance, laquelle n'avait pas l'air de voir les sentiments qu'il lui portait. Ce n'était donc pas tant que Lane n'aimait pas Jack. Il n'aimait personne qui sortait avec Brynn, aussi gentil soit le type.

Lorsque je me suis retournée, Leo souriait.

– On n'a pas le temps de s'ennuyer ici, ai-je dit en secouant la tête.

– Jamais, a-t-elle ri.

Durant le reste du trajet, nous avons discuté de sujets moins sensibles. À mesure qu'on approchait de l'hôpital, mes mains étaient de plus en plus moites et tremblantes. Je les ai essuyées contre mon legging, en vain. Marchant derrière Leo, je n'ai rien vu des longs couloirs qui menaient à la chambre de Sutton.

Enfin, Leo s'est arrêtée devant une porte à laquelle elle a frappé. Lorsqu'un « Entrez » bourru a retenti, elle s'est tournée pour me dire :

– Ne t'en fais pas, Cy est avec lui donc il va bien se comporter. Tu préfères entrer la première ou attendre qu'il ait vu Daye ?

Je m'apprêtais à répondre que j'allais attendre quand, à ma surprise, Daye a pris la situation en main. Elle s'est précipitée sur la porte et l'a ouverte tout en m'entraînant à sa suite. Manquant trébucher, je n'ai pas eu d'autre choix que la suivre dans la chambre, où la petite fille s'est exclamée, folle de joie :

– Papa ! Tu m'as manqué ! Regarde, ton amie est venue te voir, elle va t'aider à aller mieux.

Dès qu'elle a posé les yeux sur son père, Daye m'a lâché la main et a couru à son chevet aussi vite que ses petits pieds le lui permettaient. Heureusement que Cy était là pour la rattraper, sinon elle se serait jetée au cou de son père blessé.

Prenant la petite fille par la taille, Cy l'a assise avec précaution sur le lit, non sans lui avoir tendrement embrassé le front.

– Il faut être toute douce avec ton papa, Boucles d'or. Il a mal partout, a-t-il dit d'une voix basse où perçait tant d'émotion que ma gorge s'est serrée.

Sutton a pris son enfant dans ses bras et pressé son front contre le sien.

– Tu m'as manqué aussi, mon cœur. Pardon de ne pas avoir été à la maison.

Sa voix était râpeuse et comme pleine de terre. J'étais mal à l'aise d'assister à une scène si intime. Je m'apprêtais à sortir pour les laisser savourer le moment quand sa voix rauque m'a figée sur place.

– Em.

Le ton n'était pas celui de la haine, mais il n'était pas non plus celui d'une joie folle de me revoir. Prenant une profonde inspiration, j'ai levé la tête vers le regard dur et interrogateur de Sutton.

– Sutton. Je suis contente que tu te sois remis.

Il a poussé un grognement et regardé tour à tour son frère et moi.

– Tu restes longtemps ? a-t-il demandé d'un ton qui indiquait que plus tôt je partirais, mieux ce serait.

J'ai regretté de m'être attaché les cheveux ; au moins j'aurais eu de quoi m'occuper les mains. C'est un tic nerveux que j'ai. Je me suis forcée à rester complètement immobile et à lui dire la vérité.

– Aussi longtemps qu'il le faudra.

Je n'avais nulle part d'autre où aller, mais il n'avait pas besoin de le savoir.

Je n'allais pas partir avant qu'il me pardonne… et qu'il se pardonne à lui-même.

5

UN ÉVÉNEMENT INATTENDU

SUTTON

Daye s'est mise à pleurer quand Leo lui a annoncé qu'il était l'heure de partir.

Ce n'étaient pas des larmes de caprice. C'étaient des larmes désespérées à l'idée qu'on nous sépare alors qu'elle refusait de me quitter. De vraies grosses larmes de tristesse, lourdes et incontrôlables. Elle sanglotait tellement que son petit visage était cramoisi et qu'elle hoquetait en s'accrochant à moi. Elle était terrifiée à l'idée de ne plus jamais me voir rentrer à la maison. De me perdre pour toujours. Toute son angoisse était exprimée dans son visage minuscule.

Retenant sa propre émotion, Leo s'est penchée au-dessus du lit afin que ma fille puisse me faire un dernier câlin. Son visage mouillé pressé fort contre mon cou, je lui ai caressé le dos en lui promettant que je rentrerais au ranch le lendemain. Quand Leo s'est reculée avec Daye dans les bras, j'ai vu que ma fille ne me croyait pas. Ça m'a fait l'effet d'un coup de couteau au cœur. J'avais toujours été là pour elle. Mais pas dernièrement. Je ne l'avais jamais laissée tomber. Jusqu'à maintenant. La tristesse et la trahison étaient inscrites partout sur son visage. Mes frères avaient raison. Daye avait besoin d'être protégée contre moi. À cette pensée, mon estomac s'est contracté et j'ai cru que mon cœur allait exploser dans ma poitrine.

Une main sur la nuque de la petite fille, Leo lui a soufflé des paroles réconfortantes tandis qu'elle la portait dehors. Elle lui a répété que son père irait mieux, que ses oncles allaient s'en assurer. Elle lui a promis qu'à mon retour, je serais en pleine forme. L'expression sur le visage de Leo indiquait qu'elle-même n'était pas sûre de pouvoir tenir ces promesses. Elle n'a pas essayé de masquer son scepticisme lorsqu'elle m'a jeté un dernier regard par-dessus son épaule, avant de disparaître avec ma fille en pleurs dans ses bras.

Je me suis retrouvé seul un instant. Emrys n'était restée que le temps de s'assurer que je respirais. Quand elle a vu que j'étais réveillé et plus ou moins rétabli, elle a grommelé une vague excuse et s'est précipitée hors de la chambre, me laissant avec Daye et Cyrus. Leo aussi était entrée juste une minute, tout comme Brynn, mais en voyant Daye pendue à mon cou pour me raconter que la maîtresse avait apporté un lapin en classe et que sa copine avait un nouveau poney, elles se sont éclipsées en silence, non sans me lancer des regards de reproche et d'avertissement. Cy avait également quitté la pièce, mais avant de sortir, il m'a annoncé sans détour qu'à mon retour au ranch, il était hors de question que j'aille me cacher dans un des refuges. Il a ordonné à Lane de déménager mes affaires pour les mettre dans la maison principale. Un sourire narquois aux lèvres, il a ajouté qu'Emrys dormait dans mon ancienne chambre. J'étais donc obligé de m'installer dans une des chambres vides. À mon regard interrogateur, il a répondu que Lane avait transporté le lit d'une des maisons d'hôte jusque dans la chambre. Je lui ai été reconnaissant de ne faire aucun commentaire sur les boîtes de pilules vides et les cadavres de bouteilles qui jonchaient le refuge où je vivais. Mais je savais que le répit serait de courte durée. Lane n'allait pas se gêner pour m'en parler.

À présent que la chambre était redevenue calme et que personne ne m'observait, j'ai pressé fort le centre de ma poitrine. La douleur m'a coupé le souffle. La mâchoire serrée, j'ai senti la tension à l'arrière de ma nuque. Je n'avais jamais vu Daye dans cet état, même quand elle m'avait appelé, paniquée, plusieurs mois auparavant parce qu'Alexa avait perdu connaissance dans la salle de bains. Comme sa mère ne bougeait pas, Daye était persuadée qu'elle était morte. Dieu sait combien de temps ma petite fille était restée seule dans cet appartement à attendre que son ivrogne de mère sorte de son coma. Une minute, c'était déjà trop selon moi. Cet épisode avait été le point de départ de ma lutte pour obtenir la garde de l'enfant. Lorsqu'enfin j'étais arrivé à l'appartement pour ramener Daye au ranch, elle était en pleurs et visiblement secouée, mais rien de comparable à aujourd'hui.

Aujourd'hui, j'avais regardé le cœur de ma fille se briser à cause de moi.

J'ai juré à voix haute en tapant du poing contre la rampe du lit. J'avais déconné pire que ce que je croyais. Désormais, j'allais devoir affronter au quotidien deux visages torturés alors que je ne serais ni ivre, ni défoncé. J'allais devoir entendre les cris de deux voix féminines me suppliant d'aller bien. J'avais déjà à peine survécu la première fois, j'ignorais comment j'allais m'en sortir avec la souffrance de ma fille par-dessus.

– Et puis merde.

J'ai tripoté la barrière de sécurité jusqu'à réussir à la baisser et me suis préparé à sortir mes jambes nues hors du lit. Mes genoux et mes tibias étaient couverts de bleus. Aucune idée de la façon dont je m'étais fait ça. Ces derniers temps, j'étais tellement saoul et défoncé aux médicaments que je ne me serais rendu compte de rien si j'étais tombé dans un escalier. J'avais beaucoup de chance de ne pas m'être cassé le cou. Sombre idiot.

J'ai regardé les tubes qui sortaient de ma main en me demandant si je pouvais les enlever. J'étais en train d'arracher la bande adhésive qui les maintenait fixés quand la porte s'est ouverte et qu'Emrys est entrée dans la chambre. Je me suis levé d'un bond, seulement pour être pris d'un vertige si violent que je suis retombé sur le lit. J'ai vu à son regard qu'elle avait compris que je cherchais à m'enfuir. J'offrais une vision pathétique : hébété par le tournis, fesses à l'air sous ma chemise de nuit d'hôpital.

Calmement, elle s'est approchée de moi et, sans dire un mot, a ôté d'un geste la bande adhésive que j'essayais maladroitement de décoller. Puis elle est allée dans la cabine des infirmières et en est revenue avec du sparadrap et du coton. Toujours sans rien dire, elle a délicatement retiré l'aiguille enfoncée dans ma main. Elle a ensuite pressé un bout de coton sur la goutte de sang qui s'était formée, et a posé un sparadrap par-dessus.

– Cette perfusion était censée t'injecter les nutriments dont ton corps a besoin, a-t-elle dit enfin, sourcils levés, en faisant un pas en arrière. Tu étais très déshydraté à ton arrivée à l'hôpital. Tu avais aussi de grosses carences en potassium et en fer.

J'ai enlevé le capteur fixé à mon doigt et l'ai jeté sur le lit. Aussitôt, un bip tonitruant signalant que mon cœur ne battait plus a envahi la pièce.

– Eh bien, je me sens mieux maintenant et j'en ai marre d'être dans cette chambre. Je rentre voir ma fille.

Mon cœur s'est accéléré au souvenir de son petit visage éperdu de tristesse. Je me suis passé une main dans les cheveux, mais la sensation était si atroce que j'ai eu une grimace de dégoût. J'avais besoin d'une douche et d'une bonne nuit de sommeil dans mon lit.

Je voulais un shot de Jack Daniel's et une pinte. À cette pensée, mes poings se sont fermés et ma mâchoire s'est crispée. Pour Daye, il fallait que je sois fort.

Deux infirmières sont entrées dans la chambre avec des mines inquiètes.

– Tout va bien ?

La plus petite des deux s'est avancée vers le lit, mais je l'ai stoppée d'une main levée.

– Je m'en vais, ai-je dit en fixant Emrys avec défi.

Elle n'a pas dit un mot. Elle a sorti son téléphone et s'est mise à pianoter sur l'écran.

– Allez me chercher un formulaire de sortie, ai-je poursuivi.

– Vous allez sortir demain, M. Warner, a dit l'autre infirmière, les yeux écarquillés d'étonnement.

– Je pars maintenant. Je vais bien.

Il fallait que je retourne au ranch pour voir ma fille et la consoler.

Les infirmières ont échangé un regard affolé. Elles s'apprêtaient à répondre quand Emrys a pris la parole.

– Que vous lui donniez ou non l'autorisation de partir, il va le faire quand même. Au moins, si vous le laissez sortir contre l'avis du médecin, l'hôpital ne sera pas tenu pour responsable au cas où il lui arriverait quelque chose après sa sortie.

Bouche pincée, l'infirmière lui a jeté un regard froid.

– Nous allons parler au médecin de garde pour voir ce qu'il en dit. Quoi qu'il en soit, vous ne pourrez pas partir avant une heure environ, M. Warner.

La renvoyant d'un signe de main, je me suis tourné vers la femme sublime qui me dévisageait, yeux plissés et dents serrées. Lorsque Emrys était venue au ranch la première fois pour une semaine d'aventures dans les montagnes, je m'étais comporté comme un vrai con avec elle. Exprès. Elle représentait tout ce que j'avais appris à détester à cause de ma mère. Elle était propre sur elle, sophistiquée : une bourgeoise des villes. Elle n'avait rien à faire dans mon ranch. Et pourtant, je n'avais pas pu m'empêcher de la désirer. Mais non. Je savais ce que les femmes comme elle pouvaient faire au cœur d'un homme.

Déjà à l'époque, elle était magnifique. Ses longs cheveux noirs aux reflets cuivrés tombaient jusqu'au milieu de son dos tel un voile de minuit. Quand elle les attachait, comme maintenant, cela faisait ressortir ses yeux en amande et ses pommettes hautes finement dessinées. Ses lèvres charnues étaient de l'étoffe dont sont faits les rêves moites, et la couleur de sa peau m'évoquait des promesses coquines murmurées par une chaude nuit d'été. Les fines lignes blanches qui couraient le long de sa joue n'amoindrissaient pas sa beauté naturelle ni la perfection de son teint. Au contraire, elles donnaient à sa beauté une touche particulière, plus intéressante. Elles la rendaient plus abordable… moins parfaite. En tout cas plus accessible qu'auparavant.

– Tu as bonne mine, Em, ai-je dit comme si on m'arrachait les mots de force.

La dernière fois que je l'avais vue, elle était couverte de points de suture et son visage était en charpie. Tout ça parce que je n'avais pas su lui venir en aide.

Ses yeux dorés ont lui d'un éclat indéchiffrable et un tic nerveux a parcouru sa joue.

– Pas toi, Sutton. Tu as une tête épouvantable.

– Tu veux bien demander où ils ont mis mes vêtements ?

Non pas que ça m'aurait dérangé de partir d'ici cul à l'air. Je n'étais plus à un embarras près.

– Leo les a emportés pour les laver. Ils étaient couverts de bière et puaient comme une bouche d'égout, a-t-elle répliqué avec un regard désapprobateur avant de se remettre à pianoter sur son portable. Cy dit qu'il va se dépêcher d'en prendre au ranch pour te les rapporter. Il vient avec la voiture de Leo, comme ça, tu seras plus à l'aise.

J'ai juré et levé les yeux au ciel.

– J'arriverai à monter dans son camion.

À son tour, elle a levé les yeux au ciel. Ce n'était plus la même femme qui s'était enfuie de la chambre d'hôpital quand je lui avais ordonné de partir. Cette femme-là n'allait pas me laisser tomber. Elle ne me craignait pas. Emrys a croisé les bras sur sa poitrine, attirant mon regard sur le renflement de ses seins sous la chemise en jean. La première fois que je l'avais vue, je l'avais trouvée jolie mais trop fine à mon goût. Elle était grande, mince et élancée. Il lui manquait les formes et la douceur de Leo. Elle n'avait pas non plus la silhouette de mannequin *Playboy* de Brynn. Em semblait avoir été conçue pour la vitesse plutôt que pour le confort et la souplesse. Mais ça lui allait. Il faut croire que ça m'allait aussi, puisque malgré mes réticences, mon bas-ventre a frétillé. Je n'arrivais pas à détacher mes yeux d'elle.

Cela faisait six mois que je n'avais rien ressenti en dessous de la ceinture. J'imaginais que c'était ma punition pour avoir laissé ce pervers poser ses pattes sur elle. Visiblement, le message n'était pas arrivé jusqu'à mon sexe : quand elle a poussé un soupir de frustration et que ses seins ont remonté sous son chemisier, j'ai été choqué de sentir qu'à défaut d'être dur comme un roc, mon intérêt était clairement éveillé. Ça bougeait et s'émoustillait gentiment là-dessous.

Mal à l'aise, je me suis raclé la gorge en m'agitant sur le bord du lit.

– Il est encore loin ? Est-ce que j'ai le temps de prendre une douche avant son arrivée ?

Ses épaules se sont relâchées et elle s'est remise à tripoter son téléphone. Au bout de quelques secondes, elle m'a regardé avec un hochement de tête.

– Il vient d'arriver au ranch. Il sera ici dans une petite heure. Ça laisse le temps au médecin de t'ausculter pour décider si tu peux sortir ou non.

– Je sors, ai-je grommelé.

Daye avait besoin de moi. Elle avait besoin que je me reprenne en main. Ce n'était pas en restant dans cette chambre que je pourrais le faire.

– Ah oui ? a-t-elle rétorqué avec un haussement de sourcils. Je te rappelle qu'il y a une minute, tu as failli tomber en essayant de te lever.

Irrité qu'elle ait raison et qu'elle soit ici alors que je ne voulais pas d'elle, j'ai agrippé la barrière du lit pour me remettre lentement debout. La chambre n'a pas tourbillonné autour de moi aussi vite qu'auparavant, mais j'ai cru que j'allais vomir et mes jambes se sont mises à flageoler. Je les ai raidies de toutes mes forces, sans jamais la quitter des yeux tandis qu'elle m'observait avec attention.

– Puisque tu es déterminé à partir, attends au moins que les infirmières reviennent. On dirait que tu es sur le point de t'évanouir.

À présent que je n'étais plus assis, il y avait un tremblement dans sa voix. J'avais perdu beaucoup de poids après l'attaque dans les montagnes, mais je restais toujours plus grand et plus fort qu'elle. J'ai détecté dans son regard une lueur d'appréhension.

– Tu as enlevé l'intraveineuse sans problème. Donc tu vas pouvoir me donner un coup de main pour la douche, ai-je dit en la fixant dans les yeux, mais elle prenait soin d'éviter mon regard. Comment t'as fait ça, d'ailleurs ? Je croyais que tu bossais dans les ressources humaines.

Surprise, elle a levé la tête. Comme si j'étais réellement capable d'oublier quoi que ce soit la concernant. Tout l'alcool et toutes les drogues du Wyoming n'y suffiraient pas. Elle a fait un pas vers moi lorsque, prudemment, je me suis avancé. Avec un soupir agacé, elle s'est mise à mon côté tandis que je faisais un autre pas vacillant mais déterminé vers la salle de bains.

– Ma mère est infirmière. Elle travaille principalement en obstétrique, mais les bases sont partout les mêmes. Quand je jouais au docteur, elle m'aidait à faire des pansements à mes jouets. C'est grâce à elle que j'ai appris certaines choses.

Au moment où elle a passé son bras autour de ma taille, je me suis raidi. La chaleur de sa main a irradié le long de mon dos nu. Je n'avais encore jamais été aussi près d'elle et cette sensation me donnait le vertige plus que le manque de potassium ou je ne sais quoi. Elle a posé son autre main sur mon estomac et m'a regardé de sous ses longs cils.

– Tu es vraiment très maigre, Sutton.

Elle n'avait pas tort. C'est ce qui arrivait quand on buvait ses repas au lieu de les manger.

En guise de réponse, j'ai grogné tandis que nous traversions la chambre. C'est vrai, je n'avais jamais été aussi maigre, mais il restait encore beaucoup de kilos à maintenir debout et à déplacer. Le temps d'arriver à la salle de bains aseptisée et minuscule, nous étions tous les deux essoufflés et des gouttes de sueur perlaient au front d'Emrys. Elle m'a aidé à m'asseoir sur l'abattant des toilettes et m'a conseillé à nouveau d'attendre le retour des infirmières.

– Soit tu restes et tu t'assures que je ne glisse pas et que je ne me brise pas le cou, ai-je dit d'un ton impatient, soit tu attends dehors que je t'appelle en cas de besoin.

Ça m'était égal. J'étais écœuré par ma propre odeur et par mon manque d'hygiène en général.

Indécise, elle est restée à danser d'un pied sur l'autre sur le seuil de la porte. Sans attendre qu'elle se décide, j'ai passé une main derrière mon dos pour défaire le nœud de ma blouse d'hôpital. Elle a glissé avec un frou-frou sur mes genoux, couvrant opportunément mon sexe soudain animé. Je pensais qu'elle prendrait peur de me voir nu. Je croyais qu'en voyant ma poitrine déchiquetée, elle se rappellerait que je l'avais laissée tomber et qu'elle s'enfuirait.

Je croyais mal.

Elle a eu un hoquet de surprise qui a fait frissonner tout mon corps, et avant que je puisse faire quoi que ce soit, elle était à genoux devant moi, la main sur la cicatrice de trente centimètres qui zébrait mon buste, de la pomme d'Adam au pelvis. On avait été obligé de m'ouvrir en deux pour me sauver la vie, et l'entaille était encore rouge vif. La caresse de ses doigts m'a brûlé davantage que la cicatrisation. Les larmes aux yeux, elle l'a effleurée de haut en bas. J'étais trop abasourdi pour parler car mon sexe semblait apprécier de la voir dans cette position et me le faisait sentir. J'ai repoussé doucement sa main, conscient qu'elle était beaucoup trop proche de mon érection naissante.

– Ça va aller. J'ai juste besoin de quelques minutes pour me doucher et me laver les cheveux.

J'avais surtout besoin de me masturber en profitant que ma bite fonctionnait à nouveau. Mais ça, elle n'avait pas à le savoir. C'était déjà un petit miracle, je n'allais pas passer à côté de ma chance.

– Ferme la porte. Je te promets que si j'ai un vertige ou que je perds l'équilibre, je t'appellerai.

Elle hésitait encore quand je le suis levé. La blouse est tombée au sol et mon érection a jailli. Elle a étouffé un cri. Elle ne pouvait pas savoir que c'était la première fois depuis des lustres que je bandais. Ça non plus, ça ne la regardait pas. Pas plus qu'elle n'avait à savoir qu'elle était la raison de ma guérison miraculeuse. Vite, elle a pivoté sur ses talons et passé la porte, la laissant juste assez entrebâillée pour m'entendre l'appeler.

Ça, je l'aurais bien appelée tout de suite. Mais pas pour m'aider à entrer ou à sortir de la douche.

Je me suis regardé : la cicatrice sinueuse et la douloureuse érection. J'ai eu un reniflement de mépris. OK, je ne ressemblais à rien, mais un rien en état de marche.

Ouvrant l'eau, je me suis glissé prudemment sous le jet pour me laver de six mois de choix malheureux. J'ai frotté avec vigueur ma barbe et mes cheveux trop longs, une main appuyée contre le mur lorsque ma vision a commencé à s'obscurcir. Laissant l'eau s'écouler sur mon crâne et le long de ma nuque, j'ai empoigné le morceau de chair qui avait été inutile jusqu'au moment où cette femme avait resurgi dans ma vie.

La première caresse m'a arraché un gémissement. Ça faisait si longtemps. C'était tellement bon… J'ai juré à la deuxième caresse, ignorant Emrys lorsqu'elle m'a demandé si tout allait bien. Son visage et sa voix ont accompagné les va-et-vient suivants. Les yeux fermés, je me suis perdu dans la sensation de plaisir et de relâchement.

Ma colonne vertébrale s'est mise à frémir, mes jambes à frissonner, et ma respiration s'est accélérée. J'allais finir avant même d'avoir commencé et j'ai prié pour que cette érection ne soit pas l'unique d'un proche avenir. J'allais sacrément m'en vouloir si je la gaspillais sur ma main au lieu de m'en servir sur une femme consentante. Quand j'ai joui, je n'ai pu m'empêcher de pousser un cri de soulagement. Le poing serré autour de mon membre palpitant, j'ai senti mon corps se relâcher subitement. C'était la première fois depuis des mois que je me sentais bien, à nouveau entier.

Je m'écartais du mur pour éteindre l'eau quand un souffle aigu a attiré mon attention. Emrys se tenait à la porte de la salle de bains, les yeux écarquillés, le visage enflammé, les doigts sur ses lèvres entrouvertes. Ma main était toujours sur ma verge ; mon visage affichait sûrement encore une expression avide et dure. Elle a cillé de ses grands yeux couleur miel et, lentement, a reculé vers la porte tandis que je lâchais mon sexe pour fermer le robinet.

– J'ai entendu du bruit et je me suis inquiétée, a-t-elle dit en pivotant pour s'échapper de la pièce.

– Je t'ai dit que je t'appellerais si j'avais besoin d'aide.

J'ai pris la serviette éponge suspendue au crochet. Hors de question que j'enfile à nouveau leur stupide blouse d'hôpital. J'ai repoussé mes cheveux vers l'arrière et gratté ma barbe humide. Dès mon arrivée au ranch, j'allais me raser, ou du moins remettre un peu de netteté dans cette broussaille. En sortant de la douche, ma vision s'est troublée jusqu'à devenir noire. J'ai poussé un juron et appelé :

– Em.

Avec réticence, elle a glissé la tête par la porte. Elle était encore rouge d'embarras et évitait soigneusement mon regard.

– Je ne me sens pas trop bien. Tu peux m'aider à revenir au lit ?

Son regard s'est attardé sur mon torse mouillé et sur la serviette nouée autour de ma taille. Je m'attendais à ce qu'elle refuse, mais elle s'est reprise et a redressé le dos. Sa longue tresse a basculé par-dessus ses épaules pour venir se nicher entre ses seins. Réprimant un gémissement, j'ai essayé de ne pas crier d'excitation quand mon membre s'est mis à frétiller. Visiblement, il rattrapait le temps perdu.

Elle m'a jeté un regard curieux tout en passant un bras autour de ma taille. J'ai haussé les sourcils et dit d'un ton monocorde :

– J'ai besoin de toi.

Mon sarcasme n'a pas eu l'air de l'impressionner.

Je lui avais dit que je l'appellerais en cas de besoin. J'aurais dû savoir que, tout ce temps, j'avais eu besoin d'elle. Cruelle ironie du sort. Peut-être ma punition pour l'avoir laissée tomber était-elle en fait plus dure et sévère que la simple incapacité à bander. Si un tel châtiment existait, aucun doute qu'Emrys serait mon bourreau.

6

LÀ OÙ BAT MON COEUR

EMRYS

Le médecin voulait garder Sutton jusqu'au lendemain. Mais cet entêté était résolu à s'en aller. Le docteur l'a averti qu'étant donné ses abus des derniers mois, il y avait de fortes chances pour qu'il subisse les effets du manque. Sutton l'a renvoyé d'un geste de la main : il irait bien. Pourtant sceptique, le médecin a compris que rien de ce qu'il pourrait dire ne le ferait changer d'avis.

Plutôt que de chercher une dispute qui ne ferait qu'augmenter le stress du patient, le personnel hospitalier a décidé de le laisser sortir contre l'avis du médecin. Cy était mécontent de la décision mais il savait que rien n'arrêterait son frère. J'avais du mal à regarder Sutton en face après ce que j'avais vu dans la salle de bains. Mes joues étaient en feu et ma bouche encore sèche au souvenir de lui prenant son plaisir solitaire sous la douche. Même blessé et amoindri, la vision de Sutton nu m'avait électrisée. Il restait sec et fort malgré sa minceur, et l'eau faisait ressortir la saillance de ses muscles parfaitement dessinés. Quant à son sexe, il ne paraissait pas avoir subi de dommages collatéraux suite à sa chute dans l'addiction. Si une partie de son corps avait gardé sa puissance et sa vigueur, c'était bien celle-là. Voir jaillir autant de virilité sous mes yeux m'avait demandé un effort violent pour m'arracher à la salle de bains au lieu de m'approcher tout près pour regarder sa main monter et descendre sur sa verge luisante d'eau.

Cy avait rapporté un pantalon de survêtement et un T-shirt défraîchi afin qu'il puisse se changer. Sutton portait également une paire de Converse usées au lieu de ses éternelles bottes de cow-boy. En tenue de sport, il ressemblait à un étranger. Mais il n'avait pas eu l'air aussi à l'aise depuis des mois. Il a rouspété quand son frère l'a aidé à monter à bord du 4x4, même s'il était encore trop faible pour se déplacer seul.

Le trajet jusqu'au ranch s'est fait en silence, chacun des deux frères perdu dans ses pensées tandis que je luttais pour garder le contrôle sur mon brusque et inopportun réveil de libido. Ma vie sexuelle avait toujours été saine et active. J'étais une monogame chevronnée, passant d'une relation longue à une autre. Aucune ne durait plus de deux ans. Je me retrouvais dans l'équivalent romantique d'une maison à retaper. Une fois que les travaux étaient achevés, je m'attelais au projet suivant. Avant mon premier séjour dans le Wyoming, je sortais plus ou moins avec un chef renommé. Il était sophistiqué et charmant et parlait avec un irrésistible accent français. Il ignorait aussi à quel point il était doué dans son métier et je l'avais vivement encouragé à ouvrir son propre restaurant. Nous en étions encore à la phase de « découverte » quand j'étais partie. Ça avait été ma dernière relation. Une fois mon visage reconstruit, j'avais été tentée de vérifier que je continuais à plaire au sexe opposé. Mais le cœur n'y était pas. Ce n'était pas mon ego qui avait besoin de réconfort, c'était mon âme. Je me fichais d'entendre que j'étais belle ou désirable. J'avais besoin de savoir que je méritais d'être secourue, que l'on se sacrifie pour moi. J'avais besoin de quelqu'un qui mériterait que je me sacrifie pour lui.

Car personne, jamais, n'était parvenu à allumer en moi un feu sacré comme Sutton. Il avait suffi d'un regard pour que tous mes sens se mettent en alerte et que le monde reprenne sa place. D'habitude, j'étais à l'aise et sûre de moi avec les hommes. Je n'étais ni une allumeuse, ni une fausse timide. Je n'avais aucun problème à demander ce que je voulais et à m'en aller sans la moindre culpabilité si je ne l'obtenais pas. Je savais exactement ce que j'avais à offrir et je n'avais jamais rien donné de plus. Avec Sutton, ça avait été différent. Dès le départ, je n'avais pas su comment l'aborder. Ma présence l'ennuyait de manière si flagrante que j'avais été intimidée. Je savais que j'avais envie de lui, mais il me faisait un peu peur. Il m'intriguait plus qu'aucun autre homme auparavant. Maintenant que je savais exactement à quoi il ressemblait dans un moment d'extase et de jouissance, j'avais beaucoup de mal à me rappeler qu'il ne voulait rien avoir à faire avec moi. J'étais la dernière femme qui aurait un jour la chance de provoquer cette expression intense sur son beau visage.

J'ai soupiré beaucoup plus fort que prévu dans le silence de la voiture. À l'avant, deux têtes se sont retournées pour me dévisager avec étonnement, et j'ai piqué un fard en baissant les yeux sur mes genoux.

– Ça va ? a demandé Cy d'un ton de sollicitude fraternelle.

– Je suis juste fatiguée, ai-je dit avec un hochement de tête en me tournant pour regarder par la vitre. Ça doit être le décalage horaire.

Cy a reporté son attention sur la route mais Sutton a gardé les yeux fixés sur moi. Il avait mauvaise mine et serrait les lèvres au point qu'elles étaient striées de fines lignes blanches. Même s'il avait l'air de souffrir, il ne se plaignait pas.

– Où es-tu allée ?

J'ai passé sous silence le fait que c'était lui qui m'avait ordonné de partir.

– Je suis restée quelque temps avec Leo dans son appartement en ville. Cy lui manquait, mais elle refusait de quitter Bay Area tant que je m'y sentirais en sécurité. Je suis partie sans la prévenir pour rendre visite à sa grand-mère en Floride. (J'ai appuyé mon front contre la vitre et fermé les yeux.) Mon visage ressemblait à celui d'un monstre. Comme je ne voulais pas que mes parents me voient dans cet état, je ne pouvais pas rentrer chez moi, ai-je poursuivi péniblement. Ma lâcheté a joué en ma faveur. La grand-mère de Leo fréquente un chirurgien plastique à la retraite qui vit dans le même lotissement qu'elle. C'est lui qui m'a recommandée à un spécialiste. Je suis restée un mois à la clinique pour me faire reconstruire le visage. Lorsque j'ai pu à nouveau me regarder dans le miroir, j'ai pris un avion pour une destination chaude et ensoleillée parce qu'à l'intérieur, je me sentais aussi froide que la glace. Être entourée de gens me faisait souffrir. Être entourée de gens qui m'aimaient était encore plus douloureux. Je cherchais un lieu tranquille où guérir sans répondre à aucune question.

Je cherchais quelque chose de facile… du moins je le croyais.

Je sentais son regard me pénétrer mais je n'étais pas encore prête à le croiser.

– Tu as revu ta famille depuis ?

La voix de Sutton était rauque, avec un tremblement léger que je n'ai pas pu identifier. J'ai rouvert les yeux pour l'examiner.

Il était en sueur et parcouru de frissons. Inquiète, je me suis penchée pour lui toucher délicatement le front. Sa peau était moite, brûlante. Il avait encore plus mauvaise mine que lorsqu'il était arrivé aux urgences sur une civière. Il a eu un mouvement de recul et s'est tourné vivement pour regarder la route devant lui, les yeux rivés sur le pare-brise.

– Non. J'ai parlé avec ma mère il n'y a pas longtemps. Elle sait que j'ai été blessée, mais je lui ai raconté une version édulcorée des événements. Par contre, impossible d'en parler à mon père. Il m'a éduquée pour que je sois forte et que je sache me défendre. Il m'a appris à me battre et à ne pas me laisser faire. C'est lui qui m'a montré comment me servir d'une arme et comment me débrouiller dans la nature.

Mon père refusait que quiconque profite de moi. Selon lui, ma beauté allait m'attirer des ennuis si je ne faisais pas attention. Il ignorait combien il avait vu juste.

– J'ai l'impression d'avoir trahi mon père en permettant à cette situation d'arriver.

Tous les jours, je me demandais si j'aurais pu mieux faire, me battre plus fort. J'avais tellement eu l'habitude d'une vie facile que j'avais oublié comment me protéger. Au souvenir de mon impuissance et de ma faiblesse, j'ai eu un frisson incontrôlable.

J'ai remarqué que Sutton serrait les poings et que ses mâchoires se contractaient, mais il n'a rien dit. Cy a pris la parole :

– Moi qui ai failli perdre un membre de ma famille à cause de ces salauds, je peux t'assurer que la seule chose qui importe aux personnes qui t'aiment, c'est que tu sois vivante. Les cicatrices, on s'en fout. Pareil pour les raisons qui t'ont menée à cette situation. La seule chose véritablement importante, c'est que tu sois là avec eux, en vie, et qu'ils puissent continuer à t'aimer et à prendre soin de toi.

Sutton ne regardait pas son frère, mais son visage s'est détendu.

J'ai refermé les yeux pour répondre aux mots pleins de sagesse de Cy.

– Tu as sans doute raison. Ils méritent de savoir que je vais bien.

– D'après ce que je vois, a ri Cy, tu vas mieux que bien, Em. Tu es une des femmes les plus fortes que j'aie jamais rencontrées.

J'ai bafouillé un merci ému qui a été noyé sous le grommellement de Sutton.

– Ça n'aurait jamais dû arriver. Rien de tout ça n'aurait dû arriver.

Je me suis crispée, sachant qu'il avait raison. Si je n'avais pas demandé à faire une halte, si j'avais été plus forte, plus rapide, plus entraînée, ils ne nous auraient pas rattrapés. Ils ne nous auraient pas cueillis comme on ramasse deux fruits mûrs. Ça n'aurait pas dû arriver et pourtant, par ma faute, c'est ce qui s'était passé. Et ça, je me gardais bien d'en parler.

– Ça n'aurait pas dû arriver, mais c'est arrivé, a répliqué Cy d'une voix qui ne laissait pas de place à la contestation. Aucun de nous ne peut remonter le temps. Mais nous pouvons aller de l'avant avec la connaissance de ce que nous avons failli perdre. Nous pouvons apprécier ce que nous avons encore.

Il y avait là une mise en garde impossible à ignorer.

Un silence tendu a envahi l'habitacle. Personne n'a plus dit un mot jusqu'à ce qu'on arrive sur le sentier qui conduisait au ranch. Cy a ouvert la grille en métal avant de rouler sous l'immense panneau avertissant qu'on entrait dans la propriété privée des Warner. Il a fallu encore vingt minutes pour atteindre la demeure. Le soleil se couchait derrière les montagnes, et les lumières étaient allumées dans la maison principale ainsi que dans les refuges pour randonneurs. Dans la voiture, la tension est montée d'un cran à la vue d'une voiture de police garée à côté d'une petite voiture blanche. Rodie discutait avec une Leo au visage fermé et grave. Une autre femme se tenait légèrement en retrait, les yeux rivés sur ma meilleure amie.

La femme était en mini-short en jean et débardeur moulant. Des bottes de cow-boy d'aspect coûteux enserraient ses jambes interminables. Elle avait le visage très maquillé. De longues coulures noires sur ses joues indiquaient qu'elle avait pleuré. Elle ressemblait à une version dégradée de Carrie Underwood. À la fois jolie et tragique. J'allais demander qui c'était quand Sutton est descendu du 4x4 avant même que le véhicule soit à l'arrêt. Poussant un juron, Cyrus s'est garé à la hâte et, sans prendre la peine d'éteindre le moteur, a suivi son frère vers la maison.

Je n'osais pas sortir de voiture par crainte de les déranger, mais la curiosité a été plus forte lorsque j'ai vu Leo pointer du doigt la femme blonde avec une expression furieuse. Elle a fait un pas dans sa direction mais le shérif l'a retenue. Puis Cy l'a repoussée vers l'arrière en la prenant par la taille.

C'est alors que Sutton a contourné le shérif et s'est campé devant la blonde, qui l'a toisé d'un air de défi. Quand elle a croisé les bras sur sa poitrine, j'ai remarqué combien ses seins étaient lourds et rigides. Des faux, ai-je pensé mesquinement. Les vrais seins ne tiennent pas tous seuls.

Discrètement, je me suis approchée de Leo, observant avec étonnement Sutton hurler sur la blonde qui s'est aussitôt mise à pleurer et à crier.

– Qu'est-ce que tu fous ici, Alexa ? s'est-il exclamé d'une voix tremblante de rage.

– Je viens récupérer Daye. Je sais ce qui s'est passé au Big Horn, Sutton. Tu étais censé t'occuper d'elle, pas tes frères. Elle aurait dû rester avec moi pendant que tu étais à l'hôpital cette semaine. Elle est à moi, pas à eux, a hurlé la femme, le visage collé au nez de Sutton.

– Elle est à moi, a rétorqué Sutton, poings serrés, en plissant les yeux. Toi, tu l'as une semaine par mois. Que je sois là ou pas ne change rien. Le juge sait qu'elle reste au ranch quand je dois partir plusieurs jours en excursion pour le travail. C'est moi qui ai la garde.

– C'est aussi *ma* fille, Sutton. Elle devrait être avec moi.

Bien qu'elle soit jolie, il y avait une agressivité dans sa voix qui la rendait laide.

La femme a levé les mains comme si elle s'apprêtait à le frapper, mais la voix glaciale de Leo l'a stoppée net.

– Si tu le touches, je dis à Rodie de t'arrêter pour agression. C'est une propriété privée ici, je t'ai déjà prévenue que tu n'avais pas la permission d'entrer.

– Fais bien attention à toi, a dit Sutton d'une voix si menaçante que j'en ai eu la chair de poule.

– Toi, fais gaffe, a répondu Alexa en se passant une main sur le visage. Je vais te traîner encore une fois devant les tribunaux, Warner. C'est pas juste que j'aie perdu mon bébé à cause d'un cocktail ou deux. J'ai le droit de me relaxer. C'est pas moi qui ai provoqué une baston et qui me suis évanouie en public. Pourquoi aurais-tu la garde ? Ça ne se passera pas comme ça. Cette fois tu t'es mis dans la merde, et je ferai tout pour te la reprendre.

J'ai remarqué que Sutton essayait de contenir un mouvement de colère. Son ex aussi l'a vu. Reniflant avec mépris, elle lui a fait un sourire mauvais. J'étais surprise qu'elle puisse être son type de femme : méchante, avec la langue bien pendue. C'est vrai, elle était belle, mais sans aucune douceur ni gentillesse. Connaissant le caractère de Sutton, j'aurais imaginé qu'il serait attiré par quelqu'un qui adoucirait sa propension à la dureté. Ces deux-là étaient comme l'huile et le feu : un mélange explosif et dangereux.

– Pour rien au monde je ne te laisserai perturber la routine de Daye, Alexa. Elle est enfin en sécurité, elle a un foyer maintenant. Elle se sent chez elle ici, c'est pourquoi elle va rester au ranch. Ici, elle est entourée de sa famille. Tout le monde l'aime. Elle n'a pas à s'inquiéter de se réveiller au beau milieu de la nuit pour découvrir qu'elle est seule. Même quand je suis absent, mes frères sont là pour veiller sur elle. Leo et Brynn aussi. Ces deux femmes sont un meilleur exemple pour elle que tu ne l'as jamais été. Donc sors d'ici et ne reviens plus. Sinon, je demanderai à Rodie de te mettre en état d'arrestation.

Il a reculé d'un pas et croisé les bras sur sa poitrine. Je voyais qu'il vacillait légèrement : il luttait très fort pour ne pas perdre l'équilibre.

Sans réfléchir, je me suis approchée de lui afin qu'il puisse s'adosser contre moi. Je ne sais pas lequel de nous deux, lui ou moi, a été le plus surpris, mais c'est ce qu'il a fait, sans protester. La blonde m'a lancé un regard vide, la bouche tordue en un rictus moqueur.

– Je vois que ton frère n'est pas le seul à s'être dégoté une poule des villes. Combien de temps tu crois qu'elle va rester, Sutton ? Une semaine ? Un mois ? Assez longtemps pour faire croire à ma petite fille qu'elle a une nouvelle maman qui lui brisera le cœur quand elle foutra le camp ? Pour une fois, arrête de ne penser qu'à toi.

Quand Sutton a fait mine de se jeter sur elle, Alexa a reculé vivement. Il ne l'a pas touchée, mais le rouge lui est monté aux joues – première trace de couleur depuis des jours.

– C'est uniquement à ma fille que je pensais quand je te l'ai enlevée, a-t-il grogné d'une voix furieuse. Si tu te comportais en mère digne de ce nom, tu chercherais à la voir plus qu'une fois par mois et tu lui parlerais plus longtemps au téléphone. Tu veux me traîner devant le juge ? Vas-y. Je n'ai déconné qu'une seule fois en six ans. Alors que Daye continue à faire des cauchemars à cause de ce que tu lui as fait subir. Maintenant tire-toi de mon ranch, Alexa. Tu es pathétique.

La femme s'est remise à pleurer à chaudes larmes. Mais avant que Rodie l'entraîne, elle a lancé un dernier avertissement.

– Je vais récupérer ma gosse, Sutton. Ni toi ni tes frères ne me faites peur. Quant aux pétasses qui sont avec toi, je n'en ferai qu'une bouchée. Peu importe ce qu'il va me falloir faire, mon bébé reviendra vivre avec moi.

Puis Rodie l'a raccompagnée à sa voiture, près de laquelle il est resté jusqu'à ce qu'elle démarre dans un nuage de poussière. Le shérif a secoué la tête et s'est avancé vers Sutton, qui était toujours appuyé de tout son poids sur moi. Je sentais son corps trembler contre le mien et la transpiration mouiller son T-shirt. J'ai passé un bras autour de sa taille, consciente que Leo observait nos moindres mouvements avec une expression de surprise.

– Elle m'a demandé de contrôler que Daye allait bien. Elle savait que tu étais à l'hôpital et que tout le monde faisait des allers-retours pour te voir. Elle a dû penser que vous laisseriez Daye seule. Je lui ai dit que c'était peu probable, mais elle a insisté. Comme je ne pouvais pas lui refuser un contrôle à domicile, je suis venu et j'ai trouvé Daye qui mangeait tranquillement en compagnie de Leo et de Brynn. J'aurais dû me douter qu'elle se pointerait pour semer la pagaille. Elle s'est emportée en exigeant de voir Daye. J'ai cru que Leo allait la frapper, a expliqué Rodie avec un regard de reproche à Leo.

Mon amie a haussé les épaules et s'est blottie contre son homme, qui la tenait dans ses bras.

– Je l'aurais fait si Lane n'était pas arrivé à ce moment-là avec le groupe d'invités. Ils tombent mal. D'ailleurs je vais proposer une ristourne à cette famille de l'Oregon.

– Il faut que j'aille voir Daye, a soudain dit Sutton en s'écartant de moi.

– Dès que Rodie s'est assuré qu'elle était surveillée par des adultes, Brynn a détourné son attention de la dispute dehors. Je savais qu'Alexa ne partirait pas sans faire une scène, a repris Leo en poussant soudain un cri lorsque Sutton s'est écroulé au sol, les mains sur le ventre, pour vider le contenu de son estomac.

Cy s'est précipité aux côtés de son frère.

– Qu'est-ce qu'il y a ? Tu veux qu'on te ramène à l'hôpital ? s'est-il écrié d'une voix inquiète tandis que Sutton essayait de le repousser.

Les mains triturant nerveusement ma tresse, je me suis éclairci la gorge.

– Le médecin nous a prévenus qu'il ressentirait probablement les effets du manque maintenant qu'il n'est plus sous perfusion. Il va être patraque pendant quelques jours.

– Dans ce cas, on va t'installer confortablement.

Cy a empoigné son frère pour l'accompagner dans la maison en lui assurant qu'il l'emmènerait voir Daye. Sutton a paru se calmer lorsque Cy lui a dit que Daye serait folle de joie de savoir son père rentré.

Leo a dit au revoir au shérif et s'est approchée de moi. Me donnant un léger coup d'épaule, elle m'a soufflé :

– Sacré morceau, son ex.

– Je ne m'attendais pas du tout à ça, ai-je acquiescé, mal à l'aise. Je veux dire, elle ressemble à Miss Wyoming, mais son comportement… (J'ai secoué la tête.) Je n'étais pas préparée à ça. Pourquoi est-il resté aussi longtemps avec elle ? Pourquoi a-t-il eu un enfant avec cette femme ?

Sutton avait certes beaucoup de défauts, mais il était loin d'être stupide. Je n'imaginais pas que c'était le genre d'homme à penser avec sa bite plutôt qu'avec sa tête.

Bras dessus, bras dessous, nous avons gravi les marches du vaste perron de la maison.

– Il l'a choisie parce qu'elle vient du coin et qu'elle y restera. Quoi qu'on puisse dire d'elle en ville, et même si tout le monde sait que c'est une alcoolique et une mauvaise mère, elle ne partira pas. Après tout ce que leur mère avait fait subir à leur père, en plus de la façon dont Cy avait changé suite à sa première rupture, la seule chose qui importait à Sutton était qu'Alexa ne quitte pas la ville. Le reste ne comptait pas. Elle est fière d'être du coin et refusera toujours de partir. Sutton a cru que ce serait suffisant pour que leur couple fonctionne. Mais il a vite déchanté quand il s'est rendu compte qu'il allait devoir faire des choix difficiles non seulement pour son propre bien, mais pour la sécurité de Daye. Sutton est la seule personne qui arrivait à contrôler Alexa. Maintenant qu'elle le considère comme son ennemi, plus rien ne va la retenir. C'est une femme dangereuse. Les garçons la sous-estiment, moi non. Elle est encore amoureuse de lui. Elle est persuadée qu'il lui appartient et se sert de Daye pour le manipuler afin qu'il reste dans sa vie, a dit Leo d'un ton acerbe.

Elle savait d'expérience que les femmes pouvaient être aussi perverses et déloyales que les hommes.

– Un joli visage peut cacher bien des vices, ai-je dit d'une voix plus mélancolique que prévu.

Leo m'a redonné un petit coup d'épaule.

– Et parfois un joli visage n'est qu'une fraction de la beauté intérieure d'une personne.

Toute ma vie, on m'avait dit que j'étais plus belle que les filles autour de moi, comme si cela me rendait spéciale, que je méritais plus qu'elles. Quand j'avais eu le visage amoché, même si ça avait été pour une courte période, j'avais remarqué qu'on me traitait différemment. J'étais devenue quelconque. Ça avait été une révélation. J'avais pris conscience qu'il me fallait faire davantage d'efforts pour obtenir ce que je voulais.

Si pour avoir ce que je voulais il fallait que je reste ici, c'est ce que je ferais. Il me faudrait aussi tenir compte de la mise en garde de Leo selon laquelle Alexa était dangereuse. Car derrière la colère, il y avait une femme qui souffrait et qui regrettait d'avoir tout gâché.

Elle n'avait rien à perdre. Ça suffisait pour prendre ses menaces très au sérieux.

7

DES JOURS AVEC, DES JOURS SANS

SUTTON

Les deux jours suivants sont passés dans un brouillard fiévreux. Je ne pouvais rien avaler, tout me faisait mal. J'avais l'impression que ma peau était deux tailles trop petite. Je tremblais tellement que j'aurais juré entendre mes os s'entrechoquer les uns contre les autres. Je passais plus de temps roulé en boule sur le carrelage de la salle de bains que dans le lit que mes frères avaient transporté dans la maison. J'essayais d'afficher une expression vaillante pour Daye, mais personne n'était dupe. Tout le monde s'était accordé pour lui dire que j'avais la grippe, et de ne pas s'approcher trop près car j'étais contagieux. Ma fille était heureuse que je sois de retour, mais je voyais que la visite de sa mère l'avait perturbée. Elle était étrangement calme et m'avait demandé au moins dix fois si elle allait devoir retourner chez sa mère pour le week-end. J'ai eu beau la rassurer, lui expliquant qu'elle n'irait nulle part où elle n'avait pas envie d'aller, elle continuait à bouder. J'étais trop dans les vapes pour être d'une quelconque utilité. Dieu merci, ma famille était là pour prendre le relais et promettre à Daye qu'ils ne laisseraient personne l'enlever de la maison.

Je souffrais également d'hallucinations.

Du moins, c'est ce que je pensais. À plusieurs reprises au cours de mon délire, je jurais avoir vu Emrys entrer dans la salle de bains pour s'asseoir à côté de moi sur le carrelage frais. Dans mon rêve, Em posait ma tête sur ses jambes et caressait mon crâne trempé de sueur jusqu'à ce que je m'apaise. Chaque fois que j'ouvrais les yeux pour lui demander ce qu'elle faisait, je m'apercevais que j'étais seul, accablé de souffrance, et je me reprochais amèrement de prendre mes désirs pour la réalité. Je détestais me réveiller par terre en position fœtale, avec la sensation que j'allais régurgiter mes organes. Je ne supportais pas non plus l'idée qu'Emrys partage mon espace, ma vie. C'était si perturbant qu'en comparaison, les effets du manque d'alcool et d'antalgiques semblaient peu de chose. Penser à elle me procurait le réconfort dont j'avais cruellement besoin, pourtant je refusais d'aller mieux grâce à elle. J'étais trop habitué à me sentir minable à cause de ce que j'avais laissé lui arriver. Mon esprit tourmenté refusait d'accepter qu'elle soit la seule chose capable de soulager le remords et la culpabilité qui me déchiraient l'âme à chaque minute de la journée.

Après cinq jours de sueurs froides et de tremblements, mon estomac s'est enfin légèrement remis et j'étais capable de rester debout sans avoir l'impression que j'allais m'effondrer. Mais je continuais à me faire peur quand je me regardais dans le miroir. Ma peau était grise au lieu de mon habituel teint bronzé. Lorsque je suis redevenu lucide, j'ai demandé à Cy de m'aider à prendre une douche et à me raser. Sans ma grosse barbe, je paraissais encore plus hagard et décharné. Mes yeux étaient enfoncés dans leurs orbites et mon regard creux, vide. Mes lèvres étaient blêmes. Les boutons sur mes pommettes faisaient ressortir mes cernes. Je n'étais pas beau à voir. Je ressemblais à un homme sur le point de tout perdre. Un homme vaincu, qui a baissé les bras. Je ressemblais à mon père lorsque ma mère l'avait quitté pour la troisième et dernière fois : une épave.

À cette pensée, je n'ai pu m'empêcher de gémir. J'ai ressenti un cognement sourd dans la poitrine en prenant conscience que je répétais le même schéma. Je me suis aspergé le visage d'eau froide et brossé les dents. Ça n'a pas redonné vie à mon regard mais je me suis senti un peu plus humain, plus apte à affronter les regards soucieux de ma famille quand je suis sorti de la chambre pour la première fois depuis des jours.

Nous étions en plein après-midi, Daye serait encore à l'école. Ces derniers temps, c'était Leo qui allait la chercher. C'était elle aussi qui avait rencontré ses professeurs quand ils s'étaient inquiétés de son retard scolaire. Leo avait inscrit Daye à des cours de danse auxquels elle l'emmenait deux fois par semaine. Chaque soir avant le dîner, elle l'aidait à faire ses devoirs. Enfin, c'était encore Leo qui tous les jours promettait à ma fille que je redeviendrais moi-même en un rien de temps.

Lorsque Leo était arrivée au ranch la première fois, j'avais été sidéré que mon frère, d'habitude si taciturne, puisse être attiré par une femme pareille. Elle était trop grande gueule. Trop froide et distante. Je n'aurais jamais cru que son cœur serait deux fois plus grand que notre ranch et suffisamment fort pour porter tous les Warner et leurs problèmes. Elle avait donné à mon enfant la stabilité qu'elle cherchait si désespérément et lui avait montré la façon dont une vraie mère devrait se comporter. Elle ne prenait pas soin de Daye parce que c'était la nièce de mon frère ou ma fille. Elle le faisait uniquement pour Daye, car elle savait ce que c'était d'avoir une mère qui s'en fout. Je devais à Leo plus que je ne pourrais jamais lui rendre, et je lui étais éternellement reconnaissant pour sa générosité désintéressée.

Je n'avais pas été aussi bon parent dernièrement. Mais en réalisant que, par ma faute, Alexa risquait de m'enlever ma fille, j'avais reçu le choc nécessaire pour me ressaisir. Nous n'avions rien en commun, elle et moi. Je refusais que ma fille puisse un jour se dire qu'elle avait perdu ses parents à cause d'une chose aussi futile que l'alcool. Elle était plus précieuse que les échappatoires minables que j'avais trouvées pour noyer mon remords. Elle devait comprendre qu'elle viendrait toujours en premier et que rien dans ma vie ne serait jamais aussi important qu'elle. Même si j'étais incapable d'effacer complètement de ma mémoire le poids de mes échecs et les horribles souvenirs qui me hantaient, jamais je ne laisserais tomber ma petite fille. J'avais passé trop de temps à me punir pour une femme que je n'avais pas su protéger, sans me rendre compte que je laissais seule et vulnérable la fille qui aurait à jamais mon cœur. Par mégarde, j'avais entraîné Daye dans ma spirale destructrice. Désormais, j'allais tout faire pour la libérer des liens qui me retenaient prisonnier depuis que j'avais déçu Emrys.

La maison était calme. Cy n'était pas dans son bureau et Lane était introuvable. Lorsque j'étais à l'hôpital, Cy m'avait prévenu qu'ils songeaient à recruter quelqu'un tellement il y avait de travail. Ça ne dérangeait pas Lane d'emmener les touristes en excursion. Il aimait camper, pêcher, chasser et dormir à la belle étoile. Il aimait aussi les jolies citadines curieuses de découvrir ce qui se cachait sous son jean serré. Ces derniers temps, les affaires marchaient si bien qu'on aurait pu organiser plusieurs randonnées simultanément, sauf qu'il n'y avait qu'un seul Lane. Cy n'aimait pas la nature autant que Lane et moi. Il préférait le travail administratif et gagner de l'argent. Ce qu'il aimait par-dessus tout, c'était conduire des négociations. Il m'avait dit que Leo désirait apprendre le métier de guide, mais elle ne connaissait pas encore suffisamment la région. De toute façon, il refusait qu'elle s'en aille plusieurs jours de suite : la nature était trop sauvage. Il se méfiait aussi des vacanciers.

Il m'avait annoncé ça sans y mettre de reproche ou de blâme, mais j'avais senti la honte me peser sur l'estomac. C'était ma faute s'il allait devoir embaucher une personne extérieure à la famille pour la première fois dans l'histoire du ranch. Au départ, il m'avait été physiquement impossible de monter à cheval ou de porter des objets lourds. Lorsque mon corps avait commencé à aller mieux, c'est mon âme qui m'avait lâché. Mentalement, j'étais incapable de m'assurer du bien-être d'autres personnes. Je n'arrivais déjà pas à m'occuper de moi.

Mais, pour être honnête, ça ne me manquait pas.

J'adorais les chevaux et la vie au ranch. La nature sauvage et les grands espaces. J'aimais la sensation d'être seul au milieu de terres hostiles. J'étais né pour être un rancher, pas un guide touristique de luxe.

Je détestais les touristes.

Je méprisais ces hommes et ces femmes propres qui voulaient juste jouer à l'aventure et se donner des frissons. Je détestais devoir les servir et qu'ils nous traitent comme du petit personnel, avant de retrouver leurs villes sales et bondées. Ils se foutaient éperdument de mes terres et de mon mode de vie. Je haïssais la façon dont les femmes me regardaient en songeant que je serais un coup d'une nuit, rien de plus. Après quelques jours à peine, les vacanciers n'avaient qu'une hâte : retrouver du réseau téléphonique et une connexion Internet. L'arrogance avec laquelle ils nous traitaient me rappelait trop ma mère. Elle aussi était venue prendre du bon temps, puis elle était partie dès l'instant où elle s'était ennuyée. J'avais de plus en plus de mal à jouer les types sympas. Je n'avais pas été d'accord pour transformer le ranch en maison d'hôtes, Cy et Lane m'avaient forcé la main. Cela avait permis de sauver le ranch de la ruine, mais la demeure avait perdu une partie de son âme.

Brynn n'était pas dans la cuisine et Leo n'a pas répondu quand j'ai crié son nom. Ma voix râpeuse a résonné lugubrement dans la maison vide. D'habitude il y avait toujours au moins une personne à l'intérieur. Je ne me souvenais pas de la dernière fois que j'avais eu la baraque pour moi tout seul.

Profitant qu'il n'y avait personne pour observer mes moindres faits et gestes, je suis allé à la cuisine chercher de quoi me remplir l'estomac. Ces derniers jours, je n'avais avalé qu'un peu de bouillon de poule et du riz blanc. Je n'étais pas encore prêt pour un steak et des pommes de terre, mais un sandwich au beurre de cacahuète et à la confiture ferait l'affaire. Brynn s'assurait toujours de garder une réserve de nos aliments préférés ; j'ai été soulagé de voir qu'elle ne m'avait pas oublié pendant que je m'autodétruisais dans l'un des refuges. La confiture de fraises, bourrée de sucre, me fournirait l'énergie dont j'avais si cruellement besoin.

J'ai jeté le couteau sale dans l'évier. J'étais en train d'enfourner un morceau de pain quand Emrys est entrée dans la cuisine. Sourcils froncés, elle fixait l'écran de son téléphone. Ses longs cheveux noirs bouclaient librement sur ses épaules, et elle portait un jean si moulant qu'on l'aurait cru peint à même la peau. Comme elle n'avait pas encore remarqué ma présence, j'en ai profité pour la scruter en détail. Quelque chose chez elle embrasait mes sens et m'excitait terriblement. Ce n'était pas juste sa beauté. C'était la façon dont elle bougeait, son assurance, son élégance. Tout me plaisait. J'admirais sa force et sa volonté. Pour rien au monde je n'aurais voulu qu'on cherche à me rappeler le jour où elle avait été enlevée et où on m'avait tiré dessus. J'avais fui ces souvenirs aussi vite que possible, alors qu'elle courait droit sur eux. Elle était tellement plus courageuse que moi.

– Tout va bien ? ai-je demandé.

Elle a levé la tête et posé vivement sa main libre sur sa poitrine, attirant mon regard sur le décolleté de son débardeur et les terribles cicatrices qui sillonnaient sa clavicule. La tartine que je mâchais a aussitôt pris un goût amer et j'ai dû me forcer à l'avaler.

– Ça va. J'ai pris un congé il y a plusieurs mois. J'étais censée retourner travailler la semaine dernière. Mon patron vient de m'envoyer un e-mail pour m'annoncer qu'il allait me trouver un remplaçant si je n'étais pas de retour lundi. Mais je ne suis pas encore prête à rentrer, a-t-elle dit en haussant les épaules. J'imagine que ça clôt le débat. Je suis heureuse de voir que tu vas mieux. Tu as meilleure mine.

J'ai posé la tartine entamée sur une serviette en papier, les yeux rivés sur les cicatrices qui dépassaient du débardeur. Donc elle avait l'intention de rester.

– Où est tout le monde ?

– Lane est en excursion avec des clients. Cy avait un rendez-vous d'affaires en ville pour acheter un cheval ou une caravane, je ne sais plus. Brynn est partie déjeuner avec un type qui travaille dans un ranch voisin. Ça n'a pas plu à Lane. Il y a une jolie blonde de Seattle avec une poitrine énorme dans son groupe. Je doute qu'il revienne dormir à la maison à leur retour de randonnée. Ce n'est probablement pas la manière la plus saine de régler son problème de jalousie, mais au moins ça l'empêche de commettre un homicide, donc je suis pour. Leo a dit qu'aujourd'hui c'était au tour de Daye d'avoir un parent qui assiste la classe. Comme tu étais alité cette semaine, elle y est allée à ta place. D'après le dernier SMS qu'elle m'a envoyé, elle avait du *slime* jusqu'aux coudes et essayait de convaincre une salle remplie d'enfants qu'elle était une authentique cow-girl, a poursuivi Emrys avec un sourire espiègle en remettant le portable dans sa poche. Je leur ai dit que j'allais rester pour garder un œil sur toi. J'étais rentrée pour te faire à manger. J'aurais dû venir te voir plus tôt.

J'ai acquiescé, les bras croisés sur la poitrine. Je portais un vieux T-shirt et un jogging qui descendait bas sur mes hanches. Emrys examinait sans se cacher la façon dont le tissu élimé enserrait étroitement mes biceps et les muscles de mon torse.

– Leo est un vrai ange gardien pour Daye. Je ne sais pas ce que nous ferions sans elle. Mon frère a fini par tomber amoureux de la bonne personne. Je suppose qu'il y a une première fois pour tout.

Je n'avais pas l'intention d'être sarcastique, mais c'est ce qui m'était venu. La famille Warner n'avait jamais été programmée pour le bonheur, jusqu'à ce que Cy rencontre Leo. Le reste d'entre nous s'était donc pris à espérer.

Emrys a redressé les épaules comme pour s'étirer le dos. Quand j'ai vu le velours noir de ses cheveux glisser voluptueusement sur sa peau d'or marquée par les cicatrices, ma bouche s'est aussitôt asséchée.

– Leo n'a jamais cherché autre chose qu'être aimée et aimer en retour. C'est exactement ce que vous lui donnez. Grâce à vous, elle s'est trouvé un but. Elle veut prendre soin des personnes qu'elle aime.

Ses mots m'ont procuré un tel réconfort qu'avant même de savoir ce que je faisais, j'ai avancé dans sa direction, pieds nus sur le parquet. Je me suis arrêté juste devant elle. Sa respiration était saccadée et j'ai remarqué qu'une veine battait à la base de son cou délicat. Elle a levé un sourcil interrogateur et ses lèvres charnues ont eu un hoquet de surprise lorsque, tendant un doigt, j'ai effleuré une des cicatrices qui n'auraient jamais dû strier sa peau sans imperfection.

La cicatrice était douce au toucher, sa peau était chaude. Elle a frissonné quand j'ai fait glisser mon doigt sur la peau abîmée, jusqu'à l'endroit où la marque disparaissait sous le col de son débardeur. Ce jour-là, elle avait changé complètement, même son apparence. Je ne comprenais pas comment elle le supportait. Pourquoi ne couvrait-elle pas ces marques pour les dissimuler aux regards, comme je l'aurais fait ?

– Et toi, Em ? C'est quoi ton but ? Qu'est-ce que tu as toujours voulu ?

J'ai posé la main au milieu de sa poitrine, touchant à la fois sa peau satinée et douce et les cicatrices, rugueuses et irrégulières. Du pouce, j'ai remonté une ligne jusqu'à sa nuque, qui s'est couverte de frissons sous ma caresse.

Elle m'a saisi le poignet, ses yeux couleur whisky écarquillés d'étonnement. Quand le bout de sa langue a jailli et qu'elle s'est humecté la lèvre, mon bas-ventre s'est contracté. J'aurais voulu goûter la surface brillante et moite de sa bouche, y poser mes dents et la lécher. J'ai retenu un gémissement et mon pouls a battu plus fort contre ses doigts.

– Je veux arrêter de fuir quand les choses se compliquent. Je cherche quelque chose qui compte suffisamment pour que j'aie envie de m'accrocher, m'a-t-elle dit en me regardant droit dans les yeux.

Toujours du bout du pouce, j'ai suivi le tracé de sa mâchoire. Elle a poussé un soupir que j'aurais aimé entendre dans l'obscurité suivi de mon nom, moi profondément en elle, elle cambrée sous moi.

– Je ne savais pas que tu étais une fuyarde, Em, ai-je répondu même s'il y avait beaucoup de choses que j'ignorais d'elle. En tout cas, tu as les jambes pour.

Elle a éclaté de rire. Puis, avec un petit hochement de tête, elle a grommelé :

– Tu te fiches de moi ? Je passe mon temps à fuir. Dès que je suis dans une relation qui devient trop sérieuse ou qui va trop vite, je laisse le type en plan. Plus de coups de fil, plus de SMS. Je disparais. Je me suis même enfuie sans prévenir de l'appartement que je partageais avec un de mes copains pendant qu'il était en voyage d'affaires. Tout ça parce que j'avais trouvé une bague de fiançailles dans le tiroir à chaussettes en rangeant le linge. Il était hors de question que je l'épouse. Mais au lieu de le lui dire, j'ai pris les jambes à mon cou. Généralement je me mets en couple avec des minables qui cherchent un hébergement gratuit plus qu'ils ne veulent être avec moi parce que je refuse qu'ils s'attachent à moi. Je répare leur vie pour eux puis je les regarde partir sans un regret. C'est plus facile que de me concentrer sur ce qui ne va pas chez moi, toutes ces choses que je n'ai pas réussi à réparer dans ma vie. Si je m'attache uniquement aux problèmes des autres, ça ne me laisse pas le temps pour m'inquiéter des miens. Par exemple le fait que ma jolie gueule soit probablement la seule chose que j'aie pour moi.

Elle a poussé un soupir irrité et j'ai senti son souffle chaud contre ma gorge.

– Si je suis honnête avec moi-même, qu'est-ce que j'ai réellement à offrir ? J'ai quitté mon dernier boulot parce que mon patron était un porc macho. Tous les jours, j'avais droit à une parole dégradante ou à un geste déplacé. Et tu sais quoi ? C'était loin d'être le premier. Mais au lieu de l'affronter, de le traîner devant les tribunaux afin qu'il ne puisse plus jamais traiter aucune femme comme un bout de viande, j'ai démissionné. Démissionner, c'est ce que je fais toujours. Quand Leo s'est séparée du type marié qui lui avait menti tout au long de leur relation, plutôt que de la laisser pleurer et s'apitoyer sur son sort jusqu'à ce que sa peine de cœur guérisse, je l'ai traînée de force ici et j'ai mis sa vie en danger. Je ne supportais pas de voir ma meilleure amie, d'habitude si forte, sombrer dans la tristesse. Je détestais le fait qu'elle m'ignore, trop occupée qu'elle était à panser ses blessures, parce qu'elle est ma seule amie, Sutton. La seule. Elle est aussi perturbée que moi, mais au moins elle sait ce qu'elle veut dans la vie. Je ne savais pas comment la consoler, donc je l'ai emmenée ici pour la distraire.

Elle a poussé un rire aigu à la limite de l'hystérie, son regard brûlant dardé sur moi.

– Lorsque nous sommes rentrées, elle était encore plus triste qu'avant. Laisser Cy lui avait brisé le cœur. Après être tombée amoureuse de ton frère, elle est devenue une personne différente. Et moi, au lieu de lui dire d'aller récupérer son homme, au lieu de la consoler et de l'encourager à suivre son cœur, je me suis enfuie. Je suis partie afin qu'elle n'ait pas à choisir entre ton frère et moi. Je ne supportais pas l'idée qu'elle préfère être avec lui, c'est pourquoi j'ai forcé son choix. En m'en allant, je l'aidais à prendre une décision.

Elle a fermé les yeux très fort. Je voyais qu'elle luttait pour retenir ses larmes. Sa voix était cassée par l'émotion quand elle a repris son récit.

– Et puis… il y avait toi. Tu m'avais demandé de partir et j'étais partie, même si ce n'était pas ce que je voulais. Je savais que nous avions besoin l'un de l'autre, Sutton. Il fallait que nous parlions de ce qui s'était passé. Je me suis enfuie parce que tu me l'as ordonné, et c'était plus facile de t'obéir que de me battre pour rester.

Elle se faisait du souci pour moi. Elle était nerveuse, mais pas parce qu'elle était seule avec moi, sans protection et vulnérable. Non, elle avait peur parce que j'étais incapable de prendre soin de moi. Je le lisais dans ses yeux. Ils brillaient d'inquiétude depuis que nous avions été secourus dans la montagne, en sang et brisés.

Elle a pris une inspiration et touché ma poitrine, à l'endroit où vibrait ma sinueuse cicatrice. Nous avions tous deux la main sur la faute de l'autre, sur notre pire souvenir. Ce geste m'a secoué au plus profond. Là où je croyais être à jamais rigide et froid.

– Il faut qu'on parle, Sutton. Il y a des choses que j'ai *besoin* de te dire.

Elle paraissait en souffrance.

Si ses mots allaient lui faire du mal, je ne voulais pas qu'elle les dise. S'ils allaient me foudroyer, je ne voulais pas les entendre. Depuis l'attaque, ma carapace s'était fissurée. Mes seules consolations, je les avais trouvées dans le whisky et les médicaments. Elle pouvait m'achever d'une parole.

– Je n'ai pas grand-chose à dire, Em. Et ça ne m'intéresse pas que tu essaies de me réparer.

Je n'étais pas encore prêt à redevenir l'homme que j'étais avant. Non, je ne serais pas l'un de ses petits projets destinés à apaiser sa souffrance.

– Laisse-moi te parler, écoute juste ce que j'ai à te dire. Je ne cherche pas à te faire du mal, Sutton.

Elle était pratiquement en train de me supplier. Je n'allais pas céder.

Je voyais qu'elle voulait se délester du fardeau qui lui pesait au point qu'elle était revenue ici. Elle voulait parler, et il n'y avait qu'une issue possible pour mettre fin à la conversation.

Sans réfléchir aux conséquences de mon geste, je me suis penché et je l'ai embrassée en silence. J'aurais dû me douter que ce premier contact ferait bien plus que voler mon souffle.

Elle qui affirmait être constamment en fuite, chaque fois que je me retournais, j'avais l'impression qu'elle fonçait tout droit sur moi. Il me faudrait juste être assez rapide pour l'attraper avant que nous entrions en collision.

8

QUELQUE CHOSE SE TRAME

EMRYS

Je suis restée clouée sur place quand ses lèvres se sont posées sur les miennes. J'aurais voulu lui parler, j'avais besoin de lui dire pourquoi j'avais fait tout ce chemin pour le voir. Mais au final, l'embrasser n'était pas une si mauvaise façon de faire diversion.

C'était même une excellente idée.

Il m'a embrassée comme il faisait tout le reste : avec puissance et colère. La rudesse de son baiser ne m'a pas surprise. Ce qui m'a étonnée, c'était la note d'angoisse quasi imperceptible. Il m'embrassait comme si c'était la seule chose qu'il avait jamais voulu faire. Il m'embrassait comme si ça comptait. Je découvrais un homme complètement différent de celui qui avait passé la dernière semaine en état de semi-conscience. Cet homme-là avait eu besoin de réconfort, il s'était laissé aller à mes caresses et m'avait permis de prendre soin de lui, malgré son délire si profond qu'il distinguait à peine ma présence. Tandis que l'homme devant moi tenait la situation en main : il savait exactement ce qu'il faisait. Il donnait au lieu de recevoir. Il ne recherchait que chaleur, et désir. Il redevenait l'homme que j'avais vu se battre jusqu'à la mort pour me secourir.

Il a glissé la main sous ma nuque puis il m'a levé le menton, à l'angle idéal pour me dévorer. L'autre main est restée sur ma poitrine, ses doigts caressaient mes cicatrices et traçaient le contour de ma clavicule. La douceur de son geste m'a fait frissonner et mes genoux se sont mis à trembler. J'ai agrippé le tissu de son T-shirt, le désir affluait depuis mon ventre. Embrasser un authentique cow-boy était un de mes plus grands fantasmes. Sutton était clairement à la hauteur de mes espérances. Même, il les surpassait. Si en embrassant un cow-boy j'espérais oublier jusqu'à mon nom et perdre toute notion de temps et d'espace, je n'étais pas déçue.

J'ai senti le bout de sa langue glisser sur mes lèvres. La caresse humide a pénétré doucement ma bouche et d'un coup de pression, il a relevé mon menton plus haut. Quand il a fait un autre pas en avant, la chaleur de son corps a irradié le mien. Il était tout en muscles, en angles saillants. Il avait perdu un peu de sa corpulence mais il restait grand et massif. Pressé tout contre moi, je sentais la puissance de son corps. Ses lèvres ont pressé plus fort contre les miennes, comme un don qu'il me faisait. Je me suis laissée aller contre lui de tout mon poids alors que mes jambes devenaient molles. Sa langue a fouillé l'intérieur de ma bouche. Contre mes cuisses, je sentais l'érection qui distendait le tissu de son survêtement. Le frottement de son membre rigide m'a rappelé le souvenir de son corps mouillé sous la douche, en proie à l'extase. Lorsque je m'étais retrouvée avec son sexe devant le visage, je n'avais eu qu'une envie : sortir la langue et lécher son gland.

J'avais été particulièrement excitée de le voir si surpris par l'effet que je lui faisais. J'avais passé toute ma vie d'adulte à entendre des hommes me dire qu'ils avaient envie de moi et qu'ils me désiraient. Et même si, entre Sutton et moi, il y avait une puissante alchimie, il n'avait jamais laissé paraître que je lui plaisais. Là, il ne se gênait pas pour presser son membre contre mon tendre renflement. S'il s'y aventurait, il pourrait faire beaucoup plus que me donner le vertige et faire trembler mes jambes. Je voulais qu'il entre en moi. Je voulais qu'il réchauffe tout ce qui s'était gelé en moi quand il m'avait ordonné de partir.

La main qui caressait ma poitrine a glissé sur mes seins, la pointe des doigts effleurant mes tétons durcis. J'ai gémi dans sa bouche et écrasé mon buste contre son torse. Il m'offrait beaucoup plus que ce que j'avais jamais espéré, mais ce n'était pas assez. Ses doigts se sont arrêtés sur la courbure de mes hanches et son pouce s'est faufilé sous mon débardeur pour masser délicatement la peau juste au-dessus de la ceinture de mon jean. Mon corps a frémi et s'est cambré sous cette douce caresse, presque douloureusement. Mes cuisses ont été agitées de tremblements. Mon corps alangui brûlait de mille feux. Je sentais à l'humidité de mon entrejambe combien le baiser de Sutton m'exaltait.

Sa langue s'est enroulée sur la mienne. Il me goûtait. Me prenait. Il laissait derrière lui son odeur, un désir qui gonflait ma poitrine et faisait battre mon cœur à tout rompre. J'ai passé la main dans ses cheveux, les mèches blond doré soyeuses sous mes doigts. Ses boucles épaisses et en bataille ajoutaient à son charme sauvage. Un homme qui se fichait de quoi ses cheveux avaient l'air. C'est ce que j'aimais chez lui. Au cours de mon existence, on m'avait tellement reproché de trop me soucier de mon apparence.

Plus tard, j'avais réalisé combien c'était superficiel, qu'il fallait que je mise sur autre chose. Désormais, j'en avais fini avec la séduction. Mais il avait fallu une tragédie pour que je m'en rende compte.

Ses dents ont mordu ma lèvre avant d'apaiser la morsure par une caresse de la langue. Jamais on ne m'avait embrassée de cette manière. C'était un baiser qui laissait une trace. Un baiser que j'allais comparer à tous les autres et qui, à mon désespoir, les surpasserait toujours. Personne n'embrassait comme Sutton Warner. Personne n'égalait son intensité et son désir ardent d'explorer chaque recoin humide de ma bouche. Lorsqu'il s'est retiré, nous étions tous les deux à bout de souffle, le regard vide, le rouge aux joues.

Il a posé la main sur mon ventre et s'est mis à le caresser, se figeant lorsque ses doigts ont touché les cicatrices qui y étaient dissimulées. La lueur sauvage dans ses yeux verts s'est brusquement éteinte et il a fait un pas en arrière, me forçant à desserrer mon étreinte sur son cou. Ses doigts ont effleuré un instant les marques sinueuses, puis il s'est passé la main sur le visage.

– C'est injuste, a-t-il dit d'une voix si basse que je l'ai à peine entendue tandis que son regard devenait lointain et fuyant.

– Qu'est-ce qui est injuste ?

Je voulais le rattraper, lui offrir encore ma bouche, retirer mes vêtements. Je voulais toucher sa cicatrice comme il touchait la mienne, la caresser et l'embrasser afin de remplacer les mauvais souvenirs par d'autres, chargés de plaisir. Mais il a reculé, rompant le lien qui nous unissait pour me laisser à nouveau froide, alors qu'un instant auparavant j'étais ardente et enflammée.

La main dans les cheveux, il a traversé la cuisine et s'est adossé au plan de travail, à côté du sandwich entamé.

– C'est injuste qu'après tout ce que tu as subi, tu aies plus de cicatrices que moi.

J'ai dégluti avec peine et serré les bras autour de moi. Le fixant sans ciller, j'ai murmuré :

– Tu as failli mourir. Ce qui m'est arrivé est horrible et effrayant, mais ce n'était rien comparé à la peur que j'ai eue quand on t'a tiré dessus. J'ai vu la vie quitter tes yeux. J'ai senti ta respiration s'arrêter. Tu étais froid, mais le sang qui s'échappait de toi était chaud. Il coulait sans s'arrêter. Et je ne pouvais rien faire. Ces cicatrices ne sont rien par rapport aux tiennes. (J'ai fait un geste vers son corps mince et affaibli.) Et je crois que nous savons tous les deux que tu as deux fois plus de cicatrices à l'intérieur du corps qu'à l'extérieur. Personne ne voit les blessures les plus profondes que tu portes en toi. Ton âme est bien plus abîmée que mon ventre, Sutton.

Ce n'était qu'une infime partie de ce que je voulais lui dire, mais je n'ai pas eu l'occasion de poursuivre. Au moment où je m'apprêtais à lui dire combien j'étais désolée pour tout, Brynn a fait irruption dans la pièce, les bras chargés de sacs de courses, un invité surprise sur les talons.

Rodie portait lui aussi des sacs de courses, qu'il a posés sur le comptoir près de Sutton. Le shérif a salué son ami avec un regard étonné à la vue de son visage empourpré.

– Ravi de voir que tu es revenu à la vie. Tu n'as pas eu aussi bonne mine depuis des mois.

Avec un grognement, Sutton s'est emparé de la bouteille d'eau que lui tendait Brynn, en plein déballage de courses.

– Quand je suis arrivée, Rodie était en train de passer le portail. Il m'a dit qu'il voulait te parler. Je n'étais pas sûre que tu serais prêt à recevoir de la visite, mais je suis heureuse que tu aies réussi à te lever. On s'est tous fait un sang d'encre, Sutton.

Sans dire un mot, il a regardé la magnifique rousse en fronçant les sourcils. Avant qu'il n'assombrisse définitivement l'atmosphère, j'ai changé de sujet.

– Comment s'est passé ton rendez-vous amoureux ?

Repoussant une mèche de cheveux cuivrée, Brynn a piqué un fard charmant. Son regard a voleté nerveusement de l'un à l'autre des deux hommes, qui la dévisageaient à présent avec curiosité. Je m'en voulais d'avoir dévié la conversation sur un sujet aussi personnel.

– Ça s'est bien passé. Il est très gentil, a-t-elle répondu en haussant les épaules. Il vient du Texas et ne sait rien de ma mère et de mon mariage avec Boyd. Il ne pense pas que je suis une femme intéressée ou une briseuse de ménage. Donc c'est agréable de passer du temps avec lui. Je ne suis pas constamment en train de me demander quels ragots il a entendus sur moi ou s'il recherche ma compagnie uniquement parce que je suis un bon parti.

Aussitôt, les deux hommes se sont énervés.

– Le premier qui raconte ces conneries sur toi, tu me le dis. Ce sont tes affaires, ça ne regarde que toi. Personne d'autre n'a à fourrer son nez dedans.

Rodie a acquiescé vivement aux paroles de Sutton, sans toutefois nier que les gens avaient tendance à bavarder à tort et à travers, même quand ils n'avaient rien à dire.

Avec un soupir, Brynn a repris le rangement de ses courses.

– Les gens parlent. J'y suis habituée. Je sais ce qui se serait passé si Boyd n'avait pas agi comme il l'a fait. Je ne regrette aucun de mes choix. Si c'était à refaire, je n'hésiterais pas une seconde, a-t-elle repris en soulevant un sac du plan de travail. Il faut que je prépare le dîner. Je dois nourrir deux grands groupes de clients. Vous pourriez me rendre ma cuisine ?

– De ce pas, a dit le shérif en masquant un sourire avant de pencher la tête vers Sutton. Est-ce que je peux te parler une minute ?

J'ai demandé à Brynn si elle avait besoin d'aide mais elle m'a fait signe que non : faire la cuisine l'aidait à se détendre. Je m'éloignais dans la direction où Sutton et Rodie avaient disparu quand la voix douce de Brynn m'a stoppée dans mon élan.

– Tu as vu la blonde qui était dans le groupe de randonnée de Lane ce matin ?

Prise au dépourvu, j'ai acquiescé lentement.

– Difficile de la rater.

C'était surtout sa poitrine qu'il avait été difficile de ne pas voir, ainsi que son accoutrement de Barbie du Far West.

Brynn a murmuré quelque chose que je n'ai pas compris et a repoussé ses longs cheveux derrière ses oreilles.

– C'est son genre de femme. Il les aime clinquantes et passagères.

– C'est le genre de beaucoup d'hommes.

C'était la vérité, mais je ne pensais pas que ça puisse s'appliquer à Lane. J'étais quasiment certaine qu'il aimait la beauté naturelle, comme celle de la femme devant moi.

– Mais pas tous, ai-je poursuivi. Tu ne peux pas lui en vouloir de regarder ce qu'elle exhibe si volontiers. Ce genre de femme cherche à susciter une réaction.

– Je suppose que tu as raison, a soupiré Brynn, puis elle a paru se reprendre et m'a fait un sourire forcé. On se voit au dîner. J'ai hâte de retrouver Sutton à table avec nous. Ça fait trop longtemps. Il nous a manqué.

J'ai bafouillé une vague réponse et me suis faufilée hors de la cuisine. Sutton serrait la main de Rodie à la porte d'entrée, en lui promettant qu'il l'appellerait s'il entendait quoi que ce soit. Son visage avait une expression grave et soucieuse quand il a refermé la porte et qu'il m'a aperçue. Je désirais encore lui parler, juste pour mettre les choses au clair, mais le moment était de toute évidence mal choisi.

– Qu'est-ce qui se passe ? ai-je demandé abruptement, avant de me rendre compte que ma question était peut-être déplacée.

Après tout, je n'étais qu'une invitée parmi d'autres ici. Même s'il venait de m'embrasser fougueusement, il ne me devait rien.

– Alexa n'est pas allée travailler depuis deux jours. Comme elle est alcoolique, ce n'est pas la première fois, mais personne ne l'a vue ni entendue depuis qu'on l'a mise à la porte du ranch. Même Burke ne l'a pas vue.

Je ne me rappelais plus qui était Burke et la confusion a dû se lire sur mon visage, car Sutton a juré dans sa barbe.

– Burke est le propriétaire du Big Horn, le bar où tu m'as trouvé la nuit de ton arrivée. Si tu es un alcoolo, Burke devient très vite ton meilleur ami. Il te sert toujours juste ce qu'il faut et s'assure que tu ne prendras pas le volant ivre. Alexa a l'habitude de passer son heure de déjeuner au bar. S'il ne l'a pas vue, c'est que quelque chose cloche. Rodie est allé à son appartement mais personne ne lui a ouvert. Il voulait savoir si j'avais eu des nouvelles et si elle avait essayé de contacter Daye, a dit Sutton en secouant la tête. Alexa et moi, on ne se parle pas. Mais bon, ce n'est pas comme si j'avais été en mesure de parler à qui que ce soit ces derniers jours.

– Que vas-tu faire ?

Je n'aimais pas l'idée qu'il se sente encore responsable de cette affreuse femme qui l'avait menacé alors qu'il était si vulnérable. Je trouvais injuste qu'il se fasse du souci pour une ex décidée à lui rendre la vie impossible. Mais c'était mignon.

– Je vais l'appeler. Si elle ne répond pas, je demanderai à Cy de passer chez elle pour vérifier qu'elle va bien. C'est sûrement rien. On a l'habitude qu'elle perde connaissance pendant des durées indéterminées. Comme elle conduit souvent en état d'ivresse, elle a peut-être été arrêtée dans un autre comté. Ce n'est pas vraiment quelqu'un de fiable.

Il a prononcé ces mots d'un ton acide, mais j'ai perçu l'inquiétude dans sa voix.

J'aurais voulu me précipiter sur lui pour le prendre dans mes bras, mais son visage était fermé et distant. Il avait ouvert une porte et m'avait laissée entrer une petite minute. À présent, il me claquait la porte au nez.

– Il faut quand même qu'on parle, ai-je dit en serrant les poings avec violence.

Il m'a contournée et, par-dessus son épaule, a grommelé :

– Il y a des milliers de choses que je voudrais faire avec ta bouche, Em, et parler n'en fait pas partie.

Avant que j'aie pu répliquer, il avait tourné les talons.

Le plus troublant, c'est que je l'aurais volontiers laissé faire des milliers de choses salaces avec ma bouche. Mais j'étais blessée qu'il ne cherche qu'à détourner mon attention. Il ferait tout pour éviter cette nécessaire conversation. Il refusait d'entendre ce que j'avais à lui dire. J'avais l'impression que plus je les retenais, plus ces mots allaient m'étouffer.

L'obstination de mon cow-boy était en train de me faire perdre la tête. Mais, malgré ma frustration, au moins j'avais le sentiment que nous avancions. Je ne partirais pas avant de mettre un point final à notre histoire. J'avais la ferme intention de lui dire que ses baisers ne m'intimidaient pas. Au contraire, ils renforçaient ma détermination. Oui, j'allais rester aussi longtemps qu'il le faudrait, même si le pire était à venir.

9

PRÈS DE TOI

SUTTON

Daye a reniflé et s'est roulée en boule à côté de moi dans le lit. Cela faisait une heure que je cherchais à l'endormir, mais son agitation et sa peine étaient telles que rien n'y faisait. Elle essayait de masquer ses pleurs en blottissant son visage contre mon épaule. Ces deux dernières semaines, la pauvre enfant avait versé plus de larmes que dans toute sa vie.

Cela faisait trois jours que Rodie nous avait informés de la disparition de sa mère. Elle n'était pas réapparue depuis. Cy passait tous les jours chez elle, et chaque fois, l'appartement était vide. Daye non plus n'avait pas eu de nouvelles. Et s'il n'était pas rare qu'Alexa disparaisse subitement durant ses périodes de rechute, elle n'oubliait jamais de donner signe de vie à sa fille. Pas par dévotion maternelle. Simplement, elle savait que je souffrais de la voir s'accrocher à mon enfant et lui faire du mal. Malgré tout, le juge avait décidé qu'Alexa avait le droit de parler à sa fille, elle n'avait qu'à appeler. Je n'essayais pas de monter Daye contre sa mère. Je voulais seulement la protéger des mauvais choix d'Alexa. Mon avocat m'avait averti de ne pas interférer avec l'ordre de justice, autrement Alexa serait en droit de demander qu'on me retire la garde. Je ne pouvais pas l'empêcher d'entrer en contact avec Daye. Elle se servait de ces appels comme d'un outil pour me manipuler et me contrôler. Aussi, il ne se passait pas un jour ou deux sans que mon ex essaie de joindre notre petite fille. C'était une sorte de jeu pour elle. Et même si elle n'était jamais particulièrement aimante ou attentionnée au cours de ces appels, Daye avait remarqué leur absence et s'était mise à me questionner.

Ne voulant pas lui mentir, je lui avais expliqué que sa mère avait disparu et que tout le monde la cherchait. Je lui avais fait promettre de me dire si Alexa la contactait sans passer par moi. Au départ, la petite avait paru indifférente à la nouvelle, mais à mesure que les adultes autour d'elle devenaient plus anxieux, elle aussi s'était inquiétée. Depuis mon retour au ranch, elle était plus silencieuse et timide qu'avant. À présent, elle refusait de me lâcher d'une semelle et s'accrochait à moi comme si je risquais à tout moment de me volatiliser, comme sa mère. Je n'avais pas dormi seul depuis la semaine où j'avais souffert du manque à mon retour de l'hôpital.

Une boucle de ses cheveux entortillée autour de mon doigt, je me suis penché pour l'embrasser sur la tête. Comme toujours, elle sentait le soleil et les fraises. Elle était la plus belle réussite de ma vie, et je me suis haï d'avoir failli tout détruire. Elle était la seule personne dans ce monde que je m'étais promis de ne jamais laisser tomber. Il s'en était fallu d'un cheveu pour que ça arrive.

– Tu as le droit d'être triste et effrayée pour ta maman, ma chérie. Moi aussi je suis inquiet, lui ai-je soufflé en enlaçant ses frêles épaules tandis qu'elle enfouissait son visage plus profondément contre moi.

Avec un petit sanglot, elle a murmuré si doucement que je l'ai à peine entendue :

– Des fois elle me laissait toute seule pendant longtemps. Je pleurais parce que je ne savais pas si elle allait revenir, mais elle revenait toujours.

Étouffant un juron, j'ai combattu un accès de fureur contre la négligence d'Alexa. Ça ne servait à rien de s'énerver. En tout cas, ça ne m'apprendrait pas où elle était partie se cacher.

– Daye, je suis certain qu'elle va revenir aussi cette fois. Ta maman a des problèmes qui n'ont rien à voir avec toi. Parfois, ces problèmes sont tellement gros qu'elle n'arrive pas à prendre les bonnes décisions.

Sa petite tête blonde s'est levée et elle m'a dévisagé d'un regard interrogateur, brillant de larmes.

– Toi aussi tu as les mêmes problèmes que maman ? a-t-elle demandé en se mordant la lèvre puis en détournant les yeux alors qu'une douleur fulgurante me transperçait la poitrine. Tu m'as quittée, papa. Tu m'avais promis que tu serais toujours là pour moi, mais tu es parti.

– Je sais, Daye, ai-je acquiescé gravement en lui caressant la joue. Ton papa a commis une faute, mais tu dois savoir que je ne te laisserai plus jamais seule. Tes oncles et tes tantes t'aiment autant que moi et ils seront toujours là pour prendre soin de toi, même si je ne suis pas là. Tu n'es jamais seule. Je ne t'ai jamais menti, mon cœur. J'avais des problèmes différents de ceux de ta mère. C'est vrai, je ne les ai pas réglés comme il aurait fallu. J'avais les idées confuses. Ton papa souffrait beaucoup, pire que ce que les gens croyaient. J'ai oublié qu'il fallait que je sois fort pour toi. C'est une erreur que je ne ferai plus jamais, ai-je dit mais elle continuait à pleurer en silence, les yeux écarquillés et perplexes. Est-ce que tu me crois ?

– Je n'aime pas quand tu sens comme maman.

À sa manière innocente, elle me portait une accusation. Alexa sentait toujours l'alcool. Visiblement, j'avais exhalé les mêmes relents éthyliques.

– Je n'aime pas quand tu dors toute la journée et que tu ne peux pas jouer avec moi, a-t-elle poursuivi. J'étais triste quand tu es allé vivre dans cette autre maison.

Ses mots m'ont fait l'effet d'un coup de poing à l'estomac. Elle avait déjà une mère alcoolique, elle n'avait pas besoin que son père suive la même route. Elle avait peur que je devienne comme Alexa, que je l'oublie, que je la laisse seule et que je la déçoive. J'avais bel et bien failli tout détruire.

Je l'ai prise dans mes bras et l'ai serrée très fort, jusqu'à ce qu'elle se mette à rire et à pousser des petits cris en essayant de se libérer.

– Ton papa a fait une grosse bêtise, Daye. J'avais honte. Je voulais que personne ne me voie comme ça, surtout pas toi. C'est mon devoir de prendre soin de toi et de m'assurer que tu es en sécurité et heureuse. Je n'étais pas en mesure de faire ces choses et je ne voulais pas que tu saches que je n'allais pas bien. Ta maman a déjà des problèmes sur lesquels elle doit travailler, je ne voulais pas être un fardeau de plus.

Ça faisait beaucoup de choses à digérer pour une enfant d'à peine six ans, mais je voulais qu'elle comprenne exactement la situation. Si elle avait des questions, je lui répondrais avec sincérité afin qu'il n'y ait pas de zones d'ombre. Je voulais qu'elle sache que ce qui m'était arrivé n'avait rien à voir avec elle. Elle n'était pas responsable des vices de ses parents.

Blottie contre moi, elle a essuyé ses larmes. Ses paupières ont commencé à se fermer et elle a chuchoté :

– Tu crois que maman va bien ?

– Je n'en sais rien, ai-je dit avec un profond soupir. Ta mère est son pire ennemi et elle ne fait rien de mieux que s'attirer des ennuis. Ce que je sais, c'est qu'elle ferait tout pour t'appeler et te voir si elle le pouvait. À sa façon, ta maman t'aime. Ce n'est pas toujours la bonne façon, mais elle t'aime. N'en doute jamais. Quand elle reviendra, tu seras la première personne qu'elle voudra voir.

Elle a marmonné quelque chose dans un demi-sommeil, son petit corps se détendant à mesure que je lui caressais les cheveux.

– Papa, j'aurais voulu qu'elle m'aime de la bonne façon.

– Moi aussi, Daye, moi aussi, ai-je dit, les yeux au plafond dans la pénombre, tandis qu'un voile de tristesse me recouvrait.

Je l'ai tenue contre moi jusqu'à ce que sa respiration soit régulière et qu'elle soit immobile. Mon esprit tournait à toute vitesse depuis notre conversation, examinant les pires scénarios de ce qui aurait pu arriver à Alexa. Son comportement vis-à-vis de notre enfant me rendait furieux, mais je n'osais pas imaginer le chaos que provoquerait sa disparition. Il fut un temps où j'avais aimé Alexa. Je croyais qu'elle serait la femme qui mettrait un terme à la malédiction amoureuse des Warner, qu'elle resterait à mes côtés et que je réussirais enfin là où Cy avait échoué. Je l'avais détestée beaucoup plus longtemps que je ne l'avais aimée. Dès qu'elle m'avait montré sa vraie nature, j'avais compris que rien ne changerait jamais, surtout pas elle. Je m'étais résigné à vivre avec une femme qui m'insupportait, jusqu'au jour où Daye aurait été suffisamment âgée pour décider si oui ou non elle voulait rester en contact avec sa mère. Au-delà de ma colère contre la subite disparition d'Alexa, suscitant le désarroi de sa fille et nous forçant, nous, à devoir justifier son absence par des arguments plausibles, j'étais réellement inquiet pour elle. J'avais tout de même passé dix ans à lui faire l'amour et à m'engueuler avec elle. Ce n'était pas la femme que j'avais espérée, mais elle faisait partie de ma vie. L'idée qu'il puisse lui être arrivé quelque chose, que ce soit ou non sa faute, m'était insupportable.

M'extrayant doucement hors du lit, je suis allé chercher une aspirine dans la salle de bains pour calmer mon mal de crâne, sans en trouver. On aurait dit que la pièce avait été entièrement vidée. Il n'y avait rien dans les placards ni sur les étagères à linge. Pas même du sirop pour la toux. Mes frères avaient pris leurs précautions pour ne laisser aucune tentation à portée de main. Agacé, je me suis dirigé vers la chambre de Lane. Je m'apprêtais à frapper quand j'ai entendu des gémissements féminins derrière la porte en bois massif. Il y a eu un halètement suivi de grincements du lit. Une partie de moi voulait frapper quand même, juste pour emmerder mon frère. Je lui en voulais encore pour ses menaces à l'hôpital. Mais je ne voulais pas mettre la femme avec qui il était dans l'embarras, surtout si c'était une cliente. Il n'y avait aucune raison pour que je lui gâche son plaisir, simplement parce que j'avais une migraine à se taper la tête contre les murs.

La chambre de Cy et Leo se trouvait de l'autre côté de la maison et il était hors de question que j'aille frapper à leur porte. Ça ne me faisait ni chaud ni froid de surprendre Lane en pleine action. Mais Leo, jamais. J'aurais eu une attaque si, par accident, je l'avais entendue gémir et crier le nom de mon frère. Puis je ne voulais pas donner à Cy une bonne raison de me botter le cul. Pendant ma convalescence, il avait fait preuve de patience avec moi. Mais je savais qu'une fois remis, il n'hésiterait pas à me tomber dessus à la première occasion.

La porte de la chambre de Brynn était ouverte, mais la pièce était vide. Je me rappelais vaguement l'avoir entendue dire qu'elle avait un rendez-vous ce soir-là et qu'elle ignorait combien de temps elle serait partie. Par une étrange coïncidence, Lane s'était excusé de table à ce moment-là et n'était pas réapparu de toute la soirée. Ces deux-là passaient leur temps à se faire du mal sans qu'aucun ne fasse le premier geste pour mettre fin au carnage.

Mon ancienne chambre se trouvait juste en face de celle de Brynn. De la lumière filtrait sous la porte. J'avais pris soin d'éviter scrupuleusement Emrys depuis deux jours. Je n'avais aucune envie de la discussion qu'elle paraissait résolue à avoir avec moi. Par chance, Cy venait d'acheter deux chevaux Quarter Horse, et même si je n'étais pas encore prêt à les monter, je m'étais occupé d'eux au corral et les avais fait courir autour de la propriété. Le dressage se ferait avec facilité. Surtout, c'était bon de se sentir à nouveau utile. J'avais besoin de me rappeler que j'avais ma place, à la fois au sein de la famille et dans notre affaire. Je partais tôt le matin, puis je consacrais l'après-midi et la soirée à ma fille. Je rattrapais le temps perdu, me remettant doucement en selle, sans jamais croiser le regard de la magnifique brune avec qui j'avais échangé à peine quelques mots depuis notre dernière discussion. J'avais conscience que c'était grossier de ma part. Mais la tenir à distance m'empêchait au moins de me jeter sur elle pour la déshabiller et la pénétrer aussi profondément que mon engin me le permettrait. Aussi, je me gardais ne serait-ce que d'effleurer sa peau douce, par crainte de l'embrasser encore. Puis ça m'évitait d'avoir à entendre ce qu'elle mourait d'envie de me dire.

Mais bon, j'avais cruellement besoin d'une aspirine. Je n'allais jamais réussir à m'endormir avec cette satanée migraine. J'ai frappé doucement à sa porte en appelant son nom. Il n'y a pas eu de réponse pendant une longue minute. Je m'apprêtais à tourner les talons, furieux à l'idée que Lane serait occupé toute la nuit et qu'il me faudrait lui envoyer un SMS pour lui demander de m'apporter un médicament dès qu'il aurait fini son affaire, quand derrière la porte en bois une voix étouffée a dit : « Une seconde », suivi d'un bruit de pas sur le plancher. La porte s'est ouverte sur Emrys tout juste sortie de la douche, en court peignoir de satin noir, une serviette enroulée autour de la tête. Aussitôt, ma bouche s'est asséchée. J'étais incapable de quitter des yeux les jambes interminables qui dépassaient du tissu satiné. J'ai toujours aimé les jambes des femmes. Alexa avait peut-être les plus jolies jambes de Sheridan, mais celles d'Emrys étaient la perfection même.

– Qu'est-ce qui se passe, Sutton ?

Elle semblait inquiète et j'ai dû me secouer pour reprendre mes esprits. J'avais l'impression que tout le sang de mon corps avait reflué vers mon sexe, déjà engorgé sous le survêtement que j'avais enfilé à la hâte quand Daye avait demandé à dormir avec moi. J'ai dû faire un effort immense pour me ressaisir devant la femme sublime qui se tenait à moitié nue devant moi. Surtout que je savais quel goût elle avait, je connaissais la façon dont ses yeux s'illuminaient lorsqu'elle était excitée. Je savais que nous finirions au lit ensemble, mais j'ignorais que ce serait cette nuit. Je n'étais pas encore prêt.

– Euh... désolé de te déranger. Je me demandais si tu aurais quelque chose contre le mal de crâne. Mes frères ont vidé la maison de tout ce qui ressemblait de près ou de loin à un médicament, ai-je dit avec un hoquet de stupeur quand elle a ôté la serviette sur sa tête et qu'elle a fait courir ses doigts dans ses cheveux.

On aurait dit des fils de soie noire. J'aurais voulu enfouir mon nez dans leur masse voluptueuse.

Elle a fait demi-tour et m'a fait signe de la suivre dans la chambre. J'ai refermé la porte doucement, sans savoir pourquoi je voulais être seul avec elle dans cette pièce exiguë qui avait été la mienne autrefois. Il faut croire que je finissais toujours par me retrouver seul avec elle, comme si le destin refusait que je garde mes distances afin de réfléchir posément à la meilleure décision pour nous deux. En sa compagnie, j'avais toujours l'impression de tendre vers ce qui était mal, et si bon à la fois.

– Je crois que j'ai une espèce de trousse de secours dans mon sac à main. Laisse-moi jeter un œil.

Elle a jeté la serviette sur le lit défait et s'est dirigée vers un sac noir posé sur une chaise que mon père m'avait achetée lorsque j'étais revenu m'installer ici avec Daye. Selon lui, c'était le siège idéal pour raconter des histoires. Mais la seule chose à laquelle je pensais, c'était courber Em sur le dossier et la prendre par-derrière pendant que mes mains agripperaient ses cheveux.

Lorsqu'elle s'est penchée en avant et que le bord du peignoir a remonté sur ses cuisses, j'ai retenu un gémissement. Dans un geste automatique, j'ai mis une main sur mon sexe. Moi qui avais craint de ne plus jamais bander, je me demandais comment je pouvais être aussi dur alors que je ne l'avais pas encore touchée.

– Comment va Daye ? La pauvre petite a traversé beaucoup d'épreuves ces deux dernières semaines, a-t-elle dit en me regardant par-dessus son épaule.

J'ai regardé son cul s'agiter tandis qu'elle fouillait dans son sac en jurant tout bas. Une main sur la nuque, j'ai fixé le sol pour m'obliger à répondre à sa question au lieu de l'empoigner avec rudesse pour la jeter sur le lit.

– Elle va bien. C'est une gamine coriace. Elle était bien obligée, avec une mère pareille… Je crois qu'elle comprend que quelque chose ne va pas, sans se douter combien c'est grave. Je ne sais pas si c'est très clair. En tout cas elle est inquiète que je ne me rétablisse pas et qu'elle doive rester seule.

C'était difficile d'admettre que ma fille avait toutes les raisons de douter de moi. Mais c'était la vérité. À présent, il fallait que j'arrange la situation.

– Trouvé ! s'est-elle exclamée en brandissant triomphalement un petit sachet, puis en revenant au centre de la pièce.

Je n'avais pas cessé de la fixer, avec l'espoir absurde que le nœud qui retenait son peignoir se déferait comme par miracle pour exposer son corps nu.

– Sutton, je suis sûre et certaine que tu agiras comme il faut pour Daye. Alexa et toi, vous êtes restés longtemps ensemble. D'ailleurs comment ça va ? Tu dois être très inquiet pour elle.

Elle m'a tendu les cachets, que j'ai avalés tels quels avec une grimace.

– On est restés beaucoup trop longtemps ensemble. Elle n'arrêtait pas de me promettre qu'elle ne toucherait plus à l'alcool, et à chaque fois, je la croyais. Je ne voulais pas mettre un terme à la relation. J'avais vu ma mère traiter mon père comme un chien, et j'ai vu Cy avoir le cœur brisé quand sa première épouse l'a quitté. J'étais fier d'avoir trouvé une femme satisfaite de la vie que je lui offrais. Je croyais sincèrement avoir touché le gros lot en tombant amoureux de quelqu'un qui venait d'ici et qui ne voudrait jamais partir. J'étais loin d'imaginer que notre séparation rendrait les choses encore pire, parce que ça a affecté notre fille plus que moi. Je la hais pour ça. Donc oui, je me fais du souci, mais je suis également furieux qu'encore une fois, Daye souffre à cause d'elle. Cette gamine mérite qu'on lui foute la paix.

– Ta fille est adorable et belle comme un cœur. J'espère que ton ex va se rendre compte qu'elle risque de la perdre définitivement si elle ne met pas de l'ordre dans sa vie, comme tu l'as fait, toi, a-t-elle dit avec un petit sourire, et je n'ai pu m'empêcher de faire un pas vers elle.

Elle a eu un cri étranglé et m'a regardé avec de grands yeux. J'ai saisi les pans de son peignoir pour l'attirer contre moi. Ses tétons se sont durcis sous le fin tissu, laissant deviner qu'elle était nue en dessous.

– Daye est la seule chose que j'aie réussie dans ma vie.

C'était la vérité, mais c'était aussi un avertissement. Je la mettais en garde : quoi qu'il se passe, j'allais tout faire foirer avec elle. C'était la seule chose que je pouvais lui promettre.

Elle a penché la tête tandis que ma main trouvait le nœud qui retenait le peignoir à sa taille. Le tissu satiné était doux, mais pas autant que la peau qu'il couvrait. Sa poitrine est montée et descendue lorsqu'elle a haleté. Elle a retenu ma main, m'empêchant de défaire le nœud et d'exposer son corps à mon regard affamé.

– Sutton, qu'est-ce que tu fais ? Tu ne m'as pas regardée une seule fois depuis deux jours. Tu m'évitais, a-t-elle dit d'un ton douloureux et je me suis détesté de l'avoir blessée.

Je l'avais embrassée, puis je m'étais enfui parce que c'était plus facile qu'écouter ce qu'elle avait à me dire. Comme par un retour de bâton pervers, j'avais fait exactement ce qu'elle se reprochait d'avoir fait aux autres toute sa vie.

– C'était ça que j'évitais, Em. Toi et moi. À cause de ton retour, du fait que tu sois chez moi, que tu prennes soin de moi alors que je ne t'avais rien demandé… c'est tout ça qui nous a conduits ici, dans cette chambre. Depuis le premier jour, on se cherche. La collision était inévitable. Cet accident, on l'a voulu tous les deux.

Je l'ai prise par la hanche et l'ai serrée contre moi. Quand mon érection est venue labourer son ventre, ses yeux ont cligné furieusement.

– On n'est pas faits l'un pour l'autre et on n'a rien à faire ensemble. Le choc est voué à être fatal. J'ai tendance à mal gérer la douleur en ce moment. On sait tous les deux que lorsque ce sera fini, on ne se remettra jamais de cette blessure.

M'empoignant par le T-shirt, elle a mis sa main sur mon épaule tandis que je baissais la tête pour respirer le creux de son cou. Elle sentait la vanille. Sa peau veloutée s'est couverte de frissons lorsque, du bout de la langue, j'ai suivi le tracé de son omoplate.

– Il faut qu'on parle. Je ne vais pas te laisser faire diversion à chaque fois. Il y a des choses que je dois te dire et que tu dois entendre. Je ne vais pas nier qu'il y a une attraction très forte entre nous, ni que j'ai eu envie de toi dès que je t'ai rencontré. Mais j'ai besoin de mettre ma conscience au clair plus que de baiser, a-t-elle dit en me repoussant.

Son geste a eu l'effet de défaire complètement le nœud de son peignoir. Le tissu satiné s'est ouvert en deux, m'offrant une vue parfaite sur ses seins fermes et ronds, son ventre plat, le doux renflement au creux de ses cuisses. Sa peau avait l'éclat de l'or et ses tétons pointaient, insolents. J'ai à peine remarqué les cicatrices tellement la vision était irréelle.

Je l'ai attrapée à nouveau et l'ai serrée fort contre moi tout en faisant glisser le peignoir de ses épaules, qui est tombé avec un doux bruissement.

– Tu veux parler ? On va parler. Mais pas maintenant. Pas cette nuit. Il faut que je retourne auprès de Daye. Je ne veux pas qu'elle soit seule à son réveil. Mais avant de partir, je veux te goûter, Em. Je veux que tu te donnes à moi afin qu'on sache tous les deux si la souffrance en vaudra la peine.

Elle a hésité. Je voyais l'indécision dans ses yeux. Il n'y avait qu'une seule chose que je voulais et pour l'obtenir, tous les coups étaient permis, même les plus bas.

– Dis-moi, Em. Dis-moi ce que tu as sur le bout de la langue, avant que je t'embrasse.

Elle a baissé ses longs cils et fermé les yeux. Quand elle a poussé un halètement, je n'ai pas pu m'empêcher de toucher ses seins. J'ai saisi un des tétons entre mes doigts et l'ai pincé légèrement. Ses lèvres se sont ouvertes et, d'une voix à peine audible, elle a murmuré :

– Je suis désolée, Sutton. C'est ça que je veux te dire. Je suis terriblement désolée.

Je n'avais aucune idée de quoi elle parlait. Pourquoi des excuses ? C'était moi qui implorais son pardon pour ne pas avoir réussi à la protéger. J'allais lui demander des explications quand ses mains se sont glissées sous mon T-shirt et qu'une de ses magnifiques jambes est venue s'enrouler autour de ma taille, son sexe humide et chaud contre mon membre dressé. Je ne croyais pas que je pourrais bander plus fort, mais ma queue a tressauté et s'est gonflée davantage.

Toute idée d'excuse s'est envolée tandis que j'atteignais au sublime. Je n'avais jamais posé les mains sur un être aussi parfait, et je n'allais pas perdre mon temps à analyser pourquoi elle était revenue pour moi alors qu'elle avait fui tous les autres hommes. Je ne méritais pas ses excuses ni la douceur de sa bouche quand elle a embrassé mes lèvres.

J'allais prendre ce qu'elle m'offrait ; égoïstement, j'allais m'y accrocher. J'ai peut-être fait beaucoup de choix stupides dans ma vie, mais je ne suis pas idiot.

10

LÀ OÙ JE VEUX ÊTRE

EMRYS

Je l'ai embrassé parce que j'en avais envie et que je voulais faire diversion. Son regard était enflammé et avide, mais j'ai tout de même remarqué qu'il avait eu un moment d'hésitation à la vue des marques sur ma peau. Avant l'attaque, le sexe était facile. Je ne me souciais jamais de ce que mon partenaire allait découvrir sous mes vêtements. Je n'avais jamais ressenti de gêne au fait de laisser les lumières allumées. Mais là, j'ai dû me faire violence pour ne pas prendre la fuite et pour me convaincre qu'il ne le ferait pas non plus.

Ce degré d'intimité n'était plus quelque chose d'acquis ou de mécanique. Il y avait dans mes gestes une incertitude qui n'existait pas avant. Je ne pleurais plus quand je me regardais dans le miroir. Je ne frottais plus convulsivement mes cicatrices dans l'espoir qu'elles partiraient. Désormais elles faisaient partie de moi, elles racontaient un épisode de ma vie. Je ne voulais plus les cacher, mais je ne voulais pas non plus que Sutton y voie la trace indélébile de ce qui les avait causées. Je ne voulais pas que ces marques l'affectent plus qu'elles ne m'affectaient moi. Ce que je voulais, c'était qu'il continue à m'embrasser et à me serrer contre lui. Je voulais qu'il me regarde comme s'il ne pouvait pas s'empêcher de toucher et de goûter chaque partie de mon corps frémissant.

Je voulais qu'il me désire comme je le désirais moi. J'avais désiré d'autres hommes avant Sutton Warner, mais jamais je n'avais ressenti une telle flamme. Avec lui, c'était une question de vie ou de mort.

J'avais l'impression de ne plus jamais pouvoir faire un pas sans qu'il soit à mes côtés. Il m'entraînait sur un chemin dont il était la fin. J'avais l'impression qu'une partie de moi s'étiolerait et mourrait s'il n'était pas tout entier pressé contre moi. Je me sentais comme un gant qu'on a retourné. Le monde s'était réduit à sa seule bouche contre la mienne, à ses mains sur ma peau. Rien d'autre n'existait, n'avait besoin d'exister. Tout ce que je voulais, c'était qu'il poursuive ce qu'il était en train de faire, pour toujours. J'en oubliais même mes cicatrices. J'aurais été incapable de prononcer une phrase cohérente si ma vie en avait dépendu. Pour la première fois, j'étais exactement là où je voulais être. Je ne voulais plus fuir, je voulais me rapprocher. J'étais prête à le supplier de ne pas me lâcher.

Une de ses mains a suivi la cambrure de mes fesses. Il a enfoui son membre entre mes cuisses et nous avons tous les deux gémi lorsque son gland a frôlé mon bouton frémissant. Je voulais que chaque centimètre de sa queue me pénètre. Je voulais qu'il remplisse entièrement le vide douloureux que je ressentais depuis qu'il m'avait demandé de sortir de sa vie.

J'ai enlacé ses épaules et enfoui ma main dans ses cheveux pendant qu'il caressait avec nonchalance mes tétons excités. Ma langue s'est enfoncée dans sa bouche, dans un baiser passionné et avide. Lorsque j'avais décidé de revenir dans le Wyoming pour m'expliquer avec lui, une partie de moi savait que nous étions destinés à finir ainsi. J'étais là où je devais être. Il avait raison : nous étions voués à entrer en collision, mais contrairement à ce qu'il disait, le choc n'était pas douloureux. Rien n'avait jamais été aussi bon. Rien n'avait jamais semblé aussi vital et nécessaire.

Ma tête s'est renversée en arrière et j'ai gémi lorsque sa main a remonté lentement le long de ma cuisse. Son geste était précis et volontaire. Il n'a eu aucune hésitation quand son pouce a atteint mon sexe. Il ne me demandait pas la permission d'entrer : mon corps tout entier l'y invitait. L'intérieur de mes cuisses était trempé de plaisir, mon corps vibrait d'excitation. Son pouce a pénétré mon antre brûlant et s'est mis à en caresser les parois moites. J'ai poussé un profond soupir tandis qu'il explorait mes chairs humides et frémissantes.

– Du feu dans de la soie, a-t-il grogné dans mon cou alors que ses dents fouaillaient la veine où mon pouls battait chaotiquement.

Lorsqu'il a tordu la pointe durcie de mon téton, j'ai ressenti une décharge violente entre les jambes. Son pouce massait mon clitoris tandis que deux doigts baladeurs se glissaient au plus profond de mon corps en pâmoison. Mon sexe s'est refermé en une pulsation autour des doigts qui allaient et venaient. Sous le plaisir de cette caresse intime, mes paupières se sont fermées et mon corps s'est alangui à mesure que je me laissais aller à l'expérience la plus grandiose que j'aie jamais ressentie. Ce n'était ni de la séduction facile, ni une douce tentation. C'était une extase totale, un chavirement absolu. C'était le désir brut et animal, une passion désespérée qui menaçait de m'aspirer et de me faire sombrer.

Je cherchais un endroit où m'abriter de l'orage. J'étais loin d'imaginer que Sutton serait une tornade et que je me laisserais emporter avec joie. Il n'existait pas d'homme plus tempétueux et imprévisible que lui, pourtant j'étais prête à lui faire une confiance aveugle.

Le bruit mouillé de ses doigts qui entraient et sortaient de mon corps lui a fait pousser un juron contre ma nuque. J'ai eu un spasme de plaisir lorsque son pouce s'est mis à caresser mon clitoris. Puis mon téton a disparu entre ses lèvres chaudes. En réaction au frottement abrasif de sa barbe contre ma peau, je me suis cabrée et sa verge est venue se coller à mon bas-ventre. Il n'était pas le seul à vouloir me goûter. Depuis qu'il me l'avait exposé au visage, je mourais d'envie d'enrouler ma langue autour de son membre épais.

Mes hanches en rythme avec les siennes, j'ai lâché ses cheveux pour lui ôter son T-shirt en gémissant son nom. Il s'était remplumé et sa peau avait perdu sa blancheur maladive. Ce n'était pas encore sa carrure habituelle, mais il n'était plus pâle et décharné. Ses muscles abdominaux, dessinés et secs, saillaient sur son ventre.

Ma main a suivi la cambrure de ses reins, jusqu'à ce que mes doigts effleurent le sillon foncé en haut de son survêtement. Le bout de son membre pointait sous l'élastique, luisant d'excitation. Il était aussi brûlant que moi.

Son corps puissant a été parcouru d'un frisson et le vert de ses yeux s'est assombri, noyé par un désir obscur et vorace. La main dans mon dos a remonté jusqu'à la base de ma nuque, qu'il a pressée fort quand j'ai glissé la main dans son pantalon et empoigné son sexe.

– Personne ne m'a touché depuis longtemps, Em, a-t-il grogné quand ma main s'est mise à monter et à descendre sur son membre. Je n'ai jamais connu quelqu'un qui te ressemble, qui me touche aussi bien que toi. Quand tu poses tes mains sur moi, je n'arrive plus à réfléchir. Si tu continues, je vais encore tout faire foirer et oublier de te donner autant de plaisir que tu m'en donnes. Je vais être égoïste, prendre le plaisir que tu m'offres. Six mois sans vivre ça, c'était trop.

Il a soufflé des mots salaces à mon oreille quand, du bout des doigts, j'ai suivi la veine saillante qui courait le long de son sexe. Il était chaud et dur au toucher. Je ne me lassais pas de voir les muscles sur son torse se contracter et sa queue tressauter à chaque mouvement de mon poignet.

Soudain je me suis sentie soulevée de terre. J'ai crié de frustration quand ses mains se sont retirées de dedans mon corps, me laissant au bord de l'orgasme qui bouillonnait dans mon sang et mes reins. Son épaule a appuyé contre mon estomac et il m'a soulevée sans le moindre effort. Mon visage collé contre son cul musclé, mes cheveux balayant presque le sol, il a traversé la chambre, son bras passé fermement autour de mes cuisses. D'instinct, je me suis débattue et lui ai demandé de me poser à terre avec une claque sonore sur les fesses. Il m'a ordonné de me tenir tranquille et je l'ai senti frissonner quand la pointe de mes seins a frotté la peau soyeuse de son dos. Il avait deux adorables fossettes de chaque côté du dos, juste au-dessus de son cul non moins délicieux. Puisqu'il refusait que je touche la partie avant de son corps, j'allais m'occuper de l'arrière. J'ai embrassé l'une de ses fesses et m'apprêtais à passer la langue lentement sur la deuxième lorsqu'il m'a jetée sans cérémonie sur le lit. J'ai atterri sur le matelas avec un rebond, et une main m'a tirée avec rudesse par la cheville.

Avant que j'aie eu le temps de m'installer plus confortablement ou même de réfléchir, Sutton était à genoux. Ses mains ont écarté mes cuisses et sa langue s'est frayé vicieusement un chemin jusqu'à ma chatte brûlante. J'ai été balayée par un spasme douloureux quand sa barbe a frotté l'intérieur de mes jambes. Au premier mouvement de sa langue sur la zone la plus délicate et sensible de mon corps, mon dos s'est cambré jusqu'à se décoller du matelas. Une main enfouie dans ses cheveux, j'ai senti tous mes muscles se raidir sous ses coups de langue avides.

Il a pincé mon clitoris et frotté la pointe de ses dents contre mon tendre bouton. De plaisir, mes cuisses se sont refermées autour de sa tête ; sans pouvoir me contrôler, j'ai lâché une série de halètements plaintifs tandis qu'il me léchait. Il me baisait avec sa bouche, ma tête roulait d'un côté à l'autre sans que je puisse m'empêcher de balbutier des phrases incohérentes qui le louaient et le maudissaient à la fois. Il m'avait prévenue qu'il voulait me goûter ; il n'avait pas menti. Il me dévorait comme si j'étais son dernier repas, comme un homme affamé qui n'a rien mangé depuis des jours. Il me buvait comme s'il ne pourrait jamais être rassasié.

Lorsque ses doigts ont recommencé à masser mon clitoris, comblant le vide laissé par sa langue fouilleuse, je n'ai pu résister plus longtemps à son assaut sensuel. Un raz-de-marée de plaisir a déferlé sur moi. Je l'ai entendu rire de satisfaction, puis il a déposé un baiser mouillé à l'intérieur de ma cuisse parcourue de tremblements.

Pantelante, j'ai attendu que se calme cet orgasme si puissant que même mes cheveux s'étaient dressés d'extase.

– Je ne croyais pas que tu pourrais être encore plus jolie que tu ne l'es déjà, Em. Je me trompais, a-t-il dit d'une voix rauque.

Le feu aux joues, je me sentais comblée. Je voulais qu'il ressente la même chose. J'étais impatiente de le voir satisfait et repu, les paupières lourdes, son corps massif alangui par la jouissance.

Pourquoi serait-il le seul à me procurer du plaisir ? C'était à mon tour de le faire chavirer et gémir. Je l'ai regardé tandis qu'il se penchait pour lécher du bout de la langue les cicatrices qui striaient mon ventre. Il ne s'était encore jamais montré aussi doux avec moi, et des larmes brûlantes me sont montées aux yeux.

J'ai tiré sur ses cheveux pour le remonter jusqu'à moi. Il s'est attardé un instant à mordiller mon cou et une vague de chaleur m'a parcourue quand sa barbe humide a balayé ma peau. Il était couvert de mon odeur. Même s'il n'était plus en train de me donner du plaisir, mon désir pour lui subsistait : j'avais encore faim, je le voulais. J'aimais cette sensation primitive, animale.

Ça n'a pas été facile de l'étendre sur le dos. Sutton paraissait heureux de mordiller et de lécher mes tétons tandis que ma main masturbait l'érection blottie sous son pantalon. Son membre vibrait au creux de ma paume. Il a croisé les mains derrière la tête, les yeux perdus au plafond, me laissant tout le loisir d'examiner la ligne rouge qui zébrait furieusement son torse musclé. Il a tiqué lorsque mes lèves ont embrassé la cicatrice, la cajolant comme il avait fait avec la mienne. Son estomac s'est contracté quand ma main a repris son va-et-vient sur sa queue. Sa peau était de velours, son corps d'acier.

Un sourcil levé, je lui ai silencieusement demandé son accord pour continuer. Il a répété qu'il n'avait pas connu de femme depuis longtemps, et au lieu de lui en demander la raison, je me suis assurée qu'il ne regretterait pas de m'avoir choisie pour rompre sa longue abstinence.

À genoux sur le lit, j'ai ouvert la bouche et avalé son membre rigide. Il a poussé un grognement, puis l'une de ses mains a agrippé mes cheveux. Sa verge cognait contre ma langue. Il est parti d'un gémissement étouffé et son corps s'est arqué. Dans un râle, il a soufflé :

– Plus profond. Je veux que tu me prennes au fond de ta gorge, Em.

On aurait dit qu'il souffrait, mais quand j'ai levé la tête pour le regarder, son beau visage affichait une expression béate. Le vert de ses yeux brillait de mille éclats et ses pommettes étaient en feu. Il me dévisageait avec intensité. Visiblement, il appréciait ce qu'il voyait.

– Je n'avais aucune chance contre toi. Ma bite non plus.

Je ne savais pas de quoi il parlait. Lorsque je lui ai jeté un regard interrogateur, il a secoué la tête et frotté son gland contre mes lèvres entrouvertes. Je l'ai mordillé du bout des dents en guise d'avertissement, mais il a paru aimer la douleur.

J'ai fermé ma main sur la base de son érection, résolue à lui donner ce qu'il voulait. Je l'ai pris entièrement dans ma bouche. Ma main pompait sa queue au rythme de mes coups de langue. Il a eu un spasme et son corps s'est raidi brusquement. Il a empoigné rudement mes cheveux et je l'ai laissé guider les mouvements de ma tête. Il ne dépassait jamais les limites, mais il pressait ma main à la base de son sexe avec une force que je n'aurais jamais employée.

Ses hanches se sont décollées entièrement du matelas et il a soufflé mon nom dans un râle. J'ai laissé son sperme me couler dans la gorge puis léché ce qui restait sur son gland tandis qu'il continuait à faire monter et descendre nos mains sur son membre frémissant, jusqu'à l'achèvement complet de l'extase.

Lorsqu'il m'a relâchée, je me suis allongée sur le dos en caressant les poils sous son nombril. J'ai remonté le long de sa cicatrice et pressé ma paume contre son cœur battant. Une partie de moi n'arrivait pas à croire qu'il était là, que la situation était réelle. Mais une autre partie se demandait pourquoi il nous avait fallu tant de temps pour nous retrouver.

Se frottant le visage, il a cligné des yeux ébahis vers moi. Il a gardé la main dans mes cheveux jusqu'à ce que je sois allongée à côté de lui. Il a passé son pouce sur mes lèvres gonflées de plaisir et à vif de nos fougueux baisers.

– Il faut que je retourne dans ma chambre.

Il m'avait déjà prévenue qu'il ne voulait pas que Daye soit seule au réveil. Je comprenais, bien sûr, mais le doute m'a noué l'estomac.

– Il faut que je prenne une douche avant, a-t-il poursuivi.

Égoïstement, j'aurais voulu qu'il ne lave pas la preuve de nos ébats. Mais s'il devait retourner auprès de sa fille, je savais qu'il n'avait pas le choix. Il ne fallait surtout pas que Daye soit au courant de ce qui se passait entre la personne qu'elle aimait le plus au monde et une femme juste de passage. Son père avait assez souffert, la petite n'avait pas à savoir le mal que lui et moi allions inévitablement nous faire.

J'ai hoché la tête contre son épaule, en essayant de mettre de l'ordre dans mes idées. Je ne m'étais jamais sentie aussi bien, mais je savais que je me sentirais au plus bas dès qu'il quitterait la chambre.

Comme s'il avait senti mon malaise, il a attrapé mon menton afin que je sois forcée de le regarder dans les yeux.

– On aura notre discussion, Em. Mais pas ce soir. Pas après tout le bien qu'on s'est fait.

En d'autres termes : la discussion que je voulais avoir allait nous faire du mal. J'en avais marre de me sentir mal. Je cherchais l'absolution et la paix. Je voulais être capable de le quitter en sachant qu'il m'avait pardonnée, ainsi je pourrais continuer ma route sans subir à chaque pas le poids de la culpabilité. Je n'avais aucune idée de l'endroit où j'irais, mais je savais avec une certitude absolue que je ne pourrais y arriver sans avoir reçu d'abord son pardon.

Avec un tressaillement, j'ai serré les poings quand il s'est glissé hors du lit pour se diriger nu vers la salle de bains. La vision a troublé mon esprit, ma bouche est devenue sèche. J'avais voulu lui parler, pourtant je n'avais pas dit un mot tout le temps qu'il avait eu les mains sur moi, comme s'il me les avait fait oublier. Le cow-boy à la personnalité complexe était au centre de mes souvenirs, les pires comme les meilleurs. À cause de lui, je remettais en question mon identité, et mes actions.

Désormais il était la seule chose qui faisait sens. Mais il était aussi le seul capable de me désorienter jusqu'aux larmes. Je voulais plus que ce qu'il m'avait déjà donné. Seulement, je n'étais pas sûre qu'il ait autre chose à offrir que de brefs instants volés dans le noir.

Il avait le cœur barbelé, l'amour furieux. Ce n'était pas un blâme. La dernière personne à qui il avait donné ces choses n'en avait pas pris grand soin. Avant Sutton, je n'avais jamais accepté que quiconque me donne son cœur. Quant à moi, je n'avais jamais envisagé d'en accorder même un bout. Tandis qu'à présent, j'étais prête à l'offrir tout entier à un homme, en plus de mon corps et de tout ce que je possédais. Pour ça, il n'avait qu'à m'assurer qu'il prendrait soin des parties de moi que je n'avais jamais laissé personne toucher.

Je n'avais jamais réalisé que mon cœur cherchait un abri. Un refuge où il serait protégé des émotions complexes que j'avais tant cherché à éviter. Sutton était aux antipodes d'un refuge chaud et sec. Il était rempli de failles et de zones obscures, dans un état proche de la démolition. Certains jours, il arrivait à peine à tenir debout. C'était la dernière personne capable de soigner les parties de moi les plus tendres et exposées. Mais il avait montré qu'il était prêt à tout sacrifier pour moi, et mon cœur ne pouvait oublier cela.

11

QUELQU'UN SAIT

SUTTON

Dès l'instant où j'ai aperçu Rodie traverser la cour le lendemain matin, j'ai su qu'il apportait des mauvaises nouvelles. Je le connaissais depuis presque toujours, et jamais je ne l'avais vu en attirail complet de shérif. Sa démarche raide et sévère et son regard froid étaient la preuve irréfutable qu'il ne venait pas juste discuter le bout dc gras.

J'ai donné une tape sur le flanc du cheval que je soignais et l'animal est parti en trottant. M'essuyant le front, j'ai relevé le bord de mon chapeau de cow-boy afin de regarder mon ami. Ma casquette de base-ball préférée, ornée du logo du ranch, avait disparu la nuit où j'avais failli mourir d'overdose dans le bar de Burke. Son confort familier me manquait. Les visites amicales de Rodie aussi me manquaient. À présent, chaque fois qu'il venait me voir, c'était en tant que suspect à interroger. Son salut délibérément froid m'a hérissé les poils.

– Sutton.

J'ai haussé les sourcils et croisé les bras sur ma poitrine.

– Des nouvelles d'Alexa ?

Je connaissais déjà la réponse.

Rodie a acquiescé sans me quitter des yeux et sa bouche s'est durcie.

– Je crains que oui. Deux randonneurs sur le sentier du Big Goose Canyon ont découvert le corps d'une femme hier. Ou plutôt les restes, car le cadavre devait être là depuis un certain temps et les animaux l'avaient entamé.

J'ai posé une main sur ma poitrine pour calmer ma cicatrice, qui s'était mise à m'élancer douloureusement.

– Tu l'as trouvée hier et tu ne viens que maintenant ? C'est quoi ce bordel, Rodie ?

Le shérif a plissé les yeux et un tic nerveux a parcouru sa joue.

– J'attendais qu'on l'ait formellement identifiée, Sutton. Il nous fallait les résultats de l'analyse dentaire. Étant donné l'état du corps, c'était la seule façon d'avoir une identification positive. (Il m'a fixé intensément et le tremblement sur sa joue s'est accru.) Quand as-tu vu Alexa pour la dernière fois ?

Sous le choc d'apprendre que la mère de mon enfant était morte, j'étais assailli d'émotions contradictoires. La femme que j'avais aimée autant que je l'avais détestée ne ferait plus jamais partie de ma vie. Je redoutais surtout le moment où il me faudrait dire à Daye qu'elle ne verrait plus jamais sa mère. J'ai soupiré douloureusement et me suis plié en deux, comme si on m'avait frappé à l'estomac. Quel salaud j'étais d'avoir soupçonné Alexa d'être partie ivre, sur un coup de tête ! Je l'avais pensée égoïste et inconséquente. Il ne m'était jamais venu à l'esprit qu'elle pouvait avoir disparu contre son gré. J'étais convaincu qu'elle réapparaîtrait, hagarde et en gueule de bois, comme à son habitude. À l'idée qu'elle était morte, mon estomac s'est retourné et mon corps s'est couvert de sueurs froides. Malgré l'agréable tiédeur du soleil matinal, j'étais glacé. Puis j'ai réalisé que la question de Rodie n'était pas anodine. Il n'était pas venu en ami, mais en tant que shérif enquêtant sur le décès potentiellement suspect d'un des citoyens de sa ville.

– La dernière fois que je l'ai vue, elle était juste à côté de toi et me disait qu'elle allait me traîner devant les tribunaux. Tu sais qu'Alexa et moi, on ne se parle qu'en cas d'urgence absolue. J'ai essayé de l'appeler ces derniers jours, au cas où elle serait rentrée, uniquement parce que tu m'avais demandé de le faire. Pourquoi cette question, shérif ?

Il a tiqué en s'entendant appeler par son titre. Je voulais qu'il sache que j'avais vu clair dans son jeu.

Derrière nous, le cheval a piaffé nerveusement, conscient de la soudaine tension entre nous.

– Parce qu'Alexa n'est pas morte de mort naturelle. Elle ne s'est pas tuée en faisant une chute en état d'ébriété. Il y avait une balle .45 dans ce qui restait de son crâne. J'étais là quand elle t'a menacé. J'ai vu l'expression sur ton visage quand elle a dit qu'elle t'enlèverait définitivement la garde de Daye. Tout le monde sait qu'elle et toi, vous étiez comme chien et chat pendant presque toute votre vie de couple et que ton existence serait beaucoup plus simple si elle disparaissait.

Je suis parti d'un rire sec, hideux. J'étais incapable de regarder en face celui qui avait été mon ami le plus proche en dehors de mes frères.

– Tu parles sérieusement ? Tu ne me connais pas mieux que ça, Rodie ? Au cours de toutes nos années d'amitié, est-ce que tu m'as déjà vu porter la main sur une femme ? Tu me crois vraiment capable de tuer la mère de ma fille ?

ai-je craché, poings serrés, tandis que le shérif continuait à darder sur moi un regard impitoyable.

– Très franchement, je ne sais plus ce dont tu es capable. Je ne croyais pas qu'un jour tu t'évanouirais en public parce que tu n'avais plus que la peau sur les os et que tu gobais des médicaments comme si c'étaient des bonbons. Je ne croyais pas que tu serais assez stupide pour risquer de perdre ta fille. Depuis que tu as été blessé, tu es devenu imprévisible et incontrôlable. Alexa avait enfin des charges valables contre toi, et on sait tous les deux que les Warner n'aiment pas se sentir acculés. Tu es la seule personne à tirer un bénéfice de sa mort. Elle n'a pas de famille excepté sa sœur à Cheyenne. Elle n'avait pas non plus d'amis proches et on n'a trouvé aucune preuve qu'elle avait un petit ami. J'ai même demandé à Burke si elle flirtait avec un des clients du bar, mais il a assuré que non. Donc c'est juste toi et elle, Sutton. À ma place, tu poserais les mêmes questions, en espérant que ton ami te fournira des explications qui laveront son nom.

J'ai basculé d'avant en arrière sur mes talons. La pression sur ma poitrine m'empêchait de respirer correctement.

– T'es en train de me dire que je dois laver mon nom ?

Rodie a soupiré et passé une main sur son visage. Il semblait fatigué malgré son expression sévère.

– Je te dis que j'ai besoin de connaître ton emploi du temps exact entre le moment de la disparition d'Alexa et maintenant.

J'ai été pris de l'envie de le frapper. La nouvelle de la mort d'Alexa me faisait presque autant souffrir que la trahison de Rodie me demandant mon alibi le plus sérieusement du monde.

– Je n'ai jamais cherché à ce que Daye coupe les ponts avec sa mère. Je voulais juste qu'Alexa ne puisse pas la voir quand elle avait bu. Je le faisais pour protéger ma fille. Mais jamais, tu m'entends, jamais je n'ai essayé d'effacer radicalement Alexa de nos vies. Le jour où elle est venue au ranch, je sortais tout juste de l'hôpital. Tu le sais. J'ai passé la semaine qui a suivi allongé sur le sol de la salle de bains à dégueuler mes tripes à cause du manque. J'étais une foutue épave. Quand je me suis senti redevenu humain, je me suis jeté à corps perdu dans mon rôle de père. J'avais laissé tomber ma fille exactement comme sa mère l'avait fait, et depuis, je fais tout ce que je peux pour lui montrer que ça n'arrivera plus jamais. Tous les jours, je l'emmène à l'école et je vais la chercher à la sortie. Depuis le jour où tu nous as annoncé qu'Alexa avait disparu, elle refuse de me quitter d'une semelle. Tu veux aussi interroger Daye, Rodie ? Est-ce que tu vas m'obliger à utiliser ma fille de six ans comme alibi ?

Nous nous sommes fixés un long moment. Aucun de nous deux ne voulait baisser les yeux le premier. Finalement, Rodie a soupiré et ôté son chapeau de cow-boy pour se passer la main dans les cheveux. Il a tourné la tête vers le cheval à l'autre bout de l'enclos, aussi loin que possible de nous.

– Ça ne me réjouit pas de te poser ces questions en me demandant jusqu'où tu serais capable d'aller pour protéger ta famille. Pas plus que ça ne me fait plaisir de te dire que ton alibi est faible. Si j'étais toi, je me dépêcherais de trouver la preuve que tu n'es pas sorti du ranch depuis dix jours. J'aurais souhaité ne pas connaître cette femme à la morgue, et je ne veux pas savoir comment Daye va digérer la nouvelle terrible de la mort de sa mère. (Lorsqu'il a reporté son regard sur moi, j'ai vu que son masque de flic s'était légèrement défait.) Je suis ici à cause de mon boulot. Je te pose ces questions parce que j'y suis obligé.

Si nous avons cette conversation ici, chez toi, et non dans le bureau du shérif, c'est parce que nous sommes amis depuis l'école primaire. Crois-moi, je n'ai aucune envie que tu sois un suspect dans le meurtre d'Alexa, mais on n'a pas toujours le choix.

Secouant la tête, je suis allé ouvrir le portail du corral. Il fallait que je dise à mes frères ce qui se passait et que je réfléchisse à la façon dont j'allais annoncer la nouvelle à Daye.

– Je n'ai pas de .45. Mes frères non plus. Je n'ai jamais été jusqu'au sentier du Big Goose Canyon. Je n'ai pas eu de nouvelles d'Alexa depuis que je l'ai mise à la porte du ranch. Daye non plus. C'est vrai, je ne l'aimais pas beaucoup, mais j'avais appris à vivre avec et à composer avec ses erreurs. Aucun juge n'aurait accepté de lui laisser la garde complète de notre fille, pas après son arrestation pour conduite en état d'ivresse alors que Daye était en voiture avec elle. Je n'avais aucune inquiétude à ce sujet. Je ne sais pas ce qui s'est passé. Ce que je sais, c'est que je n'ai rien à voir avec son meurtre ou sa disparition, ai-je dit en passant sous la barrière métallique, où Rodie m'a suivi. Il faut que j'aille voir ma fille pour lui annoncer la nouvelle avant que les ragots s'en chargent. Elle mérite de l'apprendre de ma bouche.

– Et ton père ? Il avait constitué un véritable arsenal avant de mourir. Il aimait collectionner les armes, et les .45 sont des modèles militaires. Des objets de collection.

Il a posé une main sur mon bras et je me suis figé, luttant contre l'envie de le repousser. J'ai regardé ses doigts, puis je me suis dégagé. Il a étouffé un juron et m'a suivi jusqu'à mon camion garé devant la maison, entre celui de Cy et le 4x4 de Leo.

– Je ne fais que mon boulot, a-t-il répété.

Le regardant par-dessus mon épaule, je n'ai pu dissimuler un rictus lorsque j'ai lâché :

– Ton boulot est merdique parfois.

Il a eu un sourire ironique.

– Pas faux. Surtout quand ton boulot est dans une ville minuscule où tout se sait. Je te contacterai dès que j'aurai plus d'informations. Quelqu'un doit bien savoir quelque chose. Les gens ne disparaissent pas comme ça, même dans un coin aussi isolé. Tu diras à Daye que je suis désolé.

– Si tu veux qu'on reparle de ça, ce sera à l'antenne de police en compagnie de mon avocat.

Je n'allais pas me laisser emmerder, juste parce que j'étais soi-disant le seul à qui la mort d'Alexa profitait. Je n'allais pas jouer mon avenir.

– Plaise à Dieu que je n'aie pas à te reparler de cette affaire. La sœur d'Alexa ne semblait pas particulièrement disposée à venir chercher le corps et à organiser des obsèques. Tu fais ce que tu veux de cette information.

Il savait ce que j'en ferais.

Avec un raclement de gorge, je me suis hissé à bord du camion.

– Je la contacterai plus tard. Si elle refuse de s'occuper de l'enterrement, je le ferai. Alexa n'aurait voulu être inhumée nulle part ailleurs qu'ici.

Cette fois, un petit sourire triste mais franc a éclairé le visage du shérif.

– C'est la réponse que j'attendais. Toutes mes condoléances, Sutton. Vraiment.

J'avais fermé la portière avant qu'il finisse sa phrase. Les mains agrippées au volant, je me suis forcé à respirer. Mes oreilles sifflaient. J'ai dû cligner rapidement des yeux pour empêcher mes larmes de couler. Chaque battement de cœur m'élançait. J'avais l'impression qu'un poids gigantesque m'oppressait, rendant le moindre geste impossible.

Je me suis souvenu de la première fois que j'avais vu Alexa. Ses jambes interminables et ses cheveux blonds bouclés. Elle avait des yeux bleus brillants et un sourire à tomber. Je n'arrivais pas à croire que je ne l'avais jamais remarquée à l'époque où nous étions ensemble à l'école. Elle avait quelques années de moins et fréquentait un groupe différent du mien. Mes frères et moi travaillions au ranch avec notre père. On n'avait pas le temps de jouer au football ou d'aller à des fêtes. On n'avait pas appris à glander et à jouer les adolescents attardés. J'étais énervé qu'une fille pareille ait pu me passer sous le nez. Elle était tout ce que je croyais vouloir à l'époque. Je n'arrivais pas à croire à ma chance qu'elle aussi veuille de moi.

Il m'avait fallu deux ans pour comprendre qu'elle voulait boire et faire la fête plus qu'elle ne me voulait, moi. J'avais fait d'immenses efforts pour que notre couple fonctionne ; je m'étais battu pour sauver notre famille. J'aurais tout sacrifié pour que notre histoire dure, excepté le bonheur et la sécurité de ma fille. Je ne serais jamais resté aussi longtemps avec Alexa si ça n'avait été pour Daye. J'avais vingt-cinq ans quand elle était tombée enceinte. Après la naissance, la situation s'était stabilisée pendant deux ans. C'est en tout cas ce qu'elle m'avait fait croire. Elle s'était fait arrêter pour conduite en état d'ivresse quand Daye avait à peine trois ans et m'avait promis de suivre une cure de désintoxication. Deux mois plus tard, alors que je rentrais épuisé d'un week-end de randonnée, je l'avais retrouvée évanouie sur le canapé, et Daye sans surveillance. La petite était sale, affamée et terrifiée. Je n'avais aucune idée du temps qu'Alexa avait passé dans les vapes, mais c'était la goutte d'eau qui avait fait déborder le vase. J'avais pris Daye avec moi et nous étions retournés nous installer au ranch. J'étais dégoûté, triste. J'étais furieux contre Alexa, mais surtout contre moi. J'aurais dû savoir qu'elle continuait à boire et qu'elle n'était pas en mesure de s'occuper de Daye. Mais je lui avais donné une chance après l'autre parce que je refusais de m'avouer vaincu.

J'ai jeté mon chapeau à l'arrière du véhicule et me suis penché pour poser mon front contre le volant. J'ai fermé les yeux très fort, ignorant le liquide salé qui coulait entre mes cils.

J'aurais dû insister pour qu'elle se fasse aider.

J'aurais dû prendre davantage soin d'elle, sachant qu'elle n'avait personne dans sa vie excepté Daye et moi.

J'aurais dû être plus patient et compréhensif avec elle. Ça faisait près de trois ans que nous étions séparés, et elle n'avait jamais avancé. Elle m'avait dit clairement qu'elle était encore amoureuse de moi et qu'elle m'accueillerait avec joie dans son lit, quand je le voudrais. Je l'avais quittée sans un regard en arrière et n'avais jamais ressenti le moindre remords. Jusqu'à aujourd'hui.

Toutes les chances que j'avais eues dans ma vie de me comporter bien avec une femme s'étaient soldées par un échec. Même ma mère n'avait pas été capable de m'aimer et m'avait abandonné. Elle nous avait tous abandonnés.

Je n'ai pas réussi à convaincre Alexa d'être la partenaire que je cherchais, ni la mère que Daye méritait. J'avais renoncé à nos projets communs bien avant qu'elle trahisse ma confiance. Et maintenant, elle était morte.

Je n'avais même pas eu le courage d'écouter ce qu'elle avait désespérément voulu me dire. Elle méritait pourtant de me dire que je l'avais déçue. Je n'avais pas eu la force de l'entendre.

Puis Daye était arrivée. Je lui avais promis que je serais toujours là, qu'elle pouvait compter sur moi et que je ne la laisserais jamais tomber. Je lui avais menti. Je m'étais pourtant juré que je ne le ferais jamais, pas après que ma mère avait passé sa vie à nous mentir. J'ai laissé ma honte et mes regrets m'aspirer vers le fond. En me rendant sans combattre, j'avais fait le contraire de ce que j'avais juré à Daye. J'avais beaucoup de chance que ma fille me porte un amour inconditionnel, parce que ça faisait longtemps que je n'avais rien fait pour le mériter. J'étais si occupé à m'apitoyer sur mon sort que j'avais oublié les sentiments des autres.

Ravalant un sanglot, j'ai frotté mon visage trempé de larmes pour m'armer de courage face à la conversation qu'il me faudrait avoir avec ma fille. Fini de se lamenter et de geindre sur les choses passées. J'allais concentrer tous mes efforts sur le présent, m'assurer que ma fille puisse faire le deuil de sa mère en étant entourée et protégée. Avec autant de grâce et de dignité que je le pouvais, j'allais rendre un dernier hommage à la femme qui m'avait fait don du plus beau cadeau de ma vie. J'allais laisser Emrys me dire ce qu'elle avait à me dire en espérant qu'elle me permettrait encore de la toucher et de la tenir dans mes bras lorsqu'elle prendrait conscience de mes faiblesses. J'allais m'autoriser à tomber un peu amoureux de la sublime brune, même en sachant qu'elle finirait par partir et que j'étais voué à rester ici. J'allais m'endurcir suffisamment pour encaisser une peine de cœur sans m'effondrer. J'allais être le frère que mes frères avaient été pour moi.

Les regrets et les remords ne m'avaient rien apporté hormis des vices qui avaient failli me tuer, et un paquet de tristes nuits solitaires. J'avais repoussé les personnes que j'admirais le plus et brisé le cœur de ma fille. Tous, ils méritaient mieux. Moi-même je méritais mieux. La visite de Rodie m'avait appris que la vie ne nous accordait pas toujours une deuxième chance pour réparer nos erreurs. Rien ne m'assurait que j'aurais suffisamment de temps pour me faire pardonner des personnes que j'aimais. Il fallait que je sois un homme meilleur car demain je serais peut-être mort.

J'ai fait le trajet jusqu'à l'école primaire dans un nuage d'hébétude. J'avais élaboré puis rejeté des centaines de discours préparés d'avance. Mes émotions oscillaient entre le chagrin et la colère. Je devais lutter pour garder une contenance, et je n'ai pas été très aimable avec la responsable de vie scolaire qui me demandait pour la quatrième fois si j'allais bien. Elle voulait savoir pourquoi je faisais quitter les cours à Daye aussi tôt. J'ai répondu qu'il s'agissait d'un problème familial. Elle a demandé des renseignements supplémentaires. Lorsque j'ai refusé d'en donner, elle est devenue cassante. Je lui ai cloué le bec d'un regard glacial et me suis accroupi en entendant le cri de joie de ma fille qui venait de m'apercevoir. Elle s'est précipitée dans mes bras et je l'ai serrée tellement fort qu'elle a poussé un couinement de surprise.

La responsable scolaire m'a regardé soulever Daye de terre et accrocher son minuscule cartable sur mon épaule. Avec un bref signe de tête, je suis sorti calmement de l'école. Après avoir attaché Daye dans son siège et grimpé derrière le volant, je me suis retrouvé perdu, incapable de décider où aller. Je voulais qu'elle se sente en sécurité. Il fallait qu'elle sache qu'elle pouvait compter sur moi et qu'elle pouvait se laisser aller à ses émotions. C'est pourquoi je suis retourné au seul endroit qui avait toujours été notre sanctuaire. J'ai pris la route du ranch et lui ai demandé si elle voulait qu'on aille faire un tour à cheval tous les deux. Daye avait hérité de mon amour des chevaux et de la nature. L'idée l'a aussitôt enchantée. Elle n'arrêtait pas de me demander pourquoi j'étais venu la chercher si tôt, mais la perspective d'une balade en compagnie de son père chéri a suffi à détourner son attention. Depuis mon attaque, je n'étais pas monté en dehors du corral. Encore une chose que je lui avais refusée tellement j'étais prisonnier de mes mauvais souvenirs.

Lorsque nous sommes rentrés à la propriété, Lane s'affairait autour des écuries. Il lui a suffi d'un regard sur mon visage traversé de tics nerveux pour comprendre que quelque chose n'allait pas. Sans me poser aucune question, il est passé aussitôt en mode tonton rigolo, amusant Daye avec l'histoire invraisemblable d'un poisson attrapé dans la rivière lors de sa dernière randonnée. Je lui ai annoncé qu'il allait falloir nous réunir en famille une fois que Daye et moi serions rentrés de balade. Il a acquiescé avec un regard inquisiteur. Je me suis contenté de secouer la tête et de marmonner : « Plus tard » tandis qu'il soulevait Daye pour l'installer sur la selle que mon père m'avait offerte à mes treize ans. La rugosité du cuir et la sensation de contrôler un animal puissant m'avaient manqué.

Ravie, Daye tapait des mains quand nous avons traversé le ranch avant de nous enfoncer dans la forêt nationale qui bordait la propriété. La petite babillait à propos de ses cours de danse et des *cupcakes* que Brynn avait promis de cuisiner. Elle m'a demandé si j'allais assister au spectacle de danse qui aurait lieu dans deux semaines et je lui ai rappelé m'y être déjà engagé. De toute évidence, elle ne me croyait pas. Son manque de confiance m'a foudroyé. J'avais tant à me faire pardonner.

Nous sommes allés jusqu'à la rivière, au bord de laquelle je suis descendu de cheval, Daye dans mes bras. Immédiatement, elle a cherché de grosses pierres plates qu'elle jetait dans l'eau. Je l'ai laissée jouer quelques instants avant de m'asseoir sur l'herbe et de la prendre sur mes genoux. Une main caressant ses boucles en bataille, j'ai regardé intensément ses immenses yeux verts.

Je cherchais comment annoncer la nouvelle quand elle a levé une petite main et m'a touché la joue.

– Tu as l'air triste, papa.

Mon cœur s'est serré si fort que j'en ai eu le souffle coupé.

– C'est vrai, je suis triste, mon ange. Il faut que je te dise quelque chose qui ne va pas être facile à entendre.

– C'est maman ? a-t-elle dit avec une grimace en faisant tomber sa main.

– Oui, ai-je acquiescé gravement.

Sa lèvre s'est mise à trembler et ses yeux se sont embués.

– Il faut que je retourne vivre avec elle ? Je ne veux pas partir du ranch. Je veux rester avec toi.

J'ai ravalé la boule que j'avais à la gorge, avec l'impression que j'allais m'étouffer.

– Non, ma chérie. Tu ne vas pas retourner chez ta maman. Il lui est arrivé quelque chose de très mal… et elle est morte.

Elle est restée bouche bée à me fixer avec ses grands yeux qui ont cligné plusieurs fois, comme si elle avait du mal à me voir.

– Tu sais ce que ça veut dire, Daye ? Quand quelqu'un meurt il s'en va et on ne le revoit plus. Mais on a toujours la personne dans son cœur. On garde tous les souvenirs d'elle. C'est à ceux qui restent de faire en sorte qu'on n'oublie pas la personne qui est partie.

– Je ne vais plus jamais voir maman ? a-t-elle soufflé, paupières baissées, en s'appuyant de tout son poids sur ma poitrine.

J'ai dû m'éclaircir la gorge avant de pouvoir répondre.

– Non, mon bébé. Non, tu ne vas plus la voir.

Nous nous sommes dévisagés sans rien dire pendant un long moment, jusqu'à ce que de grosses larmes silencieuses se mettent à couler sur ses joues. Elle ne faisait aucun bruit, mais elle a enfoui son visage dans mon cou et j'ai senti son frêle corps trembler avec violence. La prenant dans mes bras, je l'ai bercée tendrement tandis que le grondement de la rivière couvrait mes platitudes qui se voulaient réconfortantes. Mon cheval s'est mis à piaffer et à hennir, comme s'il s'inquiétait pour Daye autant que moi.

Nous sommes restés longtemps dans cette position. J'ai laissé Daye évacuer sa tristesse. Sans surprise, lorsqu'elle s'est dégagée de mon étreinte, j'avais une fois encore le visage trempé de larmes. Perdre Alexa était douloureux. Mais regarder ma fille pleurer une mère qui ne l'avait jamais aimée comme elle le méritait, voilà qui me mettait hors de moi. J'aurais volontiers pris une autre balle dans la poitrine plutôt que faire subir un tel moment à ma fille.

Je lui ai essuyé le visage du coin de mon T-shirt, puis j'ai embrassé son front. Elle était molle dans mes bras lorsque je l'ai portée jusqu'au cheval. Elle est restée silencieuse tout le trajet jusqu'au ranch. C'est seulement en apercevant Lane et Cy qui nous attendaient à côté de l'écurie qu'elle a murmuré :

– Moi aussi je suis triste, papa.

J'ai cru que mon cœur allait exploser.

– Je sais, mon ange. Je sais.

12

NULLE PART OÙ SE CACHER

EMRYS

Je me suis réveillée en entendant le parquet craquer à l'extérieur de ma chambre. Clignant des yeux dans l'obscurité, j'ai saisi mon téléphone portable pour regarder l'heure. Presque trois heures du matin. Avec un grognement, je me suis tournée pour me rendormir. L'atmosphère était tendue au ranch depuis la visite de Rodie. Leo s'en voulait à mort d'avoir traité Alexa aussi grossièrement lors de leur dernière entrevue. Sutton avait du mal à contrôler les émotions imprévisibles de Daye. Quant à Cy et à Lane, ils essayaient de faire taire les rumeurs abjectes à propos de leur frère. Tout le monde savait maintenant qu'Alexa avait été assassinée et que Rodie était venu poser des questions à Sutton sur les circonstances du décès. Puisqu'il n'y avait pas d'autre suspect plausible, les spéculations allaient bon train : les habitants avaient tout misé sur le cadet des frères Warner.

Sutton parvenait à faire bonne figure, agissant comme si les commérages ne l'atteignaient pas. Jusqu'à cet après-midi, quand une des fillettes du cours de danse de Daye lui avait demandé où elle irait vivre quand son père serait arrêté et mis en prison. Daye avait poussé la petite fille puis s'était effondrée en larmes, une crise qui avait duré des heures. Sutton était peut-être estomaqué par les mensonges et les calomnies dont il faisait l'objet, mais plus que tout il haïssait les répercussions qu'ils avaient sur sa fille. Cy avait été forcé de le retenir quand, de frustration, il s'était mis à balancer de la vaisselle sur le sol de la cuisine. Brynn avait perdu pas mal d'assiettes, et je l'avais aidée à nettoyer le bazar après que Sutton avait renversé la table pendant que Daye sanglotait. Par chance, Cy et Leo s'étaient débrouillés pour ne recevoir aucun visiteur cette semaine-là, si bien que l'accès de colère de Sutton n'avait eu que la famille pour témoin. Personne ne savait comment aider le père et sa fille frappés par le deuil. Leo m'avait d'ailleurs confié que ses frères étaient terrifiés à l'idée que la mort d'Alexa ne le fasse rechuter. On observait Daye et son père comme s'ils avaient été sur le point de voler en éclats.

J'étais aussi inquiète que tout le monde pour Sutton. C'est pourquoi je suis sortie du lit pour jeter un œil dans le couloir. Cy et Leo dormaient à l'autre bout de la maison ; ce n'étaient pas eux qui faisaient du bruit. Brynn se déplaçait aussi silencieusement qu'un fantôme, je n'entendais jamais ses allées et venues. Chaque fois que Lane recevait une visite nocturne, il allait toujours chercher ses « amies » où elles dormaient puis les raccompagnait. C'était un peu l'équivalent masculin d'une Marie-couche-toi-là, mais au moins il se comportait en gentleman avec ses conquêtes. Non. J'étais convaincue qu'il s'agissait de Sutton. Daye marchait d'un pas si léger et rapide que je ne me serais jamais réveillée. Sortant la tête de ma chambre, j'ai froncé les sourcils en voyant disparaître en bas de l'escalier un large dos en chemise à carreaux et des cheveux blonds en bataille.

Ce n'étaient pas mes affaires, me suis-je fustigée ; Sutton était un adulte et n'avait pas besoin d'une nounou. Il m'avait déjà dit sans détour qu'il ne voulait pas être réparé, et que je ferais bien de le laisser tranquille. Mais il n'est pas allé à la cuisine, comme je le pensais. Pas non plus de murmure de la télévision, car il a dépassé le salon pour se diriger tout droit vers la porte d'entrée. Avant que j'aie pu y réfléchir à deux fois, j'avais enfilé des tongs et un pull pour ne pas mourir de froid et je m'élançais dans l'escalier afin de le suivre hors de la maison.

Dans le Wyoming, tout est plus grand que nature. Le ciel noir. Les étoiles qui étincellent comme des diamants, si nombreuses, si brillantes. Je n'avais jamais vu plus belle parure de bijoux. Le silence aussi était énorme. Chaque respiration et battement de cœur semblaient résonner dans la nuit. J'entendais également les pas étouffés de Sutton qui traversait la propriété, dépassant de quelques centaines de mètres les refuges pour hôtes et l'immense garage, en direction de la grange. Tout était calme ; le moindre bruit paraissait porter à des kilomètres. Il n'y avait nulle part où se cacher.

Il passait beaucoup de temps dans la grange avec les chevaux. Depuis mon arrivée au ranch, j'avais eu le loisir de l'observer, et il semblait préférer la compagnie des animaux à celle des clients de passage. Avec eux il était cordial, sans plus. Il n'essayait jamais de se montrer charmant ou agréable, malgré les petites fortunes que déboursaient les visiteurs pour séjourner là. C'était avec réticence qu'il accueillait les nouveaux venus et leur faisait faire le tour du domaine. Il secondait Lane pour harnacher les chevaux et rassembler le matériel pour les sorties, et aidait les cavaliers débutants à se familiariser avec leurs impressionnantes montures. Il paraissait toujours soulagé quand Lane emmenait les touristes en randonnée pour la journée et ne s'embarrassait jamais à leur faire la conversation à leur retour pour le dîner. J'avais raison de penser qu'il jouait avec réticence le rôle qu'on lui avait attribué, mais je ne me trompais pas non plus en le qualifiant d'authentique cow-boy. Même s'il n'aimait pas être guide touristique, il n'avait pas d'autre choix. La grange était son havre de paix, son sanctuaire. Cela n'expliquait pas pour autant pourquoi il s'y enfermait au beau milieu de la nuit.

Heureusement il avait laissé la porte entrouverte, et j'ai pu me glisser à l'intérieur sans qu'il s'en rende compte. Dans un box, un cheval a piaffé et un autre a henni doucement en tapant des sabots sur le plancher en bois. Les lumières étaient éteintes, mais une lueur diffuse filtrait d'une des pièces au fond de l'écurie. J'ai entendu Sutton marmonner quelque chose aux animaux agités, marmonnement suivi du bruit sourd d'un objet qui tombe au sol. Il a juré, et je me suis guidée au son de sa voix en frissonnant à cause du vent frais qui s'insinuait sous mon pantalon de yoga et mon débardeur. Le pull ne me protégeait pas beaucoup du froid. Mais si j'avais la chair de poule, c'était davantage parce que je savais que ce que j'allais voir en entrant dans cette pièce ne me plairait pas.

Le sol en béton était couvert d'un tapis en cuir de vache. Selles et matériel de harnachement étaient suspendus aux murs. Il y avait une longue table en bois avec tout un tas d'objets que je n'ai pas reconnus. Sutton me tournait le dos. Il fouillait dans une sacoche en cuir estampillée de ses initiales, en retirant un objet après l'autre qu'il posait ensuite sur la table, les épaules raides tandis qu'il plongeait plus profondément la main dans le sac. Je me suis avancée au centre de la pièce afin qu'il remarque ma présence. Il était tellement concentré sur sa tâche qu'il n'a même pas tourné la tête quand je me suis approchée de lui.

– Merci mon Dieu.

Ses épaules se sont relâchées et il a jeté la sacoche. Un éclair métallisé a frappé mon regard lorsque son poing a brandi une flasque en argent. Sa tête est retombée mollement et il a poussé un juron, les doigts serrés autour du flacon comme si sa vie en dépendait.

J'ai frotté mes bras pour en chasser le froid mais aussi pour avoir quelque chose à faire, au risque de me voir lui arracher la flasque des mains. Il fallait qu'il s'en débarrasse de lui-même, non parce que je l'y forçais.

– Voilà un endroit où tes frères n'ont pas pensé à chercher, hum ? ai-je lancé avec un ton léger et calme, mais il a sursauté et s'est tourné brusquement, pris la main dans le sac.

– Qu'est-ce que tu fous ici, Em ? Tu me suis ? a-t-il répondu, rouge de honte, sans oser croiser mon regard.

Sa chemise était entièrement déboutonnée et il ne portait rien en dessous. Son jean était dézippé et il avait ses Converse usées aux pieds. Une vision de rêve, avec ses tablettes de chocolat et ses cheveux blonds en bataille. Même pris en flagrant délit de perdition, il arrivait à enflammer mes sens et à faire chavirer mon cœur.

– Je dirais plutôt : qu'est-ce que *toi*, tu fous ? ai-je rétorqué en pointant la flasque qu'il tenait d'une main désespérée. Tu veux vraiment boire ça ? Tu crois sincèrement que ça va t'aider à résoudre tes problèmes ?

Il a regardé le flacon, puis la pièce qui sentait le cuir et l'huile. Elle était étonnamment propre pour une réserve pleine d'équipement équestre. Il a cligné des yeux comme si l'espace d'une seconde il avait oublié où il était, avant de me regarder enfin dans les yeux. Le vert de son iris brillait d'une angoisse visible malgré la distance qui nous séparait.

– J'ai pas besoin d'un chien de garde.

Il était agressif parce qu'il voulait que je m'en aille.

Dommage pour lui. C'était fini, ce temps-là.

– Ah oui ? Et d'une amie ? Tu sembles en avoir besoin, ai-je dit avec un pas en avant, bras tendu, en espérant qu'il me donnerait la flasque sans faire d'histoires. Une amie te durera plus longtemps que ce qui se trouve là-dedans. Elle te fera te sentir mieux que ce poison. Une amie ne t'abandonnera pas quand tu auras la gueule de bois, avec des regrets pour seuls compagnons à ton réveil.

Il a haussé les sourcils et, du coin de la bouche, a eu un rictus sardonique.

– Tu veux être mon amie, Em ? J'aurais pourtant juré que quand j'avais la tête entre tes jambes et ma bite dans ta bouche, tu voulais plus que ça.

Il essayait de me repousser, comme il l'avait fait avant. Il cherchait à me faire souffrir pour que je cesse de vouloir prendre soin de lui. Mais il n'y arriverait pas. Je l'aimais. Ses paroles cruelles ne m'affectaient pas. Elles ne me faisaient pas fuir. Je n'ai pas détourné les yeux malgré la brûlure de son regard courroucé. Ses mots glissaient sur moi car, pendant ce temps, il n'était pas en train d'ouvrir le flacon.

– Je serai ce que tu voudras, Sutton, ai-je dit, la tête penchée sur le côté, guettant sa réaction.

Il était trop grand et trop fort pour que j'arrive à lui arracher de force la flasque des mains. Mais il comptait trop pour que je le laisse commettre une erreur dont il ne se relèverait pas.

Il a eu une moue surprise, puis il s'est tourné pour s'adosser à l'épaisse table. Son regard voltigeait de la flasque à moi, l'hésitation le faisant paraître plus âgé et vulnérable qu'il ne l'était.

– Tu veux me servir de distraction, Em ? Tu vas m'offrir ta jolie bouche ? Tu vas me laisser utiliser ton foutu corps de rêve jusqu'à ce que je sois engourdi et incapable de penser à rien d'autre qu'à l'odeur de ta mouille et de ta salive ? a-t-il dit en me tendant le flacon glacé puis en m'attrapant le poignet pour me coller contre lui. Tu crois que tu seras assez bonne pour me faire oublier les larmes de ma fille parce que toute la ville pense que son père est un meurtrier ? Est-ce que tu arriveras à m'exciter assez pour oblitérer le fait que je vais devoir m'asseoir dans une église remplie de gens convaincus que j'ai assassiné mon ex, même s'ils m'ont connu toute ma vie ? (Il parlait de l'enterrement d'Alexa, qui aurait lieu le week-end suivant.) Tu vas me sucer tellement bien que j'arrêterai de me passer en boucle tous les moments où j'ai laissé tomber Alexa ? Tu crois que ta chatte sera suffisamment étroite pour que j'oublie que je suis en train de foutre en l'air le gagne-pain de ma famille ?

Cy avait effectivement répété le besoin de recruter une aide extérieure ; ce n'était un secret pour personne que les finances avaient souffert de l'annulation des randonnées cette semaine-là. Le ranch continuait à tirer un bénéfice de l'exploitation du bétail et des chevaux, mais l'essentiel des ressources était issu du tourisme. Malgré la répugnance de Sutton pour cette activité, ils ne pouvaient pas s'en passer.

Je l'ai fixé intensément, puis j'ai dévissé la flasque et reniflé son contenu. Ça sentait le whisky et brûlait comme de l'essence quand j'en ai avalé une gorgée. Je l'ai fait pour me donner du courage mais aussi parce que je commençais à ressentir une vive tentation. J'étais face à lui, j'attendais qu'il se décide à agir. Peut-être que le goût de l'alcool sur mes lèvres lui ferait oublier ses tracas juste une minute. J'ai fait une grimace de dégoût. Puis je me suis essuyé la bouche du revers de la main et j'ai retourné la flasque pour la vider sur le sol en béton. Sutton m'a regardée sans ciller, mais sa mâchoire s'est crispée imperceptiblement et un muscle a tressauté sur sa joue.

Alors je me suis approchée de lui en ôtant mon pull, que j'ai balancé sur le tas de sacoches, puis mon débardeur. Mes tétons se sont durcis aussitôt et j'ai frissonné, à cause du froid mais aussi de l'éclat dans ses yeux verts. J'aimais leur couleur, et plus encore le désir qui voilait de noir l'émeraude de ses iris. Mes doigts se glissaient sous l'élastique de mon legging quand il a brusquement saisi mon poignet.

– Em.

Il a fermé les yeux et baissé la tête jusqu'à ce que nos deux fronts se touchent. Même si je le connaissais, je me laissais toujours surprendre par la facilité avec laquelle il arrivait à retourner contre lui sa colère et son dégoût. J'avais constamment l'impression de vivre des montagnes russes émotionnelles.

– Je ne peux pas, a-t-il dit d'un ton d'immense souffrance. Je ne veux pas. Je me serais détesté demain matin si j'avais bu cette flasque. Mais si je me sers de toi pour me sentir mieux… (il a gémi et remonté ses mains jusqu'à mon cou)… je me détesterai pour toujours. Tu mérites mieux que ça.

Sous-entendu : *Tu mérites mieux que moi*, même s'il ne l'a pas dit.

J'ai fait glisser le coton noir sur mes hanches et l'ai laissé tomber au sol. Avec un hoquet de surprise, il a resserré son étreinte autour de mon cou quand il s'est aperçu que je ne portais rien sous mon pantalon. J'ai posé les mains sur son torse, savourant la souplesse de sa peau et la fermeté de ses muscles. J'ai effleuré des lèvres le contour de sa mâchoire, étonnée par la douceur de sa barbe, et lui ai enlevé sa chemise.

– Dans ce cas, ne te sers pas de moi pour te sentir mieux. Plutôt, laisse-*moi* te distraire, parce que c'est ce dont j'ai envie.

Je l'ai serré contre moi, la pointe de mes seins s'est écrasée contre sa poitrine d'acier. Sa main est descendue jusqu'à la cambrure de mes fesses tandis qu'il me soulevait pour presser son érection sur mon ventre. Son sexe pointait par la braguette ouverte du jean, le gland velouté et doux contre ma peau. J'ai frissonné de plaisir et il a juré doucement. Projetant mon bassin contre le sien, j'ai caressé ses larges épaules.

– Laisse-moi t'aider, Sutton.

J'ai embrassé le coin de sa bouche, l'effleurant des lèvres avec délicatesse. Il a poussé un râle profond, et je n'ai pas su si c'était à cause du goût du whisky sur mes lèvres ou de la main que je venais de glisser dans son pantalon, sur son membre excité et dur.

– Qu'est-ce que tu retires de tout ça, Em ? Tu y gagnes quoi ?

Une main sur chacune de mes fesses, il m'a pressée tout contre lui, écrasant ma main sur son sexe et se frottant contre moi comme pour chercher un soulagement.

J'ai enlacé son visage et l'ai regardé droit dans les yeux pour lui dire la vérité. La vérité vraie. Pas celle dont j'essayais de me persuader ni celle que je me forçais à croire.

– Toi.

13

LE LIEU IDÉAL

SUTTON

Moi. Elle m'a dit qu'elle me gagnait, moi. Je ne comprenais pas pourquoi elle voulait une chose pareille, mais je n'allais pas me poser de questions.

Les deux jours précédents avaient été difficiles. Chaque fois que j'y pensais, le souvenir de ce qui se passait me coupait en deux. La façon dont personne en ville ne masquait ses soupçons, me croyant réellement capable d'assassinat, me blessait au-delà de l'imaginable. Comme toujours, Cy était le golden-boy, le fils prodigue. Lane était le boute-en-train, celui que tout le monde aimait et voulait fréquenter. Et puis il y avait moi… le type dont on pensait qu'il avait fait du mal à la mère de son enfant. C'était une preuve supplémentaire de mon incapacité à m'adapter ; je n'étais même pas à ma place à l'endroit où j'avais toujours vécu. Mes frères étaient fous de rage. Cy avait menacé de résilier les contrats avec plusieurs fournisseurs locaux à cause de leurs racontars médisants. Je lui avais dit de ne pas y prêter attention. Du moment qu'on arrivait à préserver Daye de la tempête, je me foutais de ce qu'on racontait sur moi. C'est alors que ma fille avait craqué. J'ai cru que je perdais à nouveau le contrôle de la situation. Tout ce dont j'avais besoin, c'était d'une minute pour réfléchir. Puisque j'étais incapable de faire taire le constant murmure de réprobation dans ma tête, une seule solution s'offrait à moi : boire jusqu'à l'oubli.

J'ignorais qu'une option allait pulvériser toutes les autres.

Elle était parfaite. Sa peau douce et dorée était une bien meilleure diversion que le whisky qui imbibait maintenant le sol. Ses seins se sont dressés lorsque mon regard s'est posé sur ses mamelons durcis. Il y avait une rougeur sous les cicatrices de sa poitrine, et je sentais son cœur battre tel un oiseau emprisonné dans une cage. Ses cheveux noirs ondulaient sur ses épaules nues. Je me suis retenu de les écarter, afin qu'ils ne couvrent pas ses tétons rosés. Ses yeux brillaient pareils aux braises d'un feu qui meurt, me réchauffant le sang malgré la fraîcheur de la nuit. Ses mains brûlantes de désir ont caressé ma peau, mon torse, mon ventre, jusqu'à la ceinture de mon jean. Elle m'apprivoisait, me domptait comme si j'étais un animal sauvage.

Et ça marchait.

Dans ma tête, le murmure des voix s'est tu. Je n'entendais plus que le bruit de nos respirations et les battements de mon cœur. Puis le zip de ma braguette et mon râle étouffé quand ma queue a jailli du pantalon et s'est retrouvée comme une offrande entre ses mains. Elle a baissé mon jean sous mes fesses. La sensation de mon gland contre sa peau m'a fait bander encore plus dur. Ses mains allaient et venaient sur mon manche, caressant de son pouce le gland mouillé. J'ai poussé un halètement.

Je voulais la toucher. Je voulais l'attraper, la retourner et l'acculer contre la table, pour qu'elle n'ait nulle part où aller et nulle part où se cacher. Je mourais d'envie de plonger entre ses longues jambes, de m'y enfoncer jusqu'à ce que plus rien n'existe que le plaisir et la jouissance. J'aurais aimé que les choses soient différentes, être un homme qui mérite une femme prête à tout pour l'empêcher de faire les mauvais choix. Je n'étais pas cet homme.

Emrys croyait m'aimer, mais je savais que c'était faux. Une fois que je serais à elle, je ne pourrais que la décevoir.

J'ai saisi la main qui astiquait mon membre, et lorsque l'autre main a remonté le sillon de poils blonds sous mon nombril, j'ai été parcouru d'un frisson. Les yeux fermés, j'ai lutté contre mon envie instinctive de l'empoigner, le désir urgent de la chevaucher et de la pénétrer. Dès notre première rencontre, j'avais eu envie de la baiser. Désormais, c'était plus profond. Je voulais qu'elle m'aide à aller mieux.

J'ai passé les mains derrière son dos et l'ai attirée d'un coup sec contre mon torse. Cicatrice contre cicatrice, mémoire contre mémoire. Le pire et le meilleur de nous, parfaitement alignés. La pointe de ses seins a balayé ma peau et j'ai gémi doucement. Ma queue raide entre ses doigts, ses ongles s'enfonçaient dans mon ventre, et je l'ai serrée jusqu'à la faire crier.

– Je n'ai pas fait de mal à Alexa, ai-je dit presque malgré moi quand nos regards se sont croisés. Quand j'ai vu ces hommes te toucher… Ça m'a transformé, Em. Quelque chose en moi s'est brisé. Ne pas pouvoir t'aider ni les arrêter… ça m'a détruit. J'ai eu l'impression d'être un sous-homme. J'ai douté de ma capacité à protéger ma fille. Je ne m'étais jamais senti aussi perdu et inutile. Quand je me suis réveillé à l'hôpital et que je t'ai vue couverte de bandages, quand j'ai vu ce qu'ils avaient fait à ton visage…

(Je l'ai serrée encore plus fort en posant mon front contre le sien)... Jamais je ne pourrais faire de mal à une femme.

Elle a lâché mon sexe et passé ses bras autour de ma taille. Puis elle a embrassé le creux de mon cou, sur ma veine palpitante.

– Tu n'es pas responsable de ce qui s'est passé, Sutton. C'est moi qui ai voulu qu'on fasse une halte. C'était ma faute. On s'est fait prendre à cause de moi. Si j'ai été blessée, c'est uniquement parce que ces hommes étaient des monstres, des sadiques. Ça n'avait rien à voir avec toi. Tu t'es fait tirer dessus. Tu as risqué ta vie pour me sauver. Je sais que tu n'as rien à voir avec ce qui est arrivé à Alexa. Je l'aurais su même si tu n'avais pas failli mourir pour me porter secours. Tu es quelqu'un de bien, Sutton Warner. Tu es un bon père. Tu n'as pas capitulé, même en pleine crise. Tu as continué à avancer.

J'ai incliné la tête, ses lèvres remontaient le long de ma nuque. Mes mains ont caressé son dos, jusqu'à la cambrure des fesses. Elle a fait un mouvement en avant et ma verge a tressauté au contact de sa peau. Son ventre trempé a glissé contre le mien, une danse langoureuse et érotique qui nous a électrisés. Je n'avais jamais connu de séduction plus douce et sensuelle, j'en étais retourné. Des décharges électriques me parcouraient la peau, mon corps était bouleversé de désir.

– Je vais te dire comment je gère les situations de crise, Em. Ce jour-là, on a pris par la rivière parce que c'était le chemin le plus direct pour rejoindre le ranch. Je savais que c'était risqué, mais j'ai quand même choisi de nous exposer au danger, simplement parce que je m'inquiétais pour Cy et Lane. J'ai pensé à eux avant de penser à toi. Tout à l'heure, si tu n'étais pas arrivée, j'aurais bu toute cette flasque, parce que c'est exactement le genre de truc foireux que je fais. Il y a à peine quelques semaines, je me cachais aux yeux du monde et je cultivais soigneusement mon addiction aux antalgiques. Alors, tu vois, je suis un type égoïste et négligent. Je ne suis pas un bon père. Et aucune de mes actions récentes ne fait de moi quelqu'un de bien.

J'ai effleuré son front du bout des lèvres tandis que mon sexe fouillait le creux de ses cuisses. Si elle se mettait sur la pointe des pieds, mon gland pourrait se glisser dans sa fente humide. Son corps entier frémissait contre le mien. Les lèvres de sa chatte ont frotté contre ma bite raidie.

– Tu mérites mieux, Em. Ne te donne pas à quelqu'un qui a besoin que tu répares sa vie pour lui. Trouve-toi un type intègre qui t'aidera à recoller les pièces qui te manquent. Un homme qui te donnera envie de te battre.

Elle a remonté ses bras pour me prendre par les épaules. Avant que j'aie pu réagir, elle avait posé un genou sur la table près de ma hanche, son bassin collé au mien. Mon membre gonflé est venu lécher le velours moite et chaud de son sexe. Avec un gémissement, elle a redressé la tête et planté son regard dans le mien. J'aimais ses yeux de la couleur d'un bon whisky, et tellement plus précieux que le tord-boyaux qu'elle avait vidé par terre. Oui, elle était précieuse, rare, mais tout aussi perdue que moi. Je voyais ses efforts désespérés pour trouver autre chose, trouver mieux. Comme moi.

– J'aime toutes les pièces qui te composent, Sutton. Chaque jour j'en découvre de nouvelles. Tu les laisses tomber et je les ramasse derrière toi. Une fois que je les aurai toutes, je te les rendrai et tu pourras les assembler comme il te plaira. Tu n'es pas obligé de te recomposer comme tu étais avant. Il y a d'autres modèles. Tu peux être une nouvelle personne. Quelqu'un qui a failli mourir. Quelqu'un qui sait ce qu'il veut.

Elle a donné un coup de bassin qui m'a coupé le souffle. Ses longues jambes lui permettaient des mouvements qui auraient été impossibles à une femme plus petite. Mon gland a cogné sa fente lorsqu'elle s'est mise sur la pointe des pieds pour s'enrouler autour de moi. Je savais qu'il aurait fallu que je lui dise de s'en aller, que notre histoire ne mènerait nulle part. Je ne l'ai pas fait. Au lieu de ça, j'ai embrassé passionnément son cou et mordu son épaule, en y laissant l'empreinte de mes dents. Les mains fermement agrippées à ses fesses, je l'ai soulevée de terre jusqu'à ce qu'elle pose son autre genou sur la table pour enfin me chevaucher.

Nos yeux se sont rencontrés et sa bouche a poussé un cri muet quand, de tout son poids, elle s'est empalée sur ma queue. Elle a rejeté la tête en arrière et ses longs cheveux noirs ont balayé le dos de mes mains. Tout en enfouissant ma tête dans son cou, je la maintenais par les hanches tandis qu'elle a commencé ses va-et-vient sur ma verge.

Le bord de la table labourait douloureusement mon cul mais ce n'était pas ça qui allait m'arrêter. Elle me prenait comme si sa vie en dépendait. Mes dents se serraient à chaque mouvement de son bassin, le plaisir fusait par éclairs dans mon bas-ventre. Les bruits que faisait son sexe trempé me rendaient fou, et j'agrippais ses hanches tellement fort que mes doigts devaient laisser des bleus chaque fois qu'elle se soulevait avant de se laisser retomber.

J'ai embrassé sa poitrine en m'attardant sur un de ses tétons, dissimulé derrière ses cheveux. Du bout des dents, je le mordillais tout en alternant avec de petits coups de langue. Elle a eu un râle profond et ses reins ont accéléré la cadence. Je me suis écarté pour regarder mon manche s'enfoncer dans son sexe enflé. Je n'avais jamais été aussi furieusement excité de ma vie. Je sentais chaque frémissement de désir et chaque frisson d'extase. Elle haletait maintenant, ses yeux comme voilés rivés aux miens.

J'ai soupiré. Pour un instant, le poids qui m'accablait en permanence était levé. L'unique chose qui comptait, c'était la femme dans mes bras et le plaisir que nous nous donnions. En moi, les espaces vacants où résonnaient les regrets et les remords étaient comblés par ses cris et par les bruits crus de nos deux corps s'unissant l'un à l'autre. Je ne voyais qu'elle. J'avais l'impression de détenir la réponse à toutes mes questions. C'était l'évidence : nos corps emboîtés, mes sens exaltés, mon esprit libre et insouciant.

J'ai passé un bras sous son cul qui montait et descendait pour libérer une main.

– Tu sais tenir le rythme. Maintenant, touche-toi les seins. Je veux te voir jouir.

Mes doigts ont suivi la courbure de ses hanches, se faufilant sous sa cuisse qui enlaçait ma taille. Elle a levé les sourcils et mordillé sa lèvre rebondie. Son corps a été parcouru d'un tremblement mais elle a obéi à mon ordre. Secouant la tête afin de dégager ses cheveux, elle a glissé sa main sur sa poitrine, enfin sur ses tétons. J'ai poussé un grognement qui s'est transformé en râle avide quand ses longs doigts se sont mis à pétrir ses mamelons durcis. Elle gémissait, ses coups de bassin accéléraient à une cadence frénétique. Ma queue pulsait douloureusement. Un fourmillement à la base de ma colonne m'indiquait que je n'allais pas pouvoir me retenir.

Je n'avais pas fait l'amour depuis des mois. Avant son retour, j'avais même du mal à bander. J'étais sidéré d'avoir tenu si longtemps. Pourtant j'avais envie de la baiser toute la nuit. Je voulais chasser tous mes mauvais souvenirs et me remplir d'elle, de son corps, de ses gémissements et de son odeur. Je voulais que notre jouissance remplace la douleur qu'elle et moi partagions.

Ma queue était brûlante. Son corps pressé contre le mien m'aspirait et m'avalait délicieusement. Elle était trempée sous mes doigts, je sentais son clitoris enflé palpiter. Elle s'écrasait violemment sur mes hanches, rien ne comptait plus qu'atteindre l'orgasme. Lorsque mes doigts ont effleuré son clitoris ultrasensible, tout son corps a vibré. J'ai écarté ses jambes au maximum afin de m'enfoncer jusqu'à la garde. Elle a poussé un cri et m'a regardé : je souriais.

Je ne tenais plus. Mais j'en voulais encore avant d'éjaculer. Je voulais lui prouver que je valais les efforts qu'elle faisait pour me réhabiliter.

La tête renversée en arrière, les yeux fermés, elle besognait au rythme de mes doigts sur son clitoris. Elle a frémi de tout son corps quand je me suis mis à cercler doucement son bouton délicat, puis ses mouvements se sont calqués sur les miens, sa main pétrissant un sein puis l'autre. Sa chatte palpitait et vibrait autour de mon membre, à chaque halètement elle était plus chaude et plus trempée. Soudain, ses jambes se sont crispées, son souffle s'est suspendu et elle a murmuré mon nom, les pommettes embrasées. Et quand elle a rouvert les yeux, son corps s'est relâché. Transpercée par son orgasme, elle s'est affaissée sur moi pour profiter des vagues de jouissance qui l'assaillaient. Je n'étais pas mécontent de l'avoir fait venir en premier, mais ma bite, dure comme la pierre, n'appréciait que modérément cet arrêt inopiné alors qu'elle était prête à exploser.

Elle s'est redressée et m'a embrassé longuement. Avec un soupir, j'ai serré les dents tandis qu'elle s'écartait de moi. Sentant mon état, elle a fait une petite moue, l'air de se demander ce qui n'allait pas, mais avant qu'elle ait pu dire quoi que ce soit, je l'ai retournée et l'ai plaquée contre la table.

– Pose tes mains sur la table, ai-je lâché d'une voix rauque, autoritaire.

Mon esprit en surchauffe n'avait plus qu'un but : retourner en elle et éjaculer. J'avais l'impression que ma bite ne débanderait plus jamais devant son cul bombé parfait et ses cuisses luisantes de mouille. C'était un miracle que je ne jouisse pas rien qu'en l'effleurant.

– Sutton ?

Sans répondre j'ai pris ses cheveux dans une main, en suivant de l'autre la cambrure voluptueuse de son dos. Puis je me suis penché pour lui souffler à l'oreille :

– Grâce à toi je me sens bien, Em. Tu arrives à me faire oublier. Et maintenant je vais te baiser, et ça, tu ne seras pas près de l'oublier.

Elle a croisé mon regard et acquiescé tandis que j'écrasais mes hanches contre elle. Mon membre dressé et douloureux a frotté contre son cul. Un tas de pensées vicieuses me sont venues à la voir dans cette position, mais non, ce n'était pas quelque chose qu'on faisait dans une grange.

– Cambre-toi. Relève le cul.

Avec un petit rire, elle a obéi. Sa tête est retombée en avant quand ma verge a titillé l'entrée de sa fente. Elle était encore chaude et moite de son récent orgasme. Je me suis glissé en elle sans effort, tremblant de tout mon corps. Une pensée m'a traversé : si j'avais eu l'image d'elle courbée en avant, cambrée de plaisir tandis que je la pilonnais, est-ce que j'aurais eu des problèmes pour bander ? La vision que j'avais d'elle maintenant resterait gravée à tout jamais dans ma mémoire. Inoubliable, comme je le lui avais promis.

Je lui ai relevé la tête pour l'embrasser à pleine bouche. Ses cheveux étaient semblables à des fils de soie entre mes doigts, ses lèvres douces et pleines contre les miennes. Elle a souri. Chaque fois que je grognais de plaisir ou que je soufflais son nom, son corps se cabrait pour mieux s'offrir à moi. J'ai fermé les yeux pour me concentrer sur les sensations qui m'envahissaient. Son cul pressé contre mon bas-ventre. Ses seins, fermes entre mes mains.

Au bord de l'orgasme, j'ai posé mon front sur son épaule tandis que mes hanches cognaient furieusement sa croupe.

– Il n'y a nulle part ailleurs où je voudrais être, Em. Nulle part.

La semaine avait été dure, je n'avais cessé d'être assailli par mes échecs passés. À présent, plus rien ne comptait.

Il n'y avait rien de romantique dans ma façon de la posséder. Rien d'attentionné ou de doux. Je voulais la prendre. Totalement. J'avais faim de tout ce qu'elle avait à m'offrir, sans aucun souci de rien lui rendre.

J'ai ressenti une sensation familière dans mes couilles et ma queue a pulsé en guise d'avertissement. La sève a monté, monté, et je n'ai pu retenir un cri libératoire au moment d'éjaculer. Dans un brouillard lointain, j'ai entendu les animaux piaffer nerveusement, dérangés par nos ébats. Mes lèvres ont suivi la courbe de son épaule, et je me suis retiré. Ma bite a fait un bruit humide et sexy en s'extrayant de son corps. Mon regard s'est attardé sur le sperme épais qui coulait lentement sur ses cuisses bronzées.

Merde.

Elle s'était offerte en sacrifice à mes réactions impulsives et désordonnées, et je n'avais même pas pensé à sa sécurité. Peu importe ce que je faisais, je n'arrivais jamais à prendre soin d'elle comme elle le méritait.

Elle a levé les bras et s'est étirée langoureusement, telle une ballerine. Ses yeux étaient brillants, comblés, lorsqu'elle s'est tournée pour me regarder. J'ai remonté mon jean et passé une main sur ma mâchoire. Avec un soupir, j'ai tendu la main vers l'intérieur de sa cuisse. Sa peau était si douce. Je ne me lassais pas de sa couleur dorée contre la pâleur de mes mains.

– Faut croire que je t'embarque toujours dans des situations dangereuses. Je ne me souviens pas de la dernière fois où j'ai baisé avec une capote.

Elle a ouvert grands les yeux et regardé ma main. Puis elle m'a fixé d'un regard perçant, avant de s'éloigner pour remettre ses habits.

– Rien à dire, Em ? Toi qui as toujours envie de parler…

Elle m'a jeté un regard noir par-dessus son épaule. Puis, se radoucissant, elle m'a dit :

– Eh bien, on ne peut pas revenir en arrière, donc ça n'a plus beaucoup d'importance.

– Emrys, ai-je dit en la saisissant par le bras pour la forcer à se tourner vers moi.

Elle s'est mordu la lèvre et a redressé les épaules.

– Je te l'ai déjà dit. J'arrête de m'enfuir dès que ça devient compliqué. J'ai eu des problèmes avec mon corps depuis l'attaque et les opérations de chirurgie à mon visage. Mais ça va mieux maintenant. C'est moi qui ai commencé cette affaire, Sutton. Je suis la seule responsable. Tu n'as pas à t'en vouloir.

J'ai poussé un juron et l'ai forcée à s'approcher de moi afin que je puisse la prendre dans mes bras.

– Ce genre de bordel, ça se fait à deux.

Tremblante, elle a soupiré et a mis ses mains sur mes hanches.

– Le bordel dans la montagne, il s'est fait à deux aussi.

Elle avait raison. Tous les deux, on avait fait des mauvais choix, mais on avait survécu parce qu'on était restés soudés.

– Dis-moi ce que tu veux et je ferai tout ce que je peux pour te le donner, Em. Mais c'est tout ce que je peux te promettre, ai-je dit en l'embrassant, ses lèvres frémissantes contre les miennes. Je vais jeter un œil à Daye pour voir si elle va bien, puis je viendrai te mettre au lit.

Elle a eu un reniflement de mépris et levé les yeux au ciel.

– Ne t'en fais pas pour moi. Je sais me débrouiller seule.

Je lui ai donné une tape sur la fesse avec une moue coquine.

– Je t'ai prévenue que j'avais été célibataire pendant longtemps. Si tu crois que te prendre quelques minutes sur cette table m'a suffi, tu te trompes. Tu as dit que tu me voulais, eh bien tu vas m'avoir toute la nuit. Je vais te baiser dans toutes les positions qui existent jusqu'à ce que le soleil se lève, ai-je dit avec un sourire. Comme tu as dit, on ne peut pas revenir en arrière donc autant aller jusqu'au bout. Mais je mettrai une protection.

Elle a hoché la tête et je l'ai conduite hors de la pièce. Son visage affichait une expression que je ne lui avais jamais vue. Elle paraissait perdue dans ses réflexions, pourtant elle n'a pas objecté quand je l'ai approchée de moi. Elle a posé la tête sur mon épaule.

Quand elle a parlé, ça a été d'une voix aussi calme que la nuit qui nous entourait.

– Je n'ai peut-être pas besoin de trouver une personne pour qui je serai prête à me battre. J'ai peut-être besoin de trouver une personne qui sera prête à se battre pour moi.

Mes tripes se sont serrées. Croyait-elle réellement que ce type pouvait être moi ? Elle savait pourtant que j'avais la manie de laisser tomber ceux que j'aimais le plus.

– L'homme qui ne se battrait pas pour toi est un imbécile. Tu es le genre de femme pour qui un homme risquerait tout.

Je n'avais rien à lui offrir, mais j'étais prêt à tenter ma chance.

– Je n'ai pas besoin de tout, a-t-elle murmuré si bas que je l'ai à peine entendue.

Nous sommes rentrés dans la maison sans que je lui demande ce dont elle avait besoin. C'était elle qui évitait la réponse, pas moi. Mais j'avais le sentiment de savoir exactement ce qu'elle voulait de la personne qu'elle aurait élue… son cœur.

Dommage que le mien soit aussi déglingué.

14

BIENTÔT LE PARDON

EMRYS

J'aimais sentir Sutton Warner sous moi. Son corps musclé et ferme, tout entier dévoué à me procurer du plaisir. C'était une expérience que je n'oublierais jamais. Il n'avait pas fait un seul faux pas depuis sa sortie de l'hôpital. Mais sa réserve, admirable, s'était envolée dès l'instant où il avait posé les mains sur moi. Il y avait chez lui quelque chose de sauvage qui me faisait perdre la tête et oublier que nous jouions un jeu dangereux. D'un seul baiser, il avait fait éclater tout sens commun. J'aimais l'avoir sur moi, derrière moi. Avec lui je me sentais en sécurité, ancrée au sol, au lieu de me sentir dériver, à la recherche d'un endroit où me poser. J'adorais la sensation de ses rudes caresses sur ma peau, les ordres coquins qu'il me donnait d'une voix grave et basse dans l'obscurité. Il n'était pas timide et n'hésitait pas à exiger que je lui donne ce qu'il voulait. Mais il agissait pareil pour moi. Il n'y avait pas à deviner ce que l'autre personne aimait, ce qui lui faisait du bien. On se comprenait à demi-mot. Étrangement, on était en parfaite symbiose alors que nous étions si différents. Le frottement de sa barbe sur mes zones les plus sensibles suffisait à m'exciter. Tout chez lui était sensuel et physique. Il avait raison : je n'étais pas près d'oublier ces instants mémorables.

Une main posée sur sa poitrine, je caressais la cicatrice douce et chaude. Je ne pouvais pas m'arrêter de toucher la marque qui nous unissait et qui me rappelait jusqu'où cet homme était capable d'aller pour protéger quelqu'un. Il n'avait peut-être pas conscience de ce qui faisait de lui quelqu'un de bien, mais moi oui.

Je voyais combien il aimait sa famille et sa fille plus que tout. Il avait également laissé une place à Leo dans sa vie alors qu'il n'y était pas obligé. Il était attaché au ranch et à son héritage même s'il ne s'ouvrait pas facilement aux étrangers. Puis cette façon qu'il avait de me toucher, à la fois douce et rude. Il voulait que le temps qu'on passait ensemble en vaille la peine, sans pour autant rien me promettre. Le compte à rebours de notre relation avait déjà commencé, malgré l'ardeur de nos ébats dans la grange. D'habitude, j'utilisais toujours un moyen de contraception, mais après l'épisode tragique dans les montagnes et le traumatisme qui avait suivi, les questions identitaires et les doutes sur mon apparence physique, c'était comme si plus rien n'avait d'importance. De plus, n'ayant pas eu de relations sexuelles pendant ma convalescence, je n'avais pas vu d'intérêt à continuer la pilule. Malgré cette grossière erreur de jugement de notre part, il n'avait pas perdu son sang-froid ni cherché à m'accuser. Il m'avait offert ce qu'il pouvait. C'était plus que ce qu'aucun homme avant lui m'avait donné.

Oui, c'était quelqu'un de bien, avec ses défauts et ses failles. Il était loin d'être parfait, mais je ne l'en aimais que plus. Je comprenais l'imperfection. Ce qui avait changé, c'était son désir et sa volonté de corriger seul ses imperfections. Il ne cherchait pas quelqu'un qui le sauverait. Il n'avait besoin de personne pour remettre de l'ordre dans sa vie. C'était un homme qui ne craignait pas de remonter ses manches et d'effectuer lui-même le sale boulot. Même s'il échouait, il se remettait à la tâche, infatigable, obstiné. J'admirais sa persévérance.

J'aimais plus encore l'éclat brûlant de ses yeux verts, leur façon de s'assombrir à mesure qu'il perdait le contrôle de lui-même. Son pouce caressait la courbe de mes seins, qui bougeaient au rythme de mes va-et-vient. J'avais perdu le compte de nos ébats durant les quelques heures qui nous séparaient de l'aube. Mon corps était délicieusement courbaturé. L'intérieur de mes cuisses et ma poitrine me brûlaient. Ma bouche était enflée, mais je ne l'en écrasais pas moins contre ses lèvres. Il poussait des grognements à chaque mouvement de mon bassin. Sa langue jouait avec la mienne. J'étais ivre de nos odeurs entremêlées. Sutton aimait me faire jouir avec sa bouche. Il ne cessait d'en demander encore et encore. Nos baisers avaient la saveur de nos corps.

Sincèrement, je ne pensais pas qu'il puisse me rester la moindre goutte de plaisir. Avant que Sutton Warner pose ses mains sur moi, je n'avais encore jamais eu d'orgasme aussi puissant. À cet instant, une de ses mains jouait entre mes cuisses et s'amusait à me torturer le clitoris. Le plaisir qu'il parvenait à tirer de mon corps épuisé, en transe, ne laissait pas de m'ébahir.

Poussant un grognement, j'ai raidi mon bassin pour augmenter la pression de ses doigts contre mon bouton. Ses doigts ont tourné plus vite et mon corps s'est tendu. Nous avons gémi de plaisir lorsque mes cuisses se sont couvertes de liquide brûlant, mes lèvres enflées se sont refermées autour de sa queue épaisse. Désormais, je savais combien son gland était sensible. Je connaissais son plaisir quand je titillais du bout de la langue la fente de son sexe. Je savais que son corps s'arquait et se soulevait presque entièrement du lit quand je prenais ses couilles dans ma bouche. Je savais que la veine qui parcourait toute la longueur de son membre devenait chaude et pulsait juste avant l'orgasme. Je savais également qu'il aimait me tirer les cheveux, que mon cul le rendait fou.

Il avait passé presque toute la nuit en moi. Ses mains avaient cartographié chaque partie de mon corps, y laissant leur empreinte. Je n'avais aucun mal à me rappeler la caresse de ses doigts, ni mon plaisir quand ces mêmes doigts avaient disparu dans la sombre vallée entre mes fesses. Il m'avait souri avec une lueur malicieuse dans les yeux, comme s'il savait que je ne laissais jamais personne toucher cette partie-là. Il ne connaissait aucune limite. Visiblement, il cherchait à repousser les miennes. Quand j'ai fait non de la tête, il a paru déçu. J'étais déjà vidée, physiquement et émotionnellement. Je ne pensais pas avoir l'énergie pour le laisser s'aventurer là. Une femme doit prendre garde de ne pas se donner en entier quand l'homme qui la touche la rend justement folle de désir.

Il était insatiable, affamé. Je trouvais difficile de lui refuser quoi que ce soit. J'avais l'impression qu'il rattrapait le temps perdu. Chaque fois que je m'assoupissais ou que je roulais sur le côté pour qu'il puisse se lever et partir, ses mains avides me ramenaient à lui. Nous n'étions pas uniquement deux adultes cherchant à se soulager mutuellement par du sexe sans complexe. À chaque mouvement, je sentais ce qu'il avait déposé au plus profond de moi. J'espérais que j'avais aussi laissé une partie de moi en lui.

Rejetant la tête en arrière, je l'ai chevauché lentement, en cadence. Je savais qu'il aimait ça car son membre a tressauté en moi. De plaisir, j'ai enfoui mes seins dans ses paumes, et ses hanches ont accéléré leur mouvement. Il a pincé mon téton dressé et endolori et des vagues brûlantes m'ont submergée. Je n'arrivais pas à détacher mes yeux de son visage extasié et de son corps qui martelait le mien. La chambre sentait le sexe et la jouissance lascive. C'était comme une drogue dure. Mon corps entier vibrait alors qu'il aurait dû être engourdi à cause des orgasmes à la chaîne.

Les doigts sur mon clitoris alternaient entre caresses et pincements. Mes yeux se sont révulsés et j'ai perdu le rythme de mes coups de reins tandis que son souffle se faisait haletant. J'aimais le chevaucher, mais je ne me suis pas plainte quand ses mains ont agrippé mes hanches et qu'il m'a mise sur le dos. Les yeux rivés sur moi, il a murmuré :

– T'en veux encore, Em ?

Je ne croyais pas en être capable. Il jouait de mon corps avec une maîtrise de virtuose, pour en tirer une mélodie parfaite, insoupçonnée.

J'ai souri du coin des lèvres en regardant son cul ferme monter et descendre. Il y a une très bonne raison pour laquelle les cow-boys sont sexy en jean. Je n'allais pas rater l'opportunité de me rincer l'œil.

– Ça dépend de ce que tu as à offrir, cow-boy.

Il avait beaucoup, beaucoup à offrir. Il me l'a prouvé toute la nuit. Je me demandais si je n'étais pas en train de rêver. Personne n'avait jamais fait réagir mon corps comme il le faisait. Ses caresses m'ont fait oublier toutes celles qui les avaient précédées.

Avec un rire espiègle, il a effleuré ma joue de ses lèvres. J'ai haleté sous ce baiser léger comme une plume, mes doigts ont agrippé sa peau moite. Il a mordillé mon oreille et ses dents se sont attardées sur ma nuque. J'ignorais que cette zone était aussi érogène. Dans un lent soubresaut d'agonie, mon sexe palpitant s'est refermé sur son membre.

La violence de mon orgasme a déclenché le sien. Son corps massif a frémi et ses coups de reins sont devenus plus doux. Je me suis blottie contre lui. Même si je ne pouvais pas le lui avouer, j'ai été prise du désir que son sperme chaud me remplisse, d'être marquée par l'empreinte de son extase. C'était le premier homme à m'avoir pénétrée sans protection. Le seul à rester en moi longtemps après qu'il s'était retiré. Ces pensées étaient stupides et imprudentes, mais je m'en fichais, surtout quand il a roulé sur le côté et qu'il s'est redressé afin d'enlever le bout de latex. Je ne m'étais jamais souciée avant d'être laissée seule au lit après l'amour. Voir partir Sutton me déchirait le cœur. Je détestais le froid qui remplaçait la chaleur de son corps, la sensation de vide après qu'il m'avait comblée.

J'ai tourné la tête en entendant la chasse d'eau et la porte de la salle de bains s'est ouverte. Il était beau de dos, mais plus encore de face. Paresseusement je me suis redressée dans le lit pour arranger mes cheveux décoiffés et emmêlés. Il s'est assis à côté de moi et a examiné mon corps nu et alangui.

– Il faut que je retourne dans ma chambre, a-t-il dit en posant la main sur mon ventre, et j'ai été parcourue d'un frisson. Mais avant de partir, je veux te dire que tu n'as pas à t'excuser, Em. Tu n'as jamais rien eu à te faire pardonner. Quand on était dans les montagnes, moi aussi j'étais tellement épuisé que je ne tenais plus sur ma selle. Je n'avais aucune idée du pétrin dans lequel on s'était mis. Je nous faisais avancer à une cadence infernale, et je n'aurais pas dû. C'est de ma faute. Tu n'avais rien fait de mal et tu ne méritais pas ce qui t'est arrivé. Tu es une des femmes les plus courageuses que j'aie jamais rencontrée. Je n'arrive pas à croire que tu sois revenue, a-t-il poursuivi en se raclant la gorge, tête baissée, si bien que je n'ai pas pu voir les émotions qui agitaient ses beaux yeux verts. Tu as beaucoup mieux géré la situation que moi. J'ai été un vrai salaud de te dire de partir. J'étais désespéré, j'avais peur. Tu parles d'un exemple pour ma fille…

Il m'a caressé la cuisse et son pouce a effleuré mon genou. Il m'observait d'un regard indéchiffrable. J'ai été soulagée que mes longs cheveux couvrent ma poitrine. Je voulais qu'il me regarde moi, pas le souvenir de ce qui m'était arrivé.

– Toi non plus tu n'as rien fait de mal, Sutton. Tu as fait tout ce que tu pouvais pour sauver tout le monde, y compris moi. Ton plan n'a pas marché, mais ça ne veut pas dire que tu as échoué. Tu avais juste besoin d'un nouveau plan. Les choses auraient été bien pires si tu ne t'étais pas battu comme tu l'as fait. Tu n'as jamais baissé les bras. Tu as pris une balle en essayant d'aider une personne qui était incapable de s'aider elle-même. Je crois au contraire que c'est un exemple à suivre pour ta fille. Les choses ne sont jamais faciles, mais il faut savoir aller jusqu'au bout. C'est pour ça que je suis revenue. Toi et moi, ce n'était pas encore fini.

Il a remonté son jean sur ses belles fesses musclées et j'ai retenu un soupir admiratif. Beaucoup de choses chez cet homme allaient être difficiles à quitter. Je n'ai pas honte de dire qu'en haut de cette liste, il y avait son cul. Il s'est penché pour m'embrasser. J'ai tendu une main vers sa joue rugueuse en essayant de déchiffrer l'expression de ses yeux. Le tourment qui voilait constamment le vert de son iris semblait avoir disparu, remplacé par quelque chose de sombre et mystérieux.

– Je ne pensais pas que j'aurais besoin de t'entendre dire que tu ne m'en voulais pas, a-t-il lâché d'un trait en se levant du lit. Je ne sais pas si j'arriverai un jour à ne plus m'en vouloir, mais je peux à nouveau respirer normalement en sachant que tu ne me tiens pas pour responsable. Tu sembles toujours me donner ce dont j'ignorais avoir besoin. Un avenir. La patience. Le pardon. (Il a haussé les sourcils et son beau visage a affiché son sourire sexy.) L'envie de bander toute la nuit et une distraction meilleure qu'une flasque de tord-boyaux. Si j'étais un optimiste, je dirais que tu me conviens bien, Emrys.

Lorsque j'ai retrouvé ma voix, il était parti, en fermant doucement la porte derrière lui. J'aurais voulu lui dire que je convenais à chaque personne que je laissais entrer dans ma vie. Je mettais tout en œuvre pour me rendre utile et importante à leurs yeux, principalement pour masquer le fait que je n'avais pas grand-chose à offrir en dehors de mon joli visage. Je n'avais jamais partagé ma vie avec personne. Je n'avais encore jamais ouvert mon cœur. Jamais je n'avais laissé deviner à personne mon manque d'ambition. Je cachais que rien ne me passionnait. Je cherchais la facilité, sans me demander ce qui était bon ou pas pour moi. Jusqu'à ce qu'il débarque dans ma vie. Je voulais à tout prix qu'il sache qu'il n'avait pas à porter sur ses épaules déjà chargées le poids de ce qui m'était arrivé. Nous avions tous les deux besoin de nous pardonner pour avancer.

Ce que je ressentais pour Sutton Warner était l'inverse de la facilité. Rien chez lui ou dans les événements qui nous liaient n'était insouciant. À vrai dire, je n'avais encore jamais travaillé aussi dur à quelque chose dans ma vie. Me rapprocher du cow-boy obstiné était l'objectif le plus difficile que je me sois jamais fixé.

Il était compliqué et complexe, mais je n'avais encore jamais connu de défi plus excitant. Je me sentais à nouveau vivre. Mon existence reprenait enfin un sens. Il me déstabilisait sans cesse, et j'adorais ce numéro d'équilibriste. Grâce à lui je me sentais vivante et essentielle. Mon cœur battait plus vite, ma peau en avait des frissons. Il donnait à ma vie le sens qui me faisait défaut depuis si longtemps.

Tous les deux, on se faisait du bien. On se voulait du bien, même quand la situation ne se déroulait pas comme on l'avait prévu.

15

PLUS QU'UNE AMIE

SUTTON

Je finissais d'attacher la boucle des babies noires vernies de ma fille. Le ruban de velours noir que Leo avait noué sur ses bouclettes pendait d'un côté. La tenue était mignonne, mais pas assez pour que j'oublie les lèvres tremblantes de Daye et ses grands yeux embués de larmes. Étouffant un soupir, je lui ai caressé la joue du revers de la main. Sans rien dire, elle s'est jetée sur moi et m'a serré fort dans ses petits bras. Son visage s'est blotti contre mon cou et je me suis relevé en la prenant dans mes bras. Sa robe noire et ses collants étaient beaucoup trop funèbres pour une enfant si enjouée. Mais aujourd'hui, des nuages sombres planaient sur nous tandis qu'on se préparait pour l'enterrement d'Alexa. Tous les résidents du ranch étaient vêtus de la même tenue de deuil. Je portais un jean noir, des bottes et une chemise noire entièrement boutonnée. Vêtu comme moi, Lane avait complété sa tenue par un Stetson noir. Cy était le seul en costume – gris foncé et taillé sur mesure. Il portait également une cravate noire dont Lane n'avait pu s'empêcher de se moquer. Cy était le seul Warner à posséder un costume, ce qui ne manquait jamais de susciter les railleries de notre petit frère. N'importe quel autre jour sa bonne humeur aurait été appréciée, mais en pareille circonstance, alors que Daye était au comble du désespoir et que mes nerfs étaient sur le point de craquer, j'ai dû faire un violent effort pour ne pas lui botter le cul. Je savais qu'il essayait de détendre une atmosphère déjà lourde, mais ça ne marchait pas. Au contraire.

Rodie avait appelé pour me prévenir que la dépouille d'Alexa serait prête en début de semaine. L'enquête était en cours et j'étais leur principal suspect, mais l'analyse scientifique du cadavre n'avait pas donné de résultats concluants. L'enquête se concentrait désormais sur la chronologie des événements. La sœur d'Alexa avait refusé de quitter le Montana pour récupérer le corps, et la police n'avait pas réussi à trouver d'autres membres de la famille. La mère d'Alexa avait eu elle aussi un problème d'alcoolisme, et elle était morte très jeune. Son père était un chauffeur routier qui avait abandonné sa famille des années auparavant. Lorsque Rodie l'avait appelé pour l'informer du décès de sa fille, il lui avait raccroché au nez. Sa sœur avait donné son accord pour que j'organise les obsèques. J'espérais sincèrement que sa dernière demeure apporterait enfin la paix à la mère de ma fille. Par chance, ma famille avait fait le nécessaire avec moi pour qu'elle soit inhumée dans la semaine.

Assemblés devant le ranch, on se demandait qui voyagerait avec qui (de toute évidence, on ne rentrerait pas tous dans une voiture), quand j'ai réalisé qu'Emrys était absente. Chaque nuit, après que Daye s'était endormie, je me faufilais jusqu'à mon ancienne chambre. Elle n'avait jamais refusé de m'ouvrir sa porte, et je passais la nuit et les premières heures du matin à caresser et goûter son exquise peau dorée. Ma vie était un maelström d'incertitudes et de doutes, mais avec elle, plus rien ne comptait. Perdu dans son corps, en sécurité dans ses bras, j'avais la sensation que rien ne pouvait m'atteindre. Elle m'offrait un refuge dont je n'avais jamais soupçonné avoir besoin.

J'ai regardé Leo avec une moue interrogative. Ses flamboyantes boucles étaient nouées en un chignon haut sophistiqué et sa robe noire accentuait leur couleur.

– Où est Em ?

Elle n'avait pas pris son petit déjeuner avec nous, et je n'avais quitté son lit qu'à l'aube. Aucun de nous deux n'avait beaucoup dormi ces derniers jours. On passait toutes nos nuits ensemble, mais il ne m'était pas venu à l'esprit de lui demander si elle comptait assister à l'enterrement. J'avais pris pour acquis qu'elle viendrait. Brusquement, j'ai ressenti un malaise, une colère irrationnelle à l'idée qu'elle n'y soit pas.

Leo m'a dévisagé comme si j'avais parlé dans une langue étrangère.

– Euh... Je crois qu'elle prenait une douche.

Ma fille m'a regardé, yeux écarquillés.

– Em ne vient pas avec nous ? Elle ne veut pas dire au revoir à maman ?

Merde. Difficile de répondre à cette question sans me compromettre ou la contrarier.

– Je suis sûr qu'elle est un peu en retard. Attends ici, je vais voir ce qu'elle fait.

J'ai tendu Daye à Leo en lui demandant d'installer la petite dans son siège auto, à l'arrière de mon camion.

Elle m'a lancé un regard perçant avant de faire des chatouilles à Daye, qui s'est mise à piailler.

– Peut-être qu'elle ne veut pas venir, a-t-elle marmonné par-dessus la tête de Daye. Elle doit craindre d'alimenter les commérages.

Les citoyens de la ville, habitués aux drames incessants entre Alexa et moi, étaient persuadés que j'étais capable de lui faire du mal. Ne voulant pas jeter d'huile sur le feu, Em hésitait à venir. Si je lui étais reconnaissant de chercher à prendre soin de moi, j'étais également irrité qu'elle opte une fois de plus pour la facilité, uniquement pour m'éviter d'être l'objet de ragots.

J'ai grimpé l'escalier deux à deux jusqu'à mon ancienne chambre. Je ne me suis pas donné la peine de frapper, d'abord parce que j'étais en colère, mais surtout parce qu'elle n'avait plus rien à me cacher maintenant. Il me suffisait de fermer les yeux pour voir son corps nu comme s'il était exposé en plein jour. Il était imprimé dans ma mémoire, au centre de chaque pensée qui me redonnait le sourire.

Téléphone en main, Em était assise sur mon fauteuil préféré. De stupeur, elle a lâché l'appareil lorsque je suis entré avec fracas dans la chambre. Je lui ai pris la main et, d'une secousse brutale, l'ai forcée à se lever. Elle portait un pantalon noir collant. Un chemisier un peu plus habillé compléterait parfaitement la tenue, et elle serait prête à partir. Pour le reste, elle n'avait pas besoin de se maquiller ni de changer de coiffure. Elle était magnifique au naturel. De toute façon, elle n'était pas une proche d'Alexa. Elle ne lui manquait pas de respect en ne se mettant pas sur son trente-et-un.

– Tu viens avec nous, ai-je ordonné, les bras croisés sur la poitrine, en faisant un geste vers la valise ouverte par terre. Habille-toi.

Elle m'a dévisagé une longue seconde sans rien dire. Lentement, elle a secoué la tête. Puis elle a croisé les bras, imitant ma pose hargneuse.

– Non, je ne viens pas. Je n'ai rien à faire là-bas. Par contre toi, tu vas être en retard, tu devrais te dépêcher de les rejoindre.

Si j'arrivais en retard à l'enterrement de mon ex, ça donnerait aux gens une raison supplémentaire de jaser.

Les dents serrées, je l'ai fusillée du regard.

– Daye ne comprend pas que tout le monde vienne sauf toi.

J'avais conscience de porter un coup bas en mêlant Daye à la situation, mais j'étais désespéré. L'idée de devoir subir l'hypocrisie des gens prétendant qu'Alexa avait été un membre respecté de la communauté me remplissait de terreur. Je savais qu'ils ne venaient que pour observer et juger mes réactions. Je luttais déjà pour garder une façade polie. Si elle n'était pas là pour adoucir la dureté du monde autour de moi, j'avais peur de m'effondrer.

Avec un soupir, Emrys a fait un geste pour se rasseoir mais je l'ai retenue par le bras.

– Explique-lui que je ne connaissais pas sa maman et que les enterrements sont destinés aux amis et à la famille. Je n'étais ni l'un ni l'autre pour Alexa.

J'ai poussé un grognement bas, soudain triste à l'idée que seule une petite poignée de personnes dans l'église entrait dans ces catégories. Les autres n'étaient que des passants à la curiosité morbide. Daye n'avait pas à voir ça. J'essayais de lui rendre ce souvenir aussi indolore et facile que possible. Elle méritait de dire au revoir à sa mère entourée d'amour et de compassion.

J'ai attiré Em contre moi et posé mon menton sur sa tête. Le nez enfoui dans ses cheveux, j'ai senti mon corps se détendre quand elle m'a pris par la taille pour me serrer dans ses bras.

– Tu n'étais peut-être pas une amie d'Alexa ou un membre de sa famille, mais tu l'es pour nous. Tu es de la famille de Leo, donc de celle de Cy par extension. Tu es l'amie de Brynn et de Lane, et ma fille a un faible pour toi. Quant à moi, je ne suis pas encore sûr de ce que tu représentes, Em. Plus qu'une amie, et différente de la famille. Mais je serai beaucoup plus à l'aise aujourd'hui si tu acceptes de m'accompagner. Je comprends que ça soit plus facile pour toi de rester à l'écart, mais je te demande de ne pas le faire. Je te demande de m'aider à traverser ce moment difficile. S'il te plaît, viens avec moi.

Elle a resserré son étreinte et j'ai réalisé qu'elle m'aurait volontiers accompagné dès le départ si je le lui avais demandé. Elle avait besoin de savoir qu'elle avait sa place parmi nous.

Elle n'a rien dit pendant un long moment. Quand elle a parlé, ça a été pour me jeter de la chambre afin qu'elle puisse enfiler une tenue décente. Elle m'a demandé de lui donner dix minutes pour se changer et arranger sa coiffure. Je n'ai pas pu m'empêcher de lui donner un baiser de gratitude, avec la promesse de lui revaloir son geste plus tard. Quand j'ai eu fini de l'embrasser, il ne lui restait que six minutes pour se préparer et elle m'a congédié avec une moue adorable.

J'ai prévenu le reste de la famille de partir sans moi, en prenant soin d'ignorer leurs regards perplexes quand j'ai dit que j'attendais Emrys. Ce n'était pas le moment d'entrer dans des explications, d'autant que je n'avais pas les réponses à leurs questions. Je ne comprenais pas ce qui se passait entre nous deux, mais je savais que je ne m'étais pas senti aussi stable depuis longtemps. Un soulagement, quand on savait que chaque pas pouvait m'envoyer dans la mauvaise direction.

J'ai autorisé Daye à jouer avec mon téléphone pendant que nous patientions, en essayant de la divertir comme je pouvais. La petite était née ici, c'était une dure à cuire. Ayant grandi dans un ranch, elle était habituée à voir les animaux vivre et mourir. Elle avait vu des poulains mort-nés, le bétail succomber à la météo rigoureuse du Wyoming. Elle savait que quand on mourait, on ne revenait jamais. Pourtant elle m'a demandé où était sa maman maintenant qu'elle n'était plus sur terre. Je n'avais jamais été particulièrement religieux, aucun Warner ne l'était, mais j'ai regretté de n'avoir pas été plus attentif pendant la messe de Noël afin de pouvoir offrir à Daye quelque chose de profond et de divin auquel se raccrocher.

Quand Emrys est sortie de la maison, Daye et moi avons immédiatement cessé de parler pour la regarder. Elle portait une jupe noire cintrée à taille haute qui lui tombait juste sous les genoux et sur la longueur de laquelle courait une rangée de boutons en argent. Emrys y avait rentré une blouse gris fumée dont le col entrouvert laissait voir les cicatrices sur sa poitrine. Il lui avait fallu cinq minutes pour être plus belle que la plupart des femmes en une heure. Et elle ne cherchait plus à dissimuler les regrets qui nous liaient. Ses cheveux étaient ramassés en une coiffure complexe qui lui descendait sur le front tandis que le reste des cheveux flottait librement dans son dos. Elle paraissait sûre d'elle et déterminée dans sa tenue élégante, pourtant je voyais à l'éclat de ses yeux qu'elle ne ressentait ni l'un, ni l'autre.

– Tu es somptueuse, ai-je dit d'une voix rauque teintée d'admiration.

Je l'ai aidée à monter à l'avant du camion, où elle s'est aussitôt tournée vers l'arrière pour complimenter Daye sur son ruban. La petite fille a eu un sourire rayonnant, et la tristesse qui pesait sur elle s'est évanouie pour quelques instants. Em lui a ensuite demandé comment se passait l'école, en lui assurant que la situation se calmerait quand elle reprendrait ses cours de ballet. Les petites filles étaient pleines d'empathie, a-t-elle poursuivi, et si quelqu'un pouvait comprendre la douleur qu'elle avait ressentie aux paroles de sa camarade de classe, c'était bien d'autres filles. Elle a encouragé Daye à s'excuser auprès de la petite fille qu'elle avait poussée, tout en lui disant qu'il n'y avait rien de mal à se défendre soi-même ou les personnes qu'on aimait. Elle lui a ensuite conseillé d'utiliser des mots plutôt que ses mains pour faire passer son message, ce que Daye a fini par s'engager à faire, non sans réticence. Quand Emrys lui a promis que tout reviendrait bientôt à la normale et que j'ai perçu l'intense soulagement de ma fille, j'ai eu la folle envie de l'embrasser. Elle ne mentait pas : elle avait un réel don pour apporter du réconfort aux gens.

À mesure que nous approchions du centre-ville et de l'église, je sentais mes mains se crisper de plus en plus sur le volant. Mon corps entier était raide, j'avais l'impression que mes muscles s'étaient transformés en pierre. Je ne me suis pas rendu compte que je retenais ma respiration jusqu'à ce qu'Emrys pose une main sur ma cuisse et me souffle :

– Respire, cow-boy.

J'ai aspiré une grande goulée d'air en me forçant à me ressaisir. Il ne s'agissait pas de moi. Je faisais ça pour Daye et pour la femme que j'avais aimée pendant une longue période de ma vie. Les choses s'étaient mal finies entre Alexa et moi. Je n'aurais pas dû la quitter aussi brutalement. Elle méritait que je lui fasse mes adieux de manière convenable.

Ma famille nous attendait à l'entrée de l'église. J'entendais l'orgue résonner à l'intérieur, ainsi qu'un murmure de voix. Daye était dans mes bras et je lui ai demandé si elle voulait marcher seule. Ma petite était peut-être coriace, mais je n'étais pas prêt à la lâcher si elle ne le voulait pas. Après une minute ou deux de réflexion, elle m'a demandé de la poser. Elle m'a tendu une de ses petites mains, a donné l'autre à Cy. C'est ainsi que nous sommes entrés pour rendre un dernier hommage à la femme qui m'avait tant fait souffrir, mais également offert ce que j'avais de plus précieux. Lane marchait à mon côté, tandis que les deux femmes nous suivaient derrière en silence. L'image d'une famille unie affrontant une épreuve difficile. Un escadron qui ne reculerait pas devant la bataille, si ce que voulaient ces gens bas du front était la guerre. Je savais que ma famille me soutiendrait toujours, quoi qu'il arrive. Le message était clair : le premier qui mettait en doute mon innocence dans le meurtre d'Alexa était notre ennemi.

Arrivés devant l'autel, nous avons pris place sur un banc. Leo a quasiment poussé Emrys dans la rangée afin qu'elle n'ait pas d'autre choix que de s'asseoir à côté de moi. J'ai pris Daye par les épaules et elle s'est blottie contre moi. J'ai remercié Lane d'un sourire las quand il a saisi le poing serré de la fillette. Sans penser à rien, j'ai attrapé moi aussi la main d'Emrys, mes doigts croisés dans les siens, mon pouce frottant le dos de sa main. La toucher a apaisé la douleur lancinante dans ma poitrine. J'ai pu à nouveau respirer librement et faire descendre la brûlante pression sous mon crâne.

Leo a eu un hoquet de surprise en surprenant nos mains jointes. Emrys a fait un geste pour se libérer mais je l'ai arrêtée d'un regard suppliant. Elle a poussé un léger soupir et regardé Leo en haussant les épaules. Heureusement, le prêtre a débuté le service à ce moment-là.

Le corps d'Alexa avait été tellement endommagé que j'avais opté pour une crémation. Ainsi, Daye pourrait disperser ses cendres sous le ciel immense du Wyoming. Sur l'autel étaient posées l'urne funéraire que Leo m'avait aidé à choisir ainsi que plusieurs photographies d'Alexa prises sous son meilleur jour. La plupart dataient de l'époque où nous commencions à sortir ensemble, elle y apparaissait jeune et insouciante. Quelques-unes la montraient enceinte, d'autres encore avec Daye tout bébé. C'étaient de bons souvenirs, ceux que je m'efforçais de garder pour oublier tous les mauvais. Ces photos montraient la femme dont je voulais que ma fille se souvienne. Pas celle qui l'avait abandonnée et qui avait mis sa vie en danger.

On a eu droit à tous les sermons habituels des funérailles, y compris le couplet sur la vie éternelle. Daye s'est mise à pleurer, elle reniflait en silence à côté de moi. Leo et Brynn avaient elles aussi les larmes aux yeux, qu'elles tamponnaient à l'aide de Kleenex. Lane ne cessait de se racler la gorge. Le visage impassible, Cy est resté stoïque comme à son habitude. Mais un tic nerveux sur sa joue indiquait qu'il n'était pas aussi insensible qu'il prétendait l'être. Quant à moi, j'étais déchiré entre l'envie d'éclater en sanglots aussi ouvertement que ma fille et celle de me lever brutalement pour crier à l'injustice.

Pour finir, le prêtre a demandé si quelqu'un souhaitait s'exprimer. Terrifié, j'ai vu toutes les têtes se tourner dans ma direction. J'avais été tellement occupé à culpabiliser et à enrager sur la mort d'Alexa que je n'avais pas pris le temps de réfléchir à la manière dont je pouvais honorer sa mémoire et la remercier pour ce qu'elle m'avait donné de son vivant. C'était toujours la même histoire. Je me perdais dans le faux et laissais passer le vrai.

Heureusement pour moi, Lane pouvait parler de tout à tout le monde. Il n'a pas hésité une seconde à se lever dans l'église pleine à craquer pour raconter la fois où il avait appris à Alexa à monter à cheval. L'expérience avait été désastreuse et s'était soldée par un œil au beurre noir pour moi et des brûlures de corde sévères pour elle. L'assemblée entière a ri à l'anecdote, ce qui a encouragé quelques collègues d'Alexa à partager eux aussi leurs histoires. En vrai, mon ex n'était pas une mauvaise personne. C'était juste une femme qui avait succombé à ses démons. Comme nous tous, elle avait fait des mauvais choix et pris des décisions dangereuses. Les choses ne s'étaient pas déroulées comme elle l'avait prévu et, au lieu de se battre, elle avait capitulé.

J'ai été surpris de voir Burke se lever et prendre la parole. Le barman paraissait maussade et étrangement hagard. Alexa avait été une de ses meilleures clientes et ils passaient beaucoup de temps ensemble, mais je n'avais jamais réalisé qu'il avait un faible pour elle. Il nous avait vus dans nos pires moments, pourtant il n'a dit que du bien d'Alexa.

– Je me souviens de l'époque où on était ensemble à l'école. Elle avait quelques années de moins, mais la première fois qu'elle est entrée dans le bar, je me rappelle avoir pensé qu'elle semblait avoir vécu beaucoup plus que moi. Elle dégageait une sorte de sagesse, a-t-il dit en secouant la tête, les mains crispées sur le pupitre devant lui. Quand on sert à boire à des gens, on cherche à les faire parler d'eux et raconter leurs secrets, comme ça, on est sûr qu'ils reviendront. On cherche à se faire aimer. Avec Alexa, c'était différent. J'ai voulu être son ami. Elle paraissait en avoir tellement besoin.

La gorge nouée d'émotion, j'ai serré Daye contre moi.

Burke s'est éclairci la gorge et a tourné la tête vers l'urne d'abord, puis vers l'assemblée qui le fixait.

– On sait tous que la pauvre avait des problèmes, mais qui n'en a pas ? Un bar est le dernier endroit où elle aurait dû trouver refuge. Son sourire va me manquer. Son rire aussi. Je vais même regretter ses accès de colère quand je lui refusais un verre. Je ne crois pas qu'elle ait jamais eu l'occasion de montrer sa vraie personnalité, parce que tout le monde pensait l'avoir déjà cernée. Désormais, elle ne pourra plus jamais le faire. Et c'est bien triste.

L'assemblée, rappelée à l'ordre par le discours de Burke, n'a pas pipé mot tandis qu'il se rasseyait. Eux qui étaient venus dans l'espoir d'assister à un spectacle, ils se rendaient compte qu'il y avait une femme bien réelle dans l'urne sur l'autel. Une femme qui n'aurait plus jamais l'occasion de changer sa vie et de prendre ses responsabilités vis-à-vis de sa fille. Alexa allait manquer à certaines personnes, et j'ai compris trop tard que je serais l'une d'elles. Le cœur gros, j'ai embrassé Daye sur le front et pressé la main d'Emrys, avant de me lever à mon tour. Ma famille m'a regardé sortir de la rangée, et Cy m'a encouragé d'une tape dans le dos.

Une fois derrière le pupitre, j'ai essayé de masquer mes tremblements face aux regards avides et curieux braqués sur moi. Je me suis concentré sur ma fille, qui me fixait intensément, et sur la femme qui s'était glissée à ma place sur le banc pour prendre la main de Daye.

– Merci à tous d'être venus. Ça va sans doute vous paraître étrange que je m'adresse à vous pour dire qu'Alexa va me manquer et que je suis heureux d'avoir partagé sa vie pour un temps.

J'ai perçu un murmure de désapprobation parmi la foule. Emrys m'a encouragé d'un signe de tête. Daye m'a lancé un sourire triste qui m'a aidé à oublier le brouhaha. Je savais qui comptait dans cette salle, et ce n'étaient pas ceux qui attendaient avec impatience que je confesse un meurtre.

– À vrai dire, Alexa m'a appris tout ce que je sais aujourd'hui sur l'amour et le sacrifice. C'est elle aussi qui m'a confronté à ma première peine de cœur et à l'échec. En me faisant le don le plus précieux qu'on puisse partager, elle m'a montré qu'il était possible de mettre les besoins d'une personne avant les siens. Nous avons voulu que notre histoire marche, réellement. Mais il était écrit que ça ne marcherait pas.

La brûlure derrière mes yeux s'est accrue et j'ai été obligé de cligner des paupières rapidement pour conserver mon sang-froid.

– Je ne lui ai jamais souhaité une fin pareille. J'ai toujours gardé l'espoir qu'Alexa changerait, qu'elle prendrait conscience que sa petite fille était précieuse et qu'elle méritait d'être élevée en conséquence par sa mère. Oui, j'ai laissé tomber Alexa alors que je n'aurais pas dû, et je ne me le pardonnerai jamais. (J'ai poussé un long soupir, les mains agrippées au pupitre. Puis j'ai scruté l'assemblée, mes yeux balayant un à un tous ces gens qui osaient me juger.) Nous l'avons tous laissé tomber. Alexa aimait cette ville, elle était fière d'être née ici, à Sheridan. Elle voulait que vous l'aimiez comme elle vous aimait tous. Mais ça n'est pas arrivé. Vous l'aviez catégorisée comme une fêtarde, l'ivrogne de la ville. Vous la traitiez de mauvaise mère derrière son dos et l'avez regardée sombrer, se perdre dans ses addictions. Aucun d'entre vous n'a tendu la main pour l'aider. Aucun d'entre vous ne lui a offert son soutien. Il n'y a rien d'étonnant à ce que Burke ait été son seul ami. L'unique endroit où elle était la bienvenue était son bar. Autant que moi, vous êtes coupables de l'avoir abandonnée.

On n'entendait pas une mouche voler. Puis Lane a brisé le silence par un sifflement perçant et je l'ai vu lever son pouce en signe de félicitation. Cy est parti d'un rire bas et Emrys m'a fait un sourire qui a calmé aussitôt mes tremblements.

– Je me suis fixé pour mission de rappeler à ma fille toutes les raisons pour lesquelles je suis tombé amoureux d'Alexa. Son souvenir vivra à travers notre fille, qui a le sourire de sa mère et partage avec elle l'amour de cette région. Nous avons fait beaucoup de mauvais choix lorsque nous étions ensemble, mais nous en avons également fait des bons. C'est ce dont je veux que ma fille se souvienne.

Avec un hochement de tête nerveux, j'ai quitté l'autel pour regagner ma place.

Sans dire un mot, Cy s'est levé et a pris la direction de la porte de l'église. Les gens voulaient du spectacle, je leur en avais donné pour leur argent. J'avais parlé à cœur ouvert, dit ce que j'avais à dire sur la femme à qui l'on était venu rendre hommage. Ça ne me grandissait pas pour autant, mais je me sentais allégé d'un poids.

Leo a suivi Cy vers la sortie, Emrys sur ses talons. La rattrapant, je l'ai prise par la main et ai tendu l'autre à Daye. Lane et Brynn nous ont emboîté le pas. Quand

Brynn m'a embrassé sur la joue, j'ai rougi. Elle a murmuré qu'elle était fière de moi et Lane m'a fait un clin d'œil.

Je n'avais jamais pensé faire mes adieux à Alexa de cette façon, mais je n'étais pas mécontent de ma prestation.

À ma sortie de l'église, j'ai failli rentrer dans le dos de mon frère aîné. Bras croisés, Cy se tenait au bas des marches, une Leo vibrante de rage à son côté. Je m'apprêtais à les contourner quand Lane m'a pris par le bras. Gyrophares allumés, le véhicule de police de Rodie était garé à côté de mon camion. Par-dessus l'épaule de Cy, je voyais le chapeau de Rodie tandis qu'il disait à mon frère :

– Ceci n'a rien à voir avec toi, Cyrus. Laisse-moi passer sinon je t'arrête pour entrave à la justice.

J'ai lancé un regard éperdu à Emrys, qui s'est immédiatement penchée pour prendre ma fille dans ses bras. Avec un sourire forcé, elle a demandé à Daye :

– Ça te dirait d'aller acheter une glace avec moi, Daye ? La journée a été difficile et manger une glace me fait toujours du bien. Tu as été très courageuse, ma chérie. Je suis fière de toi.

Confuse, Daye hésitait. Lane s'est précipité à la rescousse.

– Bonne idée ! Brynn et moi, on a aussi besoin d'un petit remontant. On vient avec vous, a-t-il lancé avant de fusiller Rodie du regard et de lui dire froidement : C'est un enterrement, mec. Tu crains de venir à un moment pareil.

– Tout ça craint, a grogné le shérif en baissant la tête au sol.

Il a néanmoins attendu que ma fille ne soit plus à portée d'oreille pour dire :

– Il faut que tu m'accompagnes à l'antenne de police, Sutton. Je suis obligé de t'emmener, même si je dois passer par-dessus Cy pour le faire.

– Et sur quelles bases, Rodie ? me suis-je exclamé, abasourdi. Tu as du nouveau concernant le meurtre d'Alexa ?

– Non, ça n'a rien à voir avec ça, a-t-il soupiré en secouant vivement la tête.

J'ai échangé un regard perplexe avec mon frère aîné.

– Crache le morceau, Rodie. Pourquoi veux-tu que je t'accompagne au commissariat ?

En silence, le shérif m'a examiné un long moment avant de lancer un regard d'avertissement à Cy :

– J'ai besoin de t'interroger sur le meurtre de Cyndi Hammond, Sutton. On a retrouvé son corps hier soir et ton chapeau était sur la scène de crime.

Cy a juré et s'est avancé vers le shérif, mais Leo l'a retenu par le bras. Je fixais Rodie, incapable de comprendre ce qu'il racontait.

– Mon chapeau ?

Il a acquiescé gravement et fait un signe de tête vers son 4x4.

– Ta casquette de base-ball Warner Ranch. On l'a découverte sous le corps.

Jurant de nouveau, Cy a enfoncé son doigt dans la poitrine de Rodie, beaucoup trop près de son badge de shérif.

– On a des centaines de casquettes comme celle-là. J'en ai une, Lane aussi, et on passe notre temps à en vendre aux touristes. Comment sais-tu qu'il s'agit de la casquette de Sutton ?

– Je sais que tu continues à me voir comme le gamin stupide qui essayait de t'impressionner, Cy, a soupiré Rodie. Mais ce n'est plus le cas. Je suis un flic, je connais mon métier. Je suis allé pêcher avec Sutton des centaines de fois.

Il y a un trou sur le côté droit de sa casquette, là où un hameçon s'est accroché par accident. Nous l'avons également analysée, et les seules empreintes digitales qu'on a trouvées sont celles de Sutton et de Cyndi.

– Je ne sais même pas qui est Cyndi Hammond, ai-je répondu d'une voix blanche.

Le nom me disait vaguement quelque chose, mais j'étais incapable de me rappeler où je l'avais entendu, en dépit des efforts désespérés de ma mémoire.

– C'est la femme du cow-boy avec qui tu t'es bagarré au Big Horn. Celle dont tu as dit que tu allais la baiser, avant que son mari te mette KO dans le bar.

Malgré son ton neutre, j'ai perçu une note d'avertissement dans sa voix alors que son regard m'implorait de ne pas faire de scandale : l'église finissait de se vider et les badauds s'attroupaient autour de nous.

– Vous êtes en train d'arrêter Sutton, shérif ?

La question venait d'un homme baraqué, celui-là même qui, depuis la mort d'Alexa, avait pris un malin plaisir à répandre des commérages parmi les habitants de la ville. C'était d'autant plus absurde que je ne le connaissais pas. Il faut croire que mes problèmes l'intéressaient davantage que sa misérable petite vie.

– Occupe-toi de tes affaires, Edgar, a aboyé Rodie à l'intrus. Tu devrais plutôt rendre tes hommages à la famille endeuillée, comme un citoyen respectable. Puis, dans un souffle, Rodie m'a chuchoté : Suis-moi sans faire d'histoires. Je ne veux pas donner de grain à moudre à ces imbéciles.

J'ai balancé mes clés à Cy déjà pendu au téléphone, sûrement avec un avocat. Leo paraissait ivre de rage et je n'imaginais que trop bien la tristesse de Daye en ne me voyant pas rentrer à la maison.

Moi qui m'évertuais à accepter avec philosophie le bon comme le mauvais, j'avais le sentiment que le mauvais balayait tout, ne laissant qu'amertume dans son sillage.

16

TOUT PRÈS DE LA CATASTROPHE

EMRYS

Je n'ai jamais vraiment eu l'occasion de côtoyer des enfants. Étant fille unique, je n'avais pas de nièces ou de neveux autour de moi. Je n'avais eu qu'un seul petit ami avec des enfants, et il était encore tellement amoureux de son ex que la relation n'avait pas duré longtemps. Leo était ma seule amie proche, et bien qu'elle n'ait jamais dit vouloir d'enfant, j'avais l'intuition qu'elle pourrait changer d'avis très bientôt. Elle était formidable avec Daye. Chaque fois que la petite la regardait en souriant, les yeux de Leo s'illuminaient d'un éclat que je ne lui connaissais pas. Je n'avais jamais soupçonné qu'elle pouvait avoir un instinct maternel.

Je n'ai pas eu beaucoup de mal à distraire Daye à l'aide de bonbons et de sottises. On s'entendait bien toutes les deux. Lane, surtout, était très fort pour détourner l'attention de sa nièce. Mais lorsque nous sommes rentrés au ranch, ç'a été comme si on avait appuyé sur un bouton. La petite fille est passée d'ange à démon en une microseconde.

Les événements de la journée l'avaient épuisée. En ne voyant pas Sutton parmi nous, son masque pour faire bonne figure s'est subitement effrité. Leo a tenté de la calmer en expliquant que son père allait rentrer bientôt, mais la réponse ne l'a pas satisfaite et elle a piqué une violente colère. Elle a arraché le ruban de ses cheveux et l'a piétiné sous ses chaussures vernies, comme pour nous mettre au défi de lui répondre sincèrement. Brynn a voulu la cajoler avec la promesse d'une pizza faite maison, et Lane a proposé de l'emmener en balade à cheval jusqu'au retour de Sutton. Daye ne nous prêtait aucune attention. Elle venait de dire adieu à sa mère quelques heures plus tôt, cette dernière déception était plus qu'elle ne pouvait supporter. Elle a balancé ses chaussures à travers la pièce, lesquelles ont heurté un cadre suspendu au mur qui est tombé pile sur l'épaule de son oncle. Puis elle a commencé à se tirer les cheveux en hurlant de tous ses petits poumons. Son visage a aussitôt pris une inquiétante teinte violacée. Je n'avais jamais vu une colère pareille, et je ne pouvais pas lui en vouloir. Ses émotions devaient bouillonner après les événements de ces dernières semaines. Il était normal qu'elles finissent par exploser. Un volcan miniature de rage et de frustration entrait en éruption.

Lane a levé les mains en guise de capitulation et s'est dirigé lentement vers la porte.

– Aucune idée de comment gérer ça, a-t-il lâché en frottant son épaule endolorie. Cette gosse devrait faire du football, pas de la danse, a-t-il marmonné encore en sortant de la maison.

Leo et Brynn se sont penchées sur la petite pour essayer de la calmer. Mais leurs paroles de consolation n'ont fait que redoubler les hurlements de Daye. Brynn a proposé de lui apporter sa peluche préférée, Daye a refusé en secouant frénétiquement la tête. Des larmes de fureur coulaient sur ses joues. Je ne me rappelais que trop bien cette sensation d'impuissance et de peur. La pauvre enfant cherchait simplement la seule personne qui apportait un équilibre dans sa vie déjà chaotique.

– Daye, ai-je dit d'un ton plus sec que prévu.

Interloquée, la petite fille s'est arrêtée un instant de crier. Elle a cligné ses grands yeux verts et levé la main pour essuyer son visage. Elle a eu l'air étonnée de voir sa main toute mouillée.

– Tu te souviens quand je t'ai conseillé d'utiliser des mots pour te faire comprendre ?

Ravalant un sanglot, elle a acquiescé lentement.

– Mais personne ne m'écoute parce que je suis trop petite.

Leo m'a regardée avec stupéfaction et Brynn a eu un hoquet de surprise. Je me suis approchée de Daye accroupie au sol pour lui tendre la main. Au bout d'un moment, elle me l'a prise avec hésitation.

– Eh bien, je t'écoute, ai-je souri. Tu peux me parler.

Elle a reniflé et passé une main sous son nez, dans un geste enfantin et sans gêne. Elle n'avait pas honte de montrer ses émotions. L'innocence et la franchise de son attitude m'ont fait rire.

– Pourquoi tu rigoles ? m'a-t-elle demandé avec curiosité, la tête penchée sur le côté.

La conduisant vers le canapé, je l'ai assise sur mes genoux afin de lui parler les yeux dans les yeux.

– J'avais oublié le bien que ça faisait de pleurer un bon coup. Je parie que tu ressens plein de choses à cet instant. De la tristesse, de la frustration, même de la colère. C'est très bien de vouloir s'exprimer, Daye, de communiquer tes sentiments aux gens qui t'aiment. Tout le monde veut être compris.

Elle a acquiescé vigoureusement, les yeux rivés sur moi comme si je lui dévoilais les secrets de l'univers.

– Mais si tu veux qu'on te comprenne et qu'on prenne tes sentiments au sérieux, il faut que tu les exprimes avec des mots, parce qu'on ne ressent pas tous la même chose. Donc, parle-moi, ma chérie.

J'ai pressé sa main pour qu'elle sache que j'étais dans son camp. Après tout, elle avait fait preuve de beaucoup de courage jusqu'à maintenant. C'était un énorme fardeau à porter pour de si petites épaules.

Sa bouche s'est mise à trembler, mais elle a ravalé une nouvelle crise de larmes en se mordant la lèvre. La pauvre a ensuite cligné des yeux très vite, avant de déverser un flot de paroles qu'elle devait porter depuis trop longtemps.

– Maman n'était pas toujours très gentille avec moi mais elle va me manquer quand même. Je ne veux pas qu'elle soit morte. Je ne voulais pas habiter avec elle et elle était toute seule. Je crois qu'elle était triste, et c'est ma faute. Je n'aime pas quand papa s'en va. Avant, il était toujours là pour me mettre au lit et me lire une histoire avant de dormir. Mais après qu'on lui a fait très mal, il a arrêté de me lire des histoires. J'ai peur qu'il m'oublie, a-t-elle lâché en regardant ses pieds. Les enfants à l'école disent des méchancetés. Avant ils se moquaient de moi à cause de maman, et maintenant ils disent du mal de papa. Ça me fait pleurer quand ils se moquent de moi et qu'ils me traitent de bébé, a-t-elle reniflé tandis que de grosses larmes lui coulaient sur les joues. Je ne veux pas que papa aille en prison.

J'ai pris une profonde inspiration pour combattre une subite montée de colère. Elle avait besoin que je sois calme, que je la rassure. Debout derrière le canapé, Leo écoutait notre conversation. Ma meilleure amie paraissait sur le point de raser la ville entière tellement elle était en colère, et j'étais prête à lui donner un sérieux coup de main. Je savais que les enfants pouvaient être cruels, mais Daye n'avait que six ans. Sa vie était suffisamment dure comme ça. C'était honteux de frapper une gamine déjà à terre.

– Daye, je ne vais pas te mentir, ai-je dit enfin en repoussant ses bouclettes de devant ses yeux. Ta maman se sentait peut-être seule, mais ça n'avait rien à voir avec toi. C'était une adulte. Elle savait la conséquence de ses actions. Toi, tu es juste une petite fille. Ce n'est pas ton rôle de prendre soin de tes parents. Cette douleur que tu ressens, ce coup au cœur à l'idée que ta mère est partie, ça va durer encore longtemps. Mais tu vas devoir t'y habituer. Chaque fois que tu auras mal, je veux que tu repenses à la raison pour laquelle elle te manque. Je veux que tu te souviennes d'un moment où elle t'a fait sourire. Tu crois que tu peux faire ça ?

Elle a réfléchi une longue minute avant d'acquiescer sérieusement.

Avec un hochement de tête, j'ai tortillé une de ses boucles entre mes doigts.

– Brave petite. Tu es très courageuse, tu le sais ?

Elle a ébauché un sourire, qui s'est effacé lorsque j'ai repris :

– Ton père est quelqu'un de bien, mon cœur, mais il s'est mis dans le pétrin. Une partie de ses problèmes est de sa faute, l'autre non. Il s'est rendu compte qu'il avait mal agi avec toi, et je peux te promettre qu'il ne commettra plus jamais cette erreur. Il sera toujours là pour toi, mais il arrivera parfois qu'il doive s'absenter. Il faut que tu comprennes que, s'il avait le choix, il resterait constamment près de toi. Il fait de son mieux pour se tirer de ce mauvais pas. Jusqu'à ce qu'il trouve le moyen d'en sortir, les gens vont dire des méchancetés sur lui. Les gens aiment raconter des mensonges, Daye. Ils ont l'impression d'être importants, de faire partie du groupe. Le problème avec les mensonges, c'est que c'est drôle seulement quand ça concerne les autres. Si on racontait des choses sur leur père ou sur leur mère, c'est eux qui se mettraient à pleurer. Leurs mots n'ont de pouvoir que si tu les laisses t'affecter. Et souviens-toi : tu n'es pas seule. Tes oncles et ta tante Leo ne permettront jamais que ces enfants soient méchants avec toi. Ta maîtresse non plus n'a pas à te dire des choses vilaines. Tu as le droit d'appeler des renforts.

– C'est quoi des renforts ? a-t-elle demandé avec une expression de confusion.

Leo s'est retenue de rire et j'ai souri avec malice.

– Tu as le droit de demander de l'aide à quelqu'un de plus fort et de plus méchant que toi.

Un immense sourire a illuminé son petit visage, comme un rayon de soleil perçant la couche de nuages par une journée grise et lugubre. Elle ne méritait que le soleil et le bonheur. J'étais folle de rage à l'idée qu'on puisse vouloir lui ôter ces choses.

– Oncle Cy est beaucoup plus fort et méchant que moi, s'est-elle écriée, ravie à la perspective que son oncle donne une bonne leçon à ses persécuteurs.

– Ton oncle Cy est plus méchant et plus fort que tout le monde, est intervenue Leo en s'adossant au canapé avec un air faussement fâché. Tu as beaucoup de chance que ce soit ton oncle Lane, et pas lui, qui ait fait les frais de ton accès de colère. Tu le connais, il t'aurait envoyée dans ta chambre.

– Dis à oncle Lane que je m'excuse, a répondu Daye avec une mine dépitée.

– Bonne idée, Boucles d'or, a acquiescé Leo.

La petite s'apprêtait à descendre du canapé quand elle s'est figée brusquement. Me regardant droit dans les yeux, elle m'a demandé d'une voix hésitante :

– Tu crois que papa va aller en prison ?

Question épineuse. Mais je lui avais promis de ne pas lui mentir.

– Ton père n'a rien fait de mal. Il ne mérite absolument pas d'aller en prison. Rappelle-toi ce que je t'ai dit : c'est quelqu'un de bien.

Mais les choses ne se déroulaient pas toujours comme on les avait prévues. Et Sutton semblait avoir la poisse ces derniers temps. C'était tout ce que je pouvais dire pour la rassurer.

Il faut croire que ma vague réponse lui a suffi car elle a sauté au bas du canapé en disant à Leo qu'elle partait changer de tenue puis qu'elle allait demander à Brynn de faire les pizzas qu'elle lui avait promises. C'était comme si la crise de larmes n'avait jamais eu lieu. J'étais épuisée et Leo paraissait encore tendue.

Faisant le tour du canapé, elle a pris la place laissée vide par la petite fille. Puis elle a tourné la tête pour me faire face. Un sourire doux a effleuré ses lèvres et elle m'a donné un petit coup d'épaule.

– Comment as-tu réussi un tel tour ? Je ne l'avais jamais vue dans cet état, même quand Sutton a commencé à disparaître plusieurs jours d'affilée.

Avec un long soupir, j'ai collé ma tempe contre la sienne. Le contact familier m'a apaisée immédiatement. Il m'a rappelé nos relations avant l'attaque, à l'époque où je recherchais la proximité au lieu de la fuir. Leo avait toujours été là pour me tendre son épaule réconfortante, j'avais oublié combien c'était bon.

– Est-ce que ça n'est pas ce que toutes les femmes veulent ? Savoir précisément ce qui se passe, sans conneries ni mensonges ? Elle avait besoin de cette information pour décider quel comportement adopter. Il y avait des chances pour qu'elle se mette encore plus en colère après mes explications, mais cette gamine a des nerfs d'acier. Elle est plus coriace que nous tous dans cette maison.

Leo a hoché la tête, un mouvement qui a cogné nos deux têtes et nous a fait pouffer. Sous le coup de l'émotion et de la fatigue, notre rire s'est transformé en fou rire hystérique, proche des larmes. Et nous avions déjà toutes les deux suffisamment pleuré comme ça.

– C'est vrai. Elle encaisse les coups durs sans broncher et continue d'avancer. J'aimerais être capable de rebondir comme elle.

– Moi aussi, ai-je soupiré.

Un silence. Puis, se tournant pour me regarder, Leo m'a demandé :

– Alors ? C'est quoi cette histoire entre Sutton et toi ? Enfin, je savais que tu étais revenue en partie pour le voir, mais je n'avais pas compris que c'était pour le voir nu…

J'aurais dû me douter que je n'allais pas m'en tirer aussi facilement après notre arrivée ensemble à l'enterrement.

Je suis partie d'un petit rire gêné et j'ai croisé mes mains sur mon ventre.

– Moi non plus. Je savais juste qu'il fallait que je le revoie. J'avais des choses à lui dire. Comme j'ai dit à Daye, tout le monde veut être compris. J'étais insatisfaite de la façon dont l'épisode dans les montagnes s'était fini. Ce n'était pas le genre d'au revoir que je voulais de sa part. Il m'a sauvé la vie, Leo.

– Je sais. Donc si j'ai bien compris, c'est ta façon à toi de régler la situation, sans conneries ni mensonges ? a-t-elle dit avec une grimace comique en me renvoyant à mes propres paroles. Parce qu'il faut que je te prévienne : autant j'adore Sutton, autant je ne crois pas que ce soit un pari gagnant. Il avance en équilibre précaire sur le fil du rasoir, et tu ne sais jamais quand il va tomber et se trancher en deux.

– Moi aussi je suis un pari risqué, ai-je répliqué en levant une main avant qu'elle puisse protester. Je sais que tu m'aimes et que tu me défendras jusqu'à la mort, mais tu sais que j'ai raison. Je n'ai jamais été très réglo. Je ne me suis jamais investie à long terme dans quoi que ce soit. À la première complication, je m'enfuis en prenant mes jambes à mon cou.

– Tu as conscience que ce beau cow-boy blond est une source d'emmerdes, Em ? a-t-elle lâché avec un rire.

– J'en ai conscience, ai-je rétorqué en levant les yeux au ciel, sans toutefois pouvoir m'empêcher de sourire.

Des emmerdes qui m'aspiraient avec elles et refusaient de me lâcher. D'ailleurs, je ne cherchais pas à m'en libérer. Chaque jour je m'enfonçais plus loin, plus profond. Je me laissais entraîner vers le fond, et j'aimais ça. La dernière chose que je voulais, c'était fuir.

– J'ai toujours pensé que tu ne voulais pas te poser et que tu passais le temps en attendant de trouver la bonne personne.

Elle paraissait véritablement surprise que mes histoires sans lendemain ne soient pas juste le résultat de mes goûts difficiles. J'ai haussé les épaules.

– J'étais trop occupée à essayer de réparer les mauvais types pour chercher le bon. Mais au moins j'avais l'impression de remplir le vide de ma vie.

– N'essaie pas de réparer Sutton, m'a-t-elle dit avec un regard intense en se penchant vers moi. Il ne va pas aimer ça. C'est le genre d'homme à tracer sa route tout seul. Il ne va pas s'arrêter pour demander son chemin.

Mon sourire s'est radouci, et c'est d'une voix pensive que je lui ai répondu :

– Je l'aime comme il est. Je n'ai pas envie de le réparer.

Ses pièces cassées faisaient paraître les miennes moins tordues. Mais je n'avais pas besoin d'être parfaitement assemblée quand j'étais avec lui. Je pouvais être juste moi. Un peu perdue. Très confuse. Une personne qui souffrait. Je n'avais pas besoin d'être complètement guérie lorsque je me trouvais avec lui. Ses blessures étaient aussi profondes et à vif que les miennes.

Leo semblait sur le point de me donner d'autres conseils ou de lancer une série de mises en garde quand son téléphone portable a sonné dans son sac. Elle l'avait fait tomber par terre en essayant de calmer Daye. Je n'ai pu m'empêcher de rire en la voyant se précipiter pour répondre. J'ai su qu'il s'agissait de Cyrus à son sourire et à la manière dont sa voix s'est radoucie. Ils ont discuté brièvement, et quand elle est revenue vers le canapé, elle paraissait agitée.

– Cy a fait appel à un ténor du barreau de Casper pour défendre Sutton. Le type ne sera pas là avant plusieurs heures et Sutton refuse de parler à Rodie jusqu'à l'arrivée de son avocat. Donc il va probablement passer la nuit au poste.

Rodie a mis Cy à la porte de son bureau. Apparemment il aurait dit à Cy qu'il avait besoin de revoir ses stratégies d'intimidation, a-t-elle soupiré. Bref il est sur le chemin du retour. Il ne nous reste plus qu'à attendre.

J'ai lâché un soupir agacé et levé les yeux au plafond.

– Je déteste attendre.

– Pareil, a dit Leo avant de me toucher le bras. Tu sais, ce sont les probabilités les plus faibles qui rapportent le plus. Deux mauvais paris pourraient très bien valoir le jackpot que tout le monde rêve de gagner.

La prenant dans mes bras, je l'ai serrée si fort qu'elle a fait mine de s'asphyxier en poussant des petits cris.

– Tu trouves toujours la phrase parfaite à me dire, Leo.

– J'ai eu d'excellents professeurs, Em. Tu passes ton temps à donner le meilleur de toi. Maintenant, c'est à ton tour de recevoir.

J'y travaillais.

Pour la première fois de ma vie je savais ce que – ou plutôt je savais *qui* – je voulais, et je connaissais mon but. Ma mission était de montrer à Sutton Warner qu'il méritait d'avoir une femme bien à ses côtés. Quels que soient ses problèmes ou ses défauts, il était aimé et attendu. Il fallait qu'il sache que des personnes étaient prêtes à se battre pour lui et à le protéger quoi qu'il fasse. Je voulais prouver à lui et à moi que je n'abandonnerais pas la partie, même en cas de mauvais jeu. Je voulais qu'il prenne conscience qu'on pouvait y arriver tous les deux, on pouvait s'aider mutuellement à redresser tout ce qui, en nous, était cabossé. Nous étions faits pour vivre une longue histoire, encore fallait-il qu'on le veuille vraiment.

17

NOTRE PEAU À TOUS

SUTTON

– Interdiction de quitter la ville, Sutton.

Rodie avait parlé d'un ton irrité et paraissait aussi fatigué et énervé que moi. Il avait perdu son chapeau et déboutonné le col de chemise de son uniforme des heures auparavant. Visiblement il était à bout de nerfs. Il faut dire que l'avocat sournois qu'avait recruté Cy n'aidait pas à détendre l'atmosphère. L'homme en costume sur mesure et chaussures vernies avait environ l'âge de Lane. Il lui avait suffi d'un coup d'œil à Rodie pour se convaincre que le shérif n'était qu'un bouseux de campagne qui essayait de m'arrêter sur de fausses accusations et une poignée de preuves bancales. L'avocat avait l'esprit vif et acéré, il semblait avoir la réponse à toutes les questions que Rodie me posait. D'ailleurs, il ne me laissait pas répondre. Si je n'avais pas été autant en colère contre mon vieil ami, j'aurais averti le jeune avocat de ne pas le sous-estimer. Rodie était un ex-Marine, dévoué corps et âme à son métier. Il n'avait rien d'un bouseux quand il était dans son élément.

Tout compétent qu'il soit, Rodie ne pouvait pas lutter contre les faits. Ma casquette avait peut-être été retrouvée sur la scène de crime, j'avais quand même un alibi béton pour la nuit où Cyndi avait été assassinée : j'étais enfoui profondément en Em. Connaissant l'histoire tragique qu'Em et moi partagions, le shérif m'avait lancé un regard perplexe. J'avais aussi pris un malin plaisir à l'informer que cette même nuit, j'avais croisé une des conquêtes de Lane en retournant dans ma chambre tôt le matin. Il pouvait croire qu'Em mentait pour me servir d'alibi, mais il n'y avait aucune raison pour qu'une cliente de passage cherche à me couvrir. L'avocat n'avait aucune crainte puisqu'on pouvait témoigner de mes allées et venues. Mais Rodie était inquiet. Cela signifiait qu'un fou dangereux se baladait en liberté, semant des cadavres sur sa route.

J'étais le dénominateur commun entre les deux mortes. Rodie s'acharnait à trouver comment je pourrais être lié à elles. Je lui répétais en vain : je n'avais aucune idée de qui était Cyndi Hammond, je ne l'avais même jamais rencontrée. Je n'arrivais pas à comprendre comment ma casquette s'était retrouvée sur la scène de crime, surtout que je l'avais égarée depuis la fameuse soirée dans le bar. Le jeune avocat avait sauté sur l'occasion pour demander à Rodie s'il avait visionné les images des caméras de surveillance du Big Horn étant donné que c'était le dernier endroit où je me rappelais avoir vu ma casquette ; Joel Hammond avait peut-être profité de l'arrivée des secouristes pour la voler.

Rodie avait rougi de la tête aux pieds. Non, avait-il répondu de mauvaise grâce, personne n'était au courant que j'avais égaré ma casquette jusqu'à ce qu'on vienne m'embarquer devant l'église. Il avait envoyé un agent au Big Horn pour demander à Burke la vidéo de la bagarre, mais le barman était introuvable. En effet, il avait disparu juste après l'enterrement. Le shérif pensait qu'il était parti soit pêcher dans son coin de prédilection, soit camper sur les terres de sa famille. C'était ce que la plupart d'entre nous faisions quand nous voulions prendre quelques jours de repos.

À ce stade de l'enquête, il était permis de croire que le mari de Cyndi était un suspect potentiel, ce qui faisait de moi le bouc émissaire. Rodie redoutait que le meurtre d'une deuxième femme n'écorne durablement sa crédibilité auprès des habitants de la ville. En m'embarquant pour m'interroger sur la casquette et sur mes allées et venues, il n'avait fait que suivre la procédure. Mais il l'avait fait après l'enterrement, c'est-à-dire au vu et au su de toute la ville, qui s'attendait désormais à ce que je sois mis derrière les barreaux. Décidément, ma potentielle innocence l'ennuyait. D'abord, les trafiquants de drogue avaient pris possession des montagnes et dissuadé un grand nombre de touristes de venir. Et voilà que maintenant, la ville était le théâtre de meurtres crapuleux. Les gens étaient nerveux, effrayés. C'était son job de s'assurer que les habitants soient en sécurité. Dernièrement, cette tâche s'était avérée compliquée. Rodie sentait la pression monter, surtout à l'approche des élections. Les récents événements allaient-ils lui coûter son poste ? Il essayait de protéger ses arrières, mais mon avocat avait fait du bon boulot et il était évident maintenant que j'allais rentrer chez moi. S'il voulait m'embarquer à nouveau, il avait intérêt à avoir des preuves solides.

Cy m'a donné une bourrade sur l'épaule en fixant le shérif d'un œil noir. Mon frère aîné avait endossé son costume spécial de protecteur, et j'ai songé vaguement que Rodie aurait bien du mal à se représenter au poste de shérif sans le soutien de Cy. Tout le monde en ville écoutait son avis. S'il ne soutenait pas Rodie, il y avait de fortes chances pour que son vieil ami perde le boulot qu'il mettait tant d'efforts à garder.

– Sutton ne va nulle part. Il va rester ici à attendre que tu arrêtes le meurtrier d'Alexa.

Le message était clair : Rodie avait intérêt à se sortir les doigts du cul et à se mettre activement à la recherche d'un vrai suspect.

– Si tu as d'autres questions à poser à mon frère, contacte M. Scott.

Lissant ses cheveux emmêlés, Rodie a marmonné une phrase incompréhensible. Il m'a regardé d'un air peiné, mais j'avais perdu pour le shérif tout sentiment de loyauté né d'une vie entière de camaraderie. J'avais passé la nuit en garde à vue après avoir été embarqué de force à la fin des obsèques de mon ex-femme. Je luttais déjà contre l'opinion de gens fermés d'esprit et malveillants. Exprès, il avait apporté de l'eau à leur moulin à ragots. Aussi je ne devais plus rien à Rodie, pas même me montrer patient et compréhensif. Il ne m'avait fait aucun cadeau.

J'ai serré la main du jeune avocat et poussé un soupir de soulagement quand il m'a assuré qu'en l'absence de preuves concrètes, Rodie ne pouvait rien faire contre moi. Ses preuves étaient minces, tout le monde le savait. Il a ajouté qu'il aurait besoin de prendre la déposition des deux témoins femmes que j'avais mentionnées. Je n'avais jamais été aussi heureux d'avoir cédé à la tentation qu'était Emrys. Décidément, cette femme avait la faculté de me tirer de tous les mauvais pas.

Dès que nous sommes ressortis dans la lumière du soleil d'après-midi, nous avons été accueillis par les vociférations furieuses d'un cow-boy qui semblait ne pas avoir dormi depuis une semaine.

Joel Hammond s'est rué hors du camion où il attendait manifestement que je sois relâché, avec ou sans menottes aux poignets. Sa respiration saccadée ressemblait à celle d'un taureau sur le point de charger un drapeau rouge mouvant. Ses yeux étaient injectés de sang et il puait le whisky. Toute sa haine était dirigée uniquement contre moi. J'ai levé la main pour me défendre mais Cyrus a fait barrage en se campant devant moi tandis que Joel fonçait sur nous dans le parking. J'ai entendu Rodie jurer derrière nous et, avant qu'il ait pu intervenir, j'ai fait un pas en avant pour affronter la bête enragée.

– Avant que tu me frappes, sache que je n'ai jamais rencontré ta femme. Je serais incapable de l'identifier parmi une rangée de suspects, même si ma vie en dépendait. Je n'ai pas couché avec elle et je ne lui ai fait aucun mal.

Sans écouter le moindre mot de ce que je disais, l'homme a poussé un rugissement terrible et a repris sa course. Cette fois, j'étais prêt à le recevoir, je n'étais ni ivre ni drogué. C'était un type costaud, mais pas autant que mon frère. J'ai réussi à garder l'équilibre quand il m'a attrapé par la taille en essayant de me faire chuter. Les jambes solidement ancrées au sol, j'ai posé ma main sur le dos de l'homme. Il tremblait de manière incontrôlable. Sa femme n'avait peut-être pas toujours été fidèle, mais ça ne l'empêchait pas de l'aimer. Je savais ce qu'il ressentait, j'étais passé par là.

– Moi aussi j'ai perdu quelqu'un que j'aimais, Hammond. Elle n'a pas toujours été réglo avec moi, mais ça ne veut pas dire que je n'ai pas souffert comme un damné en lui disant adieu. Je ne souhaite à personne de connaître une chose pareille. Jamais je ne mettrais un autre homme dans cette situation. Je le jure sur la tête de ma fille, je n'ai absolument rien à voir avec ce qui est arrivé à ta femme.

L'homme s'est mis à trembler encore plus violemment. Soudain, il est tombé à genoux devant moi. Enfouissant la tête dans ses mains, il pleurait à gros sanglots, les épaules secouées de tremblements. Gêné, je lui ai tapoté le dos avant de m'éloigner.

J'étais sur le point de contourner sa forme massive pour laisser Rodie régler la situation quand il a brusquement levé vers moi son visage baigné de larmes. Prenant une profonde inspiration, il a passé une main sur son visage hagard.

– Je sais que ce n'était pas avec toi qu'elle me trompait. Je lui ai parlé après la bagarre dans le bar. J'avais besoin de mettre les choses au clair. Cy m'avait prévenu que si je continuais à te chercher des emmerdes, il ferait en sorte qu'aucun des ranchs avec qui je travaille ne fasse plus d'affaires avec moi. Ça m'a foutu la trouille pire que s'il avait menacé de me tabasser. Mon mariage battait déjà de l'aile, je n'avais pas envie de perdre mon boulot en plus, a-t-il soufflé en se remettant péniblement debout. Cyndi m'a avoué qu'elle avait repris contact sur Facebook avec son ex-petit ami de l'université. Ce salaud avait trouvé un emploi à Billings, et ils ont commencé à se voir derrière mon dos il y a environ deux mois. J'ai la rage parce que c'est moi qui ai fait la connexion entre vous deux, Warner. C'est moi qui ai fait une scène dans le bar et qui t'ai insulté devant la moitié de la ville. Si j'avais fermé ma gueule, elle serait peut-être encore en vie. Celui qui a tué ton ex-femme n'aurait peut-être pas assassiné Cyndi. J'ai totalement merdé.

À mon tour j'ai eu hoquet de surprise tandis que Cy et moi échangions un regard qui en disait plus long qu'un discours. Oui, ça craignait, mais Joel avait probablement raison au sujet de sa femme. La seule raison pour laquelle on lui aurait voulu du mal, c'était pour me faire coffrer. Et les seules personnes qui avaient pu entendre ses accusations se trouvaient cette nuit-là dans le bar.

– Démerde-toi pour que Burke te donne la vidéo des caméras du bar le plus vite possible, a dit Cyrus à Rodie avec un regard dur.

L'assassin d'Alexa et de Cyndi était quelque part sur ces images.

Rodie a acquiescé gravement et tendu une main à Joel pour l'aider à se relever. Un bras passé sous les épaules du cow-boy, il m'a regardé avec un mélange de confusion et de frustration.

– Je vous contacterai dès que Burke m'aura donné la vidéo. Joel, viens avec moi, tu vas te débarbouiller la figure et boire une bonne tasse de café. Puis tu me raconteras en détail ce qui s'est passé dans le bar cette nuit-là. Parfois, ce sont les petits riens qui aident à résoudre une affaire.

Nous nous sommes quittés sans adieux superflus.

Le trajet de retour au ranch s'est fait dans le silence. Cyrus avait l'air pensif, et je me posais des questions à propos de cette foutue casquette. Je me souvenais vaguement l'avoir ôtée pour la mettre dans la poche arrière de mon jean. Le reste était flou. Elle avait probablement glissé quand j'étais tombé par terre ou que les secouristes m'avaient transporté sur la civière. La majorité des clients ce soir-là étaient des réguliers, mais j'avais beau me creuser la cervelle, je ne voyais que les visages de Burke et du cow-boy enragé. En tout cas, il n'y avait personne d'autre qui puisse m'en vouloir. Je n'avais insulté personne excepté Joel, du moins pas dans mes souvenirs. Je ne voyais pas non plus quels étrangers auraient pu chercher vengeance pour quelque chose que j'aurais fait. Les sales types qui avaient croisé ma route ces dernières années étaient soit en prison, soit morts.

– Tu as peut-être besoin de quitter la ville.

La voix de Cy était râpeuse et grave, comme s'il pesait soigneusement chaque mot.

– Ouais c'est ça, ai-je grogné en posant ma tête contre la fraîcheur de la vitre passager.

– Je suis sérieux, Sutton, a-t-il répliqué de sa voix de grand frère signifiant qu'il fallait que je prête attention à ses paroles sans l'interrompre, comme j'avais l'habitude de le faire quand nous n'étions pas d'accord sur un sujet. Ça fait un moment que tu n'es pas heureux, a-t-il poursuivi. En fait depuis qu'à la mort de papa je suis devenu chef de famille. Tu n'as jamais été d'accord avec la façon dont je menais le business, et on sait tous les deux que tu fais semblant de t'y intéresser depuis des années.

Sous le choc, j'ai fixé mon frère sans rien dire. C'est vrai qu'il m'arrivait de me plaindre des touristes, mais je ne m'étais jamais dérobé à la tâche et j'avais toujours fait consciencieusement le boulot. Cy m'avait toujours remercié pour mon aide. J'ai été blessé qu'il puisse croire que je faisais semblant de travailler.

– De quoi tu parles, Cy ? Je suis là chaque matin et je me tue à la tâche, exactement comme toi et Lane. D'accord, ces derniers temps j'ai déconné, mais je suis quasiment revenu à mon état normal. Je serai prêt à repartir en excursion en un rien de temps.

Cy m'a jeté un regard perçant sous ses épais sourcils noirs.

– Je ne te parle pas du ranch, a-t-il grogné. Je te parle de tes atermoiements concernant ta vie. C'est quand la dernière fois que tu as passé une vraie bonne journée,

Sutton ? C'est quand la dernière fois que tu t'es réveillé excité à la perspective de ce qui t'attendait ? Ça fait un moment maintenant que tu t'es mis en pilote automatique pour faire ce que tu avais à faire. Et ce n'est pas ce que je veux pour toi. Je ne veux pas que tu conçoives de la rancune pour moi ou pour ton héritage. Tout ce que je veux, c'est que ma famille soit heureuse. J'ai le sentiment que tu as oublié ce que ça signifie. Vivre ne se résume pas à nourrir ses enfants et à régler ses factures.

– Tu es donc devenu expert en bonheur ? ai-je rétorqué avec un reniflement de dédain.

– Effectivement, a-t-il dit sèchement avec un autre regard perçant. Maintenant je sais ce qu'est le vrai bonheur. Depuis l'instant où j'ouvre les yeux jusqu'à celui où je les ferme, je bénis le ciel d'avoir une femme comme Leo dans ma vie. Tous les jours, je suis reconnaissant qu'elle m'ait choisi et surtout, qu'elle soit restée. Je ne cesse de m'émerveiller chaque matin en voyant ses beaux yeux bruns me regarder, et chaque soir je m'endors serein, sachant que sa crinière de fauve est étalée sur l'oreiller à côté de moi. Je ne suis pas en train de dire que chaque jour est idyllique, mais même les mauvais jours, je me sens plus heureux que jamais auparavant parce que j'ai l'assurance qu'elle est à mes côtés.

Je savais qu'il était fou amoureux de sa bombe, mais je ne l'avais jamais entendu parler de Leo en ces termes. Je n'ai jamais vu mon frère se laisser démonter par quoi que ce soit. C'était grâce à lui que la maison tenait. C'était lui, le mur de soutènement. Il ne m'était jamais venu à l'esprit qu'il puisse avoir besoin de quelqu'un pour l'aider à supporter un tel poids sur ses épaules. Leo était le point d'appui de mon frère. C'était elle qui le délestait de son fardeau afin qu'il puisse se reposer. Elle était son rayon de soleil ; aucun nuage au monde ne pourrait jamais ternir son éclat.

Putain.

Maintenant que je comprenais, je me surprenais à vouloir un peu de cette lumière dans ma vie.

– J'aime ma fille plus que tout au monde, ai-je soupiré en fermant les yeux. Je veux lui offrir la plus belle enfance possible. Je veux lui donner tout ce dont elle a besoin et l'élever pour qu'elle soit forte et indépendante, tout en étant capable de pardonner et d'avoir de la compassion pour autrui. Je veux qu'elle aime la terre où elle est née et qu'elle ne craigne pas de travailler dur. Je veux qu'elle sache qu'elle aura toujours sa place au ranch, qu'il lui appartient autant qu'à moi. Mais tu as raison, ai-je dit en me frottant les yeux car la nuit avait été longue et cette conversation m'épuisait. Je ne me suis pas senti à l'aise au ranch ou dans cette ville depuis très longtemps. Ma vie a changé si radicalement que je n'ai pas été capable de m'adapter, et j'ai l'impression d'être coincé. Tout le monde sait que tu es le patron de notre business et que Lane en est la vitrine. Moi je suis juste le type qui est plutôt doué avec les chevaux. Déjà avant l'attaque, je me sentais hors du coup. Aujourd'hui, je ne suis plus seulement hors du coup, j'avance à reculons vers nulle part. Et pourtant, ici c'est chez moi, Cy. C'est ici qu'est ma famille. Je ne connais que cet endroit.

Mon frère m'a donné une claque derrière la tête. Puis ses doigts épais ont serré ma nuque et il a poussé un soupir.

– Tu en connais beaucoup plus que ce que tu veux admettre. Tu sais tout ce qu'il y a à savoir sur les chevaux. Tu sais diriger un ranch et élever les bêtes. Tu es un père formidable et tu es le seul homme assez courageux pour jouer les médiateurs au sein de la famille. Ce ranch sera toujours dans ton sang et il t'appartiendra toujours. Mais tu n'as pas forcément besoin d'être ici pour t'épanouir, ou pour trouver ta propre recette du bonheur. Le monde est vaste, petit frère. J'ai eu la chance d'en voir une partie. C'est grâce à ça que j'ai compris la valeur de nos terres, et qu'il n'y avait pas d'autre endroit au monde où je voulais être. Tu as besoin de décider sous quels cieux tu veux réellement vivre. (Il a serré encore ma nuque et sa voix a pris un ton malicieux.) Il me semble d'ailleurs que tu as déjà trouvé la femme qui éclaire ton ciel, même par temps de pluie.

Les poings serrés sur mes cuisses, je me suis dégagé de son étreinte. Ma mâchoire s'est crispée involontairement à la pensée d'Emrys, surtout depuis que je savais qu'une femme avait été tuée à cause d'un prétendu lien avec moi.

– Je n'ai pas le droit de quitter la ville mais je vais dire à Em de s'en aller. Dis à Leo qu'elle soit prudente, elle aussi. Quelqu'un en a après moi, c'est certain. Toutes les femmes qui me connaissent sont des cibles potentielles. Je vais demander à Brynn d'emmener Daye chez McKenna pour quelques jours en attendant que l'enquête soit bouclée. Ten a tout un arsenal là-haut.

Tennyson McKenna était garde forestier et, accessoirement, l'ex-plan cul de Cyrus. Cette fille aussi dangereuse que belle était l'une des rares personnes en dehors de ma famille à qui je faisais une confiance aveugle.

Cy m'a lancé un regard incrédule, puis il a secoué lentement la tête.

– Quelqu'un en a après nous *tous*, Sutton. On est là-dedans ensemble. Personne ne cherche à faire la peau d'un seul. Ce n'est pas comme ça que ça marche. On sera toujours plus forts si on reste soudés, avec nos femmes.

Je veux bien que Daye aille chez Ten pour quelques jours, c'est une bonne idée. Mais si tu essaies d'écarter Leo et Brynn, surtout si tu t'avises encore de renvoyer Em, alors tu peux commencer à creuser ta tombe tout de suite. Les filles vont te mettre sous terre et t'inhumer dans ta propre stupidité.

Je me suis étouffé de rire à l'image que ses mots ont suscitée.

– Leo et Brynn font partie de la famille, mais pas Emrys. On n'a pas le droit de la mêler à ça. Elle est à peine remise de l'attaque. Si je dois m'inquiéter pour elle, je ne pourrai pas me concentrer assez pour retrouver le connard qui cherche à détruire ma vie. Quand elle est là, je n'arrive à penser à rien d'autre. Elle accapare mes moindres pensées et sentiments. Elle ne fera que me distraire.

Et quelle distraction ! Cy n'avait pas à savoir que la douceur de sa peau et l'éclat de ses yeux d'or me forçaient à rester concentré uniquement sur la façon de lui donner du plaisir. Grâce à elle, j'oubliais de me punir pour des péchés que je ne me rappelais pas avoir commis.

– C'est très bien d'avoir une femme dans sa vie pour se distraire. Ça signifie que tu penses à elle plutôt qu'à toi. Tu oublies de t'apitoyer sur toi-même quand tu songes aux mille façons dont la femme que tu aimes rend ta vie si délicieusement compliquée, m'a-t-il dit avec un regard où se lisait une vie entière d'expériences et de leçons durement acquises. Quand tu trouves la personne pour qui tu es prêt à changer radicalement et à devenir un homme meilleur, ne la laisse pas partir. Si cette femme te dit qu'elle n'a pas besoin que tu changes, qu'elle t'aime comme tu es et que tu en fais déjà assez, alors non seulement tu ne la laisses pas partir, mais tu fais tout ce qui est en ton foutu pouvoir pour lui donner toutes les raisons de rester auprès de toi. Il faut que tu sois l'homme qu'elle voudra toujours avoir à ses côtés, même quand la situation sera effrayante ou incertaine.

Quand j'ai levé les yeux, nous étions au ranch. Ses sages paroles m'avaient fait perdre toute notion du temps et de l'espace, au point que j'avais raté l'entrée de la propriété. Bien qu'on soit en plein après-midi, tout était calme, aucun touriste n'était en vue. À notre sortie du camion, Leo était déjà en chemin pour nous accueillir, son visage semé de taches de rousseur marqué par l'inquiétude. Ses yeux couleur cacao m'ont scruté des pieds à la tête, puis elle s'est jetée dans mes bras et m'a serré fort. Elle n'a desserré son étreinte que lorsque mon frère l'a prise gentiment par les épaules. Il l'a pressée contre sa poitrine et a enfoui sa tête dans ses cheveux. Je voyais comment il puisait en elle sa force et sa confiance. La jolie jeune femme faisait la moitié de sa taille mais, à ce moment-là, c'était elle qui portait véritablement mon frère.

Il a remarqué mon regard par-dessus la tête de Leo et m'a fait un sourire complice.

– Je te l'avais dit. Quand tu trouves la personne qu'il te faut, accroche-toi et ne la lâche surtout pas.

Leo a ri, et je l'ai vue rougir quand la main de mon frère a atterri sur sa fesse avec une claque sonore.

Secouant la tête, j'ai étouffé un bâillement.

– Où est Daye ? Je lui dois des explications.

– Lane l'a emmenée faire un tour. Elle a eu un gros chagrin hier. Em a réussi à la consoler, mais ça n'a pas été facile. Daye et Lane avaient besoin d'être seuls un moment pour se réconcilier, a dit Leo avant de faire une grimace. Toi, tu as besoin d'une douche chaude et d'une sieste. Va te reposer, on fera une réunion de famille à leur retour. Tout le monde va bientôt être au courant de ce qui se passe. On doit discuter tous ensemble d'un plan d'action.

Cy avait raison. Quelqu'un, dehors, voulait notre peau à *tous*. Jamais notre famille ne permettrait qu'il soit fait du mal à l'un des nôtres. Ni aux membres qui étaient liés par le sang, ni à ceux qui l'étaient par l'amour.

18

NULLE PART AILLEURS

EMRYS

J'avais mal dormi la nuit précédente.

Plus vite que je ne l'aurais cru, je m'étais habituée à la chaleur du corps de Sutton pressé contre le mien dans l'obscurité. J'adorais sa façon de mettre sa jambe par-dessus la mienne pour me clouer au matelas ; son bras musclé en travers de ma poitrine me serrait fort contre lui, m'empêchant de bouger. Moi qui ne m'étais jamais sentie ancrée à rien de concret, je n'arrivais pas à croire qu'un Sutton Warner fasse tout pour que je sois exactement là où il l'avait choisi. Moi qui n'avais jamais voulu me sentir liée à personne, je ne me lassais pas de me réveiller à son côté. Sans sa chaude présence, je tournais et me retournais dans le lit, agitée, incapable de trouver le sommeil. Lorsqu'à mon réveil il n'était toujours pas rentré et que Cyrus n'avait pas donné de nouvelles, j'ai cru mourir d'angoisse.

À la quatrième fois que Daye m'a rappelée à l'ordre parce que je n'arrivais pas à me concentrer sur le livre que nous lisions ensemble, à la troisième fois que Leo m'a dit qu'elle n'avait pas plus de nouvelles et à la seconde fois que Brynn m'a chassée de sa cuisine, je me suis résolue à vider ma valise et à laver mes vêtements. Puis j'ai rangé ma chambre de fond en comble, si bien qu'on n'y trouvait plus un grain de poussière. J'ai même appelé ma mère au téléphone – une conversation pénible et formelle. Je sentais approcher le moment où il me faudrait affronter tout ce que j'avais fui depuis si longtemps. Mes parents avaient le droit de savoir que j'avais touché le fond, mais qu'à présent je remontais doucement la pente. Le droit de savoir d'où venaient mes cicatrices. Je voulais que mon père sache que je m'étais battue jusqu'au bout, comme il me l'avait appris.

Il ne restait plus rien à nettoyer, plier ou ranger. J'ai donc décidé de prendre une douche dans l'espoir que l'eau chaude soulagerait la tension dans ma nuque et ma légère migraine. Je commençais à être à court d'idées pour tuer le temps quand, enfin, nous avons eu des nouvelles de Sutton. La douche n'était qu'un exutoire pour m'empêcher de perdre définitivement la tête et foncer en ville recueillir moi-même des informations auprès du shérif.

Les mains dans mes cheveux lourds et mouillés, j'ai entendu grincer la porte de la salle de bains. Puis la porte s'est ouverte avec fracas. L'instant d'après, j'étais acculée contre le carrelage froid du mur de la douche et un cow-boy tout habillé et trempé se tenait devant moi. Le corps massif de Sutton vibrait tant il était ému, et j'ai d'abord pensé que c'était le soulagement d'être enfin rentré à la maison. Mais il m'a suffi d'un regard pour comprendre qu'un sentiment beaucoup plus violent agitait son corps.

Ses mâchoires étaient crispées, ses dents serrées. Ses joues étaient en feu. La fureur lui faisait plisser les yeux. Ses cheveux blonds mouillés lui collaient au front. Avant que j'ai pu lui demander ce qui n'allait pas, il m'a renversé la tête en arrière et plaquée contre le mur pour glisser sa jambe entre mes cuisses. Son jean trempé était rugueux contre ma peau.

J'ai été tellement surprise par sa soudaine apparition et par l'expression farouche qui déformait son beau visage que je n'ai trouvé à dire qu'une remarque évidente et ridicule :

– Tu vas mouiller tes bottes, cow-boy.

Son pouce a caressé avec rudesse ma lèvre tandis qu'il attrapait mes poignets pour lever mes bras au-dessus de ma tête. Corps contre corps.

– Ne pars pas, Em, a-t-il lâché d'une voix rauque, brisée.

Chaque mot paraissait lui avoir été arraché du fond de l'âme. Il a baissé ses longs cils piquetés de gouttes d'eau.

– Quand je t'ai demandé de partir la dernière fois, tu m'as écouté. Et je prie pour que tu fasses la même chose aujourd'hui. Même si je n'ai pas toujours été correct avec toi, je te demande de rester avec moi, a-t-il poursuivi en déplaçant sa main pour serrer mon cou, son pouce sur ma veine battante. Laisse-moi une chance de te montrer que tu as bien fait de rester.

Il a baissé son front contre le mien. Quand ses lèvres ont effleuré ma bouche, j'ai soupiré son nom. Ses mots me coupaient le souffle et me paralysaient alors que mon corps, lui, commençait à s'enflammer et à se raidir d'excitation. Il était sexy en diable, trempé jusqu'aux os et comme au bord de la folie. Ça exaltait son charme sauvage, et un désir brûlant et irrépressible m'a envahie : j'étais sa captive, il pouvait faire de moi ce qu'il voulait. Je ne pourrais m'en aller que quand il l'aurait décidé.

– Je m'en fous d'avoir été embarqué par Rodie hier. Pareil pour les habitants de cette ville et leurs mensonges abjects contre Alexa et moi. Si une arme était braquée sur toi, je me jetterais sans hésiter sur sa trajectoire pour te sauver. Mais quand j'ai vu ta valise sur le lit en entrant dans la chambre, quand j'ai vu que tu avais rangé toutes tes affaires, mon cœur s'est arrêté de battre. J'ai cru mourir de désespoir à l'idée que tu t'en allais. Si tu pars, je ne veux pas continuer à vivre.

Il a scellé ses paroles d'un baiser passionné. Ses lèvres ont écrasé sauvagement les miennes et il a fourré sa langue dans ma bouche, comme pour m'empêcher de répondre. Sa main a glissé sur ma poitrine, puis sous mon cœur qui battait à tout rompre. Avec un gémissement, il a libéré ma bouche pour m'embrasser le visage. Sa barbe a frotté contre ma joue et il a chuchoté à mon oreille :

– Ton cœur aussi est meurtri, Em. Il a trop souffert. Laisse-moi une chance d'en prendre soin. Je te confie les parties de moi que tu collectionnes depuis le départ. Tu les as trouvées, tu as le droit de les garder.

Je voulais le toucher, effacer d'un geste doux les rides qui plissaient les coins de ses beaux yeux. J'ai essayé de me libérer de son étreinte mais il ne lâchait pas mes poignets. Il ne me restait plus qu'à enrouler ma jambe autour de sa taille pour le rapprocher de moi. J'ai pressé mon bassin contre son membre dressé sous le jean mouillé, cherchant à soulager le tiraillement dans mon entrecuisse.

– Je ne vais nulle part, Sutton, ai-je dit en lui rendant son baiser. Même si tu changes d'avis et que tu me demandes de partir, je ne t'obéirai pas. J'ai cru devenir folle pendant qu'on attendait d'avoir de tes nouvelles. J'ai voulu ranger ma chambre pour tuer le temps. J'avais vidé ma valise pour laver mes vêtements… Le seul endroit où je veux être, c'est ici, auprès de toi.

Il a fait un mouvement et ses bottes ont produit un bruit mouillé. Levant mon autre jambe, je me suis mise à califourchon sur sa taille. Il a fini par lâcher mes bras pour me tenir par les fesses. Profitant d'avoir les mains libres, je lui ai ôté son T-shirt. J'ai soupiré à la vue de son torse parfait ruisselant d'eau.

– J'étais venu te demander de partir, a-t-il murmuré. Les choses prennent une sale tournure et j'ai eu peur de ne pas pouvoir te protéger. Mais dès que j'ai compris que c'était peut-être la dernière fois que je te voyais, j'ai eu l'impression de m'effondrer de l'intérieur. Je croyais ne plus jamais avoir aussi mal qu'après le coup de feu, mais ce n'était rien comparé à la douleur de te voir partir. Sans toi, je n'arrive même pas à respirer correctement. Ma vue se trouble quand tu n'es pas avec moi. Même mon cœur ne sait plus comment battre. J'ai besoin de toi pour vivre, Em. Sans toi je suis juste un automate, un automate défectueux.

Ses mots ont eu plus de pouvoir sur moi que ses mains qui me tenaient captive. Je voulais qu'il ne desserre jamais son étreinte. Je voulais suffoquer dans ses bras puissants, sentir que j'avais enfin un pilier solide et ancré au sol auquel m'accrocher.

J'ai enlacé ses épaules. Il a fondu sur mes lèvres et nos dents se sont entrechoquées tandis que sa langue fouillait ma bouche sans ménagement. Cette fois, ce n'était pas par désir de taire mes mots. Il cherchait à me faire gémir de plaisir et à m'entendre murmurer son nom. Il a glissé son pouce sur ma lèvre, et sa caresse mêlée à son profond baiser a envoyé une décharge dans mon corps.

Jambes serrées autour de sa taille, j'ai caressé son torse musclé en soupirant de désir. La boucle de sa ceinture était chaude et glissante entre mes doigts tandis que j'essayais de lui enlever son jean. Mais le cuir mouillé résistait, sans compter que j'étais incapable de détacher mon regard de son énorme érection moulée dans le tissu en denim trempé. Une vision hypnotique, digne d'un calendrier sexy… classé X. Il n'avait pas besoin d'un mignon poulain pour faire fondre les femmes. Tout ce dont il avait besoin, c'était de son sourire carnassier et de ses abdos en tablette de chocolat. Son jean taille basse et ses bottes détrempés ajoutaient une touche en plus à l'érotisme de la vision.

Gémissant de frustration, je me débattais avec le jean récalcitrant. Mes mains caressaient son membre, mais seulement à travers le denim. Sutton a ri de mon impatience et m'a soulevée plus haut contre le mur, m'y plaquant durement afin d'enlever lui-même les vêtements qui faisaient barrage à l'assouvissement de mon désir. Enfin, il a fait glisser son pantalon sur ses cuisses.

Chevilles croisées derrière ses reins, mes talons labouraient ses fesses fermes. J'ai renversé la tête en arrière et lâché un long râle quand il a embrassé ma poitrine. Sa langue a suivi le tracé irrégulier d'une de mes cicatrices, avant de s'enfouir entre mes seins pour les lécher avec avidité. Mes tétons dressés semblaient le regarder en face, en quête désespérée d'attention. Il s'est empressé de répondre à leur muette supplique, un pouce cerclant le mamelon durci tandis que sa bouche suçait et mordillait l'autre. Au contact de ses dents, je me suis arquée et mon bas-ventre a écrasé sa queue raide et gonflée.

Il m'a soulevée encore et sa verge s'est logée contre ma fente trempée non pas à cause de l'eau qui coulait, mais de l'homme devant moi. J'avais déjà envie de lui quand il avait été sur le point de me renvoyer chez moi. À présent, je brûlais qu'il me prenne, maintenant et pour toujours. Il m'avait dit ne pas pouvoir vivre sans moi. Je ressentais la même chose. À son côté, j'avais l'impression d'avoir enfin un but. Grâce à lui, je savais ce que je voulais. Il m'aidait à l'obtenir. J'avais le sentiment qu'il serait toujours là pour moi.

Son gland est venu titiller mon clitoris et mes yeux se sont révulsés. M'agrippant à ses cheveux mouillés, j'ai gémi son nom tandis qu'un long frisson parcourait mon corps. Il a étouffé un grognement et son bassin s'est mis à faire des va-et-vient, branlant mes lèvres gonflées et humides de son gland épais. Mon corps fébrile réclamait sa queue tout entière, mon sexe vibrait de plaisir et de frustration entremêlés. J'ai enfoncé mes talons dans son cul et lui ai tiré sèchement les cheveux pour le rappeler à l'ordre.

– Arrête de jouer et baise-moi.

Il a haussé les sourcils et son visage s'est illuminé d'un sourire que je ne lui avais jamais vu auparavant. Ce n'était plus le beau cow-boy ténébreux et maussade, c'était un homme sublime qui irradiait la joie de vivre. Cette vision m'a déchiré le cœur. Même s'il portait à merveille ses recoins obscurs, rien n'allait mieux à Sutton Warner que le bonheur.

– J'aime les femmes qui expriment leurs désirs, a-t-il dit en m'embrassant tandis que ses hanches reprenaient leur langoureux va-et-vient. Dis-moi ce que tu veux, Em.

– Je te veux, toi. Je veux tout ce qui vient avec toi.

Ses humeurs changeantes. Ses choix hasardeux et son indéfectible loyauté envers ceux qu'il aimait. Son passé compliqué et son avenir incertain. Sa famille unie jusqu'à la mort. Son adorable petite fille. Et sa bite superbe, qui se frayait à présent un chemin dans le sillon entre mes fesses.

– Moi aussi je te veux tout entière. Même quand je pensais que je ne te reverrais plus jamais, j'avais envie de toi, rien que toi, a-t-il dit en me regardant droit dans les yeux.

Soudain, son manche a pénétré ma chatte offerte et trempée. Mon corps a frémi contre le sien et ma bouche s'est ouverte en grand quand il a glissé deux doigts entre mes lèvres. Ses yeux brillaient d'un éclat surexcité et, de son sourire carnassier, il m'a ordonné :

– Suce.

Obéissante, j'ai sucé ses doigts tandis qu'il me pilonnait en rythme avec mes coups de langue. Le bruit mouillé de nos corps cognant l'un contre l'autre a noyé tout le reste. Quand Sutton a mis un autre doigt dans ma bouche, j'ai fermé les yeux pour mieux goûter la sensation d'être envahie par lui et de lui appartenir. La main qui me portait creusait tellement fort dans la chair tendre entre mes cuisses que j'ai su que j'allais avoir des bleus sous le cul pendant des jours. Je suçais ses doigts comme il aimait que je le fasse avec sa queue. La façon dont il ne cessait de gémir mon nom était la preuve que je ne m'en sortais pas si mal.

Pénétrante et rigide, sa bite me cognait si fort que mes cuisses étaient crispées autour de sa taille tandis que des vagues de plaisir déferlaient sur mon corps avec la puissance d'un raz-de-marée. J'en perdais la tête, la notion du temps, de l'espace. Jamais je n'avais ressenti un tel embrasement avant que Sutton Warner prenne possession de moi.

Brusquement, il a retiré ses doigts.

– Ouvre les yeux, m'a-t-il intimé, puis, une fois que j'ai obtempéré : Mets ta main entre tes jambes.

Sa voix était rauque et autoritaire contre ma bouche. Avant d'obéir à son ordre, j'ai d'abord joué avec mon téton, puis j'ai saisi la base de sa queue. Avec un gémissement, il a accéléré ses coups de bassin tandis que je branlais son membre pilonneur.

Lorsque mes doigts ont touché mon clitoris, mon corps s'est raidi en un spasme violent. Il a souri et s'est pressé contre ma poitrine. J'adorais la façon dont nos peaux frottaient l'une contre l'autre et dont la pointe de mes seins balayait les muscles saillants de son torse. C'était bon, et je le lui ai dit. D'ailleurs, ce n'était pas comme si j'arrivais à dissimuler mon plaisir. Ma chatte était trempée sur son sexe qui m'empalait. Je sentais l'odeur de notre excitation. Nos corps incandescents se consumaient avec chaque caresse.

– Je te veux tout entière, Emrys. Je veux voir ma bite entre tes seins pendant que tu lèches mon gland.

J'ai eu un hoquet de surprise et l'ai fixé avec de grands yeux. Puis sa main s'est faufilée jusqu'à mon cul et je me suis raidie involontairement quand ses doigts ont commencé à fouiller cette zone que je ne lui avais pas encore permis d'explorer.

– Je veux te voir courbée en deux, cul en l'air, et je veux te prendre en levrette, a-t-il poursuivi tandis que ses doigts se faisaient plus insistants à l'arrière. Je veux te prendre par les cheveux et te baiser jusqu'à ce qu'on voie trouble tous les deux. Puis je veux te baiser encore et encore. On sera tellement courbaturés et à vif qu'on ne pourra plus bouger.

Je ne sais pas comment il a fait pour que son programme paraisse aussi excitant, mais il a réussi. J'ai cessé de lutter contre l'invasion de ses doigts dans mon corps. J'avais du mal à respirer tellement j'étais saturée de sensations : sa bite qui allait et venait en moi, mes doigts qui cerclaient mon clitoris, enfin le plaisir intense et inédit de ses doigts me pénétrant par-derrière. J'avais l'impression d'être tendue au maximum, que mon corps ne pourrait résister à cette tension. J'ai fermé les yeux tandis qu'il me pilonnait de toute la force de ses doigts et de sa queue. J'ai cru que j'allais perdre l'esprit lorsque sa bouche a pris la mienne pour la baiser de toute sa langue et de toutes ses dents. Haletante, j'ai senti sa langue se calquer sur le mouvement de ses doigts dans mon cul et j'ai eu l'impression d'être en suspension au-dessus d'un précipice, au bord de l'orgasme.

J'ai crié son nom et mon corps s'est affaissé contre le sien. Il a accroché mes genoux par-dessus ses bras, me laissant béante et écartelée alors qu'il me ramonait jusqu'à atteindre lui-même l'orgasme. Ses hanches ont tressauté et son baiser s'est transformé en râle profond. Puis son regard est devenu vitreux. C'était chaud.

L'eau, non.

À un certain moment pendant nos ébats, l'eau était devenue froide et nous étions à présent sous un jet glacé. J'ai frissonné contre Sutton dont le corps détrempé était plus froid que le carrelage dans mon dos. Avec un raclement de gorge, il a éteint le robinet avant de s'essuyer le visage. Puis il a repoussé les cheveux que j'avais devant les yeux, et je me suis sentie fondre quand ses lèvres se sont posées délicatement sur mon front et qu'il m'a soufflé :

– Tu comptes énormément pour moi, Em.

– Je sais. Tu as ruiné tes bottes pour moi, ai-je souri.

Il s'est retiré en riant. La boucle de sa ceinture était froide contre ma peau lorsqu'il a remonté son jean sur ses hanches étroites. Yeux baissés, il fixait mes jambes encore tremblantes. Suivant son regard, j'ai senti ma respiration se couper en voyant une nouvelle fois la preuve de nos ébats torrides couler lentement entre mes cuisses. On s'était encore jetés l'un sur l'autre sans réfléchir aux conséquences de nos actions. Une chance qu'il veuille que je reste auprès de lui, parce qu'à ce rythme, nous allions être unis par quelque chose, ou plutôt par quelqu'un, qu'aucun de nous n'était encore prêt à recevoir.

Comme la dernière fois, il a poussé un soupir et tendu la main pour essuyer l'intérieur de mes cuisses.

– J'avais prévenu Cyrus que je n'arrivais pas à réfléchir correctement quand tu étais là. Que tu étais dangereuse. Il m'a dit que c'était bien d'avoir une distraction parce qu'au moins, pendant ce temps, je n'étais pas en train de penser à moi. Mais je continue à ne pas faire très attention à toi, Em.

Il a ouvert la cabine de douche et saisi deux serviettes éponge. M'en tendant une, il s'est frotté la tête et les épaules. J'étais en train de m'essorer les cheveux quand je lui ai dit :

– Tu fais très bien attention à moi. C'est comme ça qu'on a fini ici.

C'était vrai. Il me faisait perdre la tête dès qu'il posait les mains sur moi. Il m'a lancé un regard indéchiffrable et m'a répondu d'un ton mortellement sérieux :

– Je vais faire de mon mieux pour ne pas te décevoir. Tu ne vas peut-être pas me croire, mais je te jure que tu peux compter sur moi. Moi aussi, je veux tout ce qui vient avec toi.

– Du moment qu'on affronte ensemble ce qui nous attend, le meilleur comme le pire, je crois que ça ira.

C'était ce que j'avais toujours désiré : quelqu'un sur qui compter, quelqu'un qui me fasse avancer et me pousse hors de mes retranchements. J'étais fatiguée d'être toujours celle qui contrôlait la situation. Il m'a attrapée doucement par les cheveux et m'a serrée contre lui pour m'embrasser.

– En parlant de ce qui nous attend, on était censés avoir une réunion de famille en bas. Il faut que je vous explique toute la situation. On a du nouveau. Il va falloir qu'on soit tous extrêmement vigilants. Je sais maintenant que je ne te laisserai pas partir, et il faut que tu saches que tu es en danger.

J'ai à peine entendu le reste de ses paroles, trop focalisée sur le fait qu'il m'avait incluse dans sa réunion de famille. Il me faisait une place parmi eux. Il allait veiller sur moi et me protéger au lieu de me demander de partir. Il avait tort de penser qu'il ne me donnait aucune preuve de son amour. Il venait de me la tendre sur un plateau d'argent.

19

DISPARUE

SUTTON

Quand Emrys et moi sommes finalement redescendus, je m'attendais à ce que tout le monde soit réuni à la grande table de la salle à manger. Ça faisait longtemps qu'on n'avait pas tenu un conseil de famille. À présent nous étions encore plus nombreux, même si tout le monde ne portait pas notre patronyme. Malgré les tragédies et les désastres, notre famille s'étendait. Les femmes étaient assez fortes pour supporter nos cieux pas toujours cléments et notre rude quotidien. Elles avaient mérité leur place parmi nous ; il faudrait plus qu'un peu de sang et de larmes pour les faire partir. À ma grande surprise, la salle à manger était vide. L'activité et le raffut semblaient se concentrer sur le porche devant la maison.

Brynn était au téléphone, le visage crispé et soucieux. Cyrus discutait avec une jolie blonde à l'entrée. Je n'avais pas revu Tennyson McKenna depuis mon hospitalisation, mais comme à son habitude, elle faisait forte impression. Elle était encore plus grande qu'Emrys, avec des courbes à faire pâlir un mannequin de lingerie. Grâce à son boulot de garde forestier, elle se maintenant en excellente forme physique, si bien qu'elle paraissait avoir dix ans de moins que Cyrus alors qu'ils avaient le même âge. Ses cheveux blonds étaient ramassés sous une casquette de base-ball à motif camouflage. Ses yeux verts fixaient intensément mon frère aîné en train de lui dire qu'il lui fallait se mettre en quête de Lane.

C'est seulement à cet instant que je me suis rendu compte que mon petit frère et ma fille n'étaient pas encore rentrés de leur promenade. Avec Emrys, j'avais perdu la notion du temps, mais en notant la mine inquiète de Cyrus et ses gestes brusques, j'ai compris qu'ils auraient dû être rentrés à la maison.

Sans dire un mot à personne, je suis remonté à l'étage pour enfiler mes bottes. La paire mouillée était la première en vue, il faudrait donc que je m'en accommode. J'ai fait une grimace lorsque mon pied a touché le cuir froid et humide, mais l'heure n'était pas aux pleurnicheries ni aux simagrées. J'ai senti monter un vent de panique à l'idée que mon frère et ma fille avaient disparu. Les vieilles habitudes ont la peau dure. J'ai dû me faire violence pour ne pas me reprocher d'avoir été distrait par Em au lieu de surveiller ma petite fille. Je savais que Lane se ferait tuer avant qu'il n'arrive du mal à mon enfant, et c'était justement la raison de mon angoisse. S'il était arrivé quelque chose à Daye, ça signifiait que Lane avait été mis hors circuit. À cette pensée, mon sang s'est glacé et j'ai été parcouru d'un frisson de terreur si violent que j'ai cru m'évanouir.

Alors que je me précipitais dans l'escalier, Leo m'a arrêté en posant une main sur mon coude. Elle me dévisageait en se mordant la lèvre presque au point de la faire saigner.

– Ça fait une demi-heure que Brynn essaie de joindre Lane. Ils étaient censés rentrer pour le déjeuner. Peut-être qu'il ne reçoit pas les appels à cause de la mauvaise connexion. Ou bien sa batterie s'est déchargée et ils n'ont pas vu le temps passer.

– Tu as essayé de les géolocaliser ?

Tous nos téléphones portables étaient équipés d'un suivi GPS. C'était parfois le moyen le plus simple pour se localiser mutuellement au sein de notre immense propriété.

Leo a acquiescé nerveusement.

– Cy a essayé mais le téléphone de Lane n'apparaît pas. C'est pour ça qu'il a fait venir Ten. Il pense qu'elle est la seule capable de trouver ton frère.

J'ai retenu de justesse la réponse cinglante qui me brûlait les lèvres. Elle essayait d'apaiser mes craintes de peur que je sombre à nouveau dans la folie. Je me noyais depuis si longtemps. Maintenant que je sortais la tête de l'eau, ma famille refusait de me laisser couler une nouvelle fois.

– Peut-être aussi qu'il ne répond pas parce que quelque chose ou quelqu'un l'empêche de le faire. Où a-t-il emmené Daye ?

– Je crois qu'ils comptaient seulement faire un aller-retour jusqu'à la rivière. Daye était exténuée. Les événements des derniers jours l'ont mise à rude épreuve.

Leo a lâché mon bras et m'a suivi alors que je me ruais hors de la maison. Devant l'entrée étaient stationnés deux quads dont on se servait pour vérifier les enclos et tirer des remorques quand il nous fallait nourrir les bêtes. Ils étaient plus rapides qu'un cheval et n'avaient pas besoin d'être harnachés. C'était mauvais signe de voir Ten à l'arrière du quad de Cy. Elle n'avait pas son égale pour retrouver les personnes égarées en pleine nature. Si Cy lui avait demandé de l'accompagner, c'est qu'il pensait la même chose que moi : Lane ne répondait pas pour une raison qui ne présageait rien de bon.

Sans même enfiler de casque et de protections, nous avons fait hurler les moteurs en échangeant un regard déterminé. Nous ne connaîtrions pas de repos avant d'avoir réuni tous les membres de notre famille. Le quad a fait un léger rebond quand elle s'est appuyée sur mon épaule pour s'installer derrière moi. Son corps était chaud contre mon dos. J'ai ressenti une vague de soulagement quand ses bras ont enlacé ma taille. J'aurais voulu lui dire de m'attendre à la maison. La balade risquait d'être tout sauf tranquille. Je ne voulais pas me faire du souci pour elle en plus des angoisses qui m'agitaient.

J'ai été incapable de lui dire de partir.

Je ne voulais pas qu'elle s'en aille. Avec elle à mes côtés, je me sentais plus fort. Je me foutais de ce qu'on pouvait penser de moi pour la mettre ainsi en danger. Si nous devions traverser le feu, nous allions affronter les flammes et brûler ensemble.

Elle m'apaisait. Le contact de son corps m'aidait à rester concentré sur ma mission plutôt que de me perdre en sombres conjectures à imaginer les pires scénarios. Pour le bien de ma famille, il fallait que je garde la tête froide. Elle était mon garde-fou, un barrage contre le précipice vers lequel j'étais prêt à plonger tête la première. Elle remettait de l'ordre dans le chaos qui m'agitait. Emrys calmait la tempête qui faisait sans cesse rage en moi. Grâce à elle, je pouvais me donner corps et âme à ma mission : retrouver ma fille et la protéger. Lui porter secours. Mon enfant avait besoin de moi. Je ne devais pas la laisser tomber.

Nous sommes partis dans un jet de gravillons et de poussière, les mini-cailloux mordant mes bras nus. Cy m'a fait un signe de main pour m'avertir qu'il allait prendre une route en amont de celle qu'on empruntait habituellement pour rejoindre la rivière. En nous séparant, nous pouvions couvrir davantage de terrain en moins de temps, mais j'ai ressenti une inquiétude irrationnelle à l'idée de ne plus l'avoir dans mon champ de vision. J'aurais voulu garder tous les êtres que j'aimais sous les yeux. J'aurais voulu les avoir à portée de main et les toucher, sentir les battements de leur cœur, les savoir en sécurité.

Emrys a agrippé ma taille quand j'ai pris un virage particulièrement serré qui a fait déraper dangereusement le quad. Je lui ai jeté un regard d'excuse par-dessus mon épaule. Je n'allais pas aider Daye ou Lane en nous mettant hors jeu avant même d'avoir commencé la partie. Et je ne me pardonnerais jamais d'avoir fait du mal à Emrys. Prenant une profonde inspiration, je me suis incité à la prudence.

Le trajet jusqu'à la rivière a pris deux fois moins de temps qu'à dos de cheval. Dès que nous sommes entrés dans la clairière où le grondement de l'eau étouffait celui du moteur de mon quad, mon cœur a fait un bond de panique et mon estomac s'est retourné. L'Appaloosa tacheté de Lane se tenait seul au bord de la rive. La bête massive paraissait indemne, mais elle a piaffé nerveusement à la vue de notre engin. Il était impensable que mon frère ait pu abandonner sa monture, à moins d'avoir fait une mauvaise rencontre. J'ai commencé à avoir vraiment peur.

Lançant un rapide coup d'œil à Em par-dessus mon épaule, j'ai lu dans ses yeux la même frayeur que celle que je ressentais. Soudain, elle a étouffé un cri et enfoncé ses doigts dans mon ventre. Le cheval venait de bouger, révélant à ses pieds un corps inerte à moitié submergé dans l'eau. J'ai immédiatement reconnu les cheveux noirs et le corps athlétique revêtu d'une chemise en jean ensanglantée. C'étaient ceux de mon petit frère, qui se vidait lentement de son sang sous le vaste ciel du Wyoming. Mon pire cauchemar devenait réalité. Lane était blessé et Daye, introuvable.

J'étais choqué que mes jambes flageolantes me soutiennent encore lorsque j'ai sauté du quad pour foncer vers mon petit frère en hurlant son nom. J'ai crié à Em d'appeler le ranch. Mais même à cette distance, je voyais que la blessure était trop grave pour qu'on puisse se permettre d'attendre les secours. S'il respirait encore, il ne survivrait jamais au trajet jusqu'au ranch.

Les bottes dans l'eau, je me suis agenouillé auprès de Lane. Son visage était tourné vers moi et une vilaine coupure balafrait son front. La blessure saignait abondamment, colorant de rouge tout le côté visible de son visage. Ses cheveux et ses vêtements étaient détrempés. À voir ses mains en sang, on devinait que Lane avait rampé hors de l'eau à la seule force de ses doigts. J'ai poussé un hurlement sauvage qui a résonné autour de nous, effrayant les oiseaux qui se sont envolés à tire-d'aile des arbres environnants.

J'ai posé une main tremblante sur son visage. Sa peau avait la pâleur de la mort mais sa poitrine montait et descendait par saccades irrégulières. Bien que son pouls soit très faible, il était vivant. Non, il n'était pas encore mort, et c'était la seule chose à laquelle j'allais me raccrocher. En le détaillant de près, j'ai remarqué que sa chemise était trouée sur le côté, juste au niveau des côtes. Du sang s'en écoulait. Pour avoir subi la même chose, je savais à quoi ressemblait une blessure par balle. Je savais aussi qu'une balle pouvait causer des dégâts irréversibles aux organes internes, même si la blessure paraissait superficielle. La vie de Lane ne tenait qu'à un fil.

Hurlant de tous mes poumons, j'ai laissé retomber ma tête. On aurait dit qu'elle pesait des tonnes. Le désespoir et la douleur étaient en train de me faire sombrer dans un abîme si obscur que j'ai cru que je ne reverrais plus jamais la lumière du jour.

– Lane, où est Daye ? Si tu m'entends, je t'en prie, dis-moi où elle est et si elle va bien.

On leur avait tendu une embuscade. Quelqu'un avait attendu l'occasion pour les piéger. Quelqu'un essayait de détruire ma vie en m'ôtant ma liberté. Mon petit frère allait peut-être mourir pour avoir voulu protéger le pivot de mon existence : ma fille. Il avait défendu ma petite fille au détriment de sa vie.

– J'ai eu Leo. Elle a appelé les secours et le shérif. Ils arrivent.

Em venait de s'agenouiller de l'autre côté de Lane. Sa lèvre tremblait mais les larmes qui embuaient son regard refusaient de couler. Retirant la chemise écossaise qu'elle portait par-dessus son débardeur noir, elle s'en est servie pour comprimer la blessure sur le torse de Lane.

– On lui a tiré dessus ?

Éperdu, j'ai hoché la tête, les doigts recroquevillés sur la main glacée de Lane.

– Quelqu'un l'a tabassé et lui a tiré dessus. Puis on l'a balancé dans la rivière, d'où Lane a réussi à sortir en rampant. Il a toujours été le plus endurci de nous trois. Il n'a pas cillé quand notre mère est partie. C'est le seul qui a dit qu'on était mieux sans elle, ai-je dit en essuyant en vain le sang sur son visage blême. Il a pris une balle pour ma fille.

– Évidemment qu'il l'a fait, a-t-elle soupiré en caressant les cheveux trempés de Lane.

Soudain l'œil tuméfié de Lane a cligné. Puis mon frère a laissé échapper un râle et tenté de soulever la tête.

Emrys lui chuchotait des paroles réconfortantes tandis que je répétais son nom en boucle à son oreille. Em a secoué la tête avec un air affolé.

– Je crois que son poumon est touché. C'est mauvais. Il faut qu'on recouvre la blessure avec quelque chose de fin et de souple afin d'empêcher l'air d'entrer dans la poitrine jusqu'à l'arrivée des secours.

– Qu'est-ce que tu veux dire par quelque chose de fin et de souple ?

– L'idéal serait de la cellophane mais je doute qu'on ait ça sous la main. L'emballage plastique d'un paquet de cigarettes ferait l'affaire, mais tu ne fumes pas.

Je ne fumais pas mais Lane, oui, quand il était stressé ou énervé. Et comme Brynn passait de plus en plus de temps avec le cow-boy du ranch voisin, je pariais qu'il avait un paquet dans son sac de selle. Notre père avait fumé ses deux paquets quotidiens, et il en était mort. Aucun de nous ne voulait faire de la cigarette une habitude. Aujourd'hui, ce vice allait peut-être lui sauver la vie.

J'ai couru jusqu'à son cheval qui nous observait avec méfiance. Il a henni doucement quand je me suis approché. J'ai tapoté son encolure en lui chuchotant que tout irait bien. J'espérais qu'il me croyait, parce que moi j'en doutais. Rien n'allait. J'avais l'impression que le monde vacillait et échappait à tout contrôle. Je sentais l'abîme s'ouvrir sous mes pieds, et j'étais tenté de m'y précipiter. Mais je n'en avais pas le droit. Il fallait que je retrouve ma fille. Elle avait besoin de moi, c'était la seule chose qui comptait.

Le cheval s'est agité nerveusement quand j'ai fouillé les sacs en cuir qui pendaient de chaque côté de la selle. À la vue du nom de mon frère gravé sur le cuir, ma gorge s'est serrée et mes mains sont devenues plus fébriles à mesure que je fouillais dans les sacs.

J'ai trouvé une flasque d'alcool ainsi qu'une lampe torche et une gourde. J'ai extrait un chargeur de téléphone et un ouvre-bouteille. Un briquet et des allumettes. Tout au fond, il y avait une photo de Brynn et lui enfants, dans un petit cadre argenté. Je n'ai pas eu le temps de réfléchir à ce que ça signifiait. Dans l'autre sac, juste au-dessus d'une chemise de rechange, il y avait un paquet de cigarettes entamé. Avec des doigts tremblants, j'ai retiré le film de protection.

J'ai couru rejoindre Emrys, qui était penchée au-dessus de Lane et lui parlait à voix basse. Lorsque je lui ai tendu le plastique, elle a poussé un soupir de soulagement, puis elle m'a ordonné d'ôter mon T-shirt. Elle m'a demandé de relever la chemise de Lane afin d'examiner la blessure, utilisant ensuite mon T-shirt pour éponger soigneusement le sang. Nous avons tous les deux retenu notre respiration quand elle a posé délicatement le film plastique sur la plaie. La poitrine de Lane est montée puis descendue et sa respiration est peu à peu devenue régulière. On aurait dit qu'il respirait comme s'il était sous l'eau, mais son œil a arrêté de cligner et ses gargouillements ont cessé.

Penché au-dessus de lui, j'ai adressé une prière silencieuse à l'instance divine qui, jusqu'à présent, veillait sur moi. Notre famille avait connu beaucoup de tragédies, celle-ci était l'une des pires.

– B… ur… ke.

J'ai relevé brutalement la tête au mot que Lane venait de dire.

– Burke ? ai-je répété avec un coup d'œil à Emrys. Qu'est-ce qu'il a fait, Lane ?

Ses lèvres ont remué sans un son puis sa tête a roulé sur le côté.

Sous le choc, Emrys et moi sommes restés un instant à nous dévisager, jusqu'à ce qu'elle murmure :

– Tu devrais l'appeler.

Mes doigts étaient gourds et j'ai fait tomber le téléphone deux fois avant de trouver le numéro de Burke dans mes contacts. Elle me regardait avec anxiété, guettant le moment où j'allais basculer définitivement dans la folie, mais je me sentais étrangement calme. Il fallait à tout prix que je garde mon sang-froid si je voulais ramener Daye saine et sauve à la maison. Alors seulement, je pourrais m'effondrer.

Le téléphone sonnait dans le vide.

J'ai failli réduire l'appareil en miettes quand la messagerie vocale de Burke s'est enclenchée et que j'ai vociféré : « Rappelle-moi » dans le combiné sans prendre la peine de donner mon nom. De rage, je m'apprêtais à balancer le téléphone dans la rivière quand Emrys a pris mon visage entre ses mains et m'a caressé doucement les cheveux, comme elle l'avait fait avec Lane.

– Si tu le jettes, il ne pourra pas te rappeler. Et si c'est lui qui a enlevé Daye, tu ne veux surtout pas faire quelque chose qui pourrait le mettre en colère.

Ses bras ont enlacé mon cou, et le brouillard qui m'enveloppait s'est dissipé pour un instant. Dans mon imagination, j'entendais toujours les appels au secours de ma fille et je continuais à sentir la panique m'envahir, mais le désespoir et la terreur qui m'asphyxiaient étaient partis. J'allais me battre, et j'allais vaincre. Capituler ne me mènerait nulle part, j'avais encore le bonheur à trouver. Jusqu'ici, j'avais attendu que ce soit lui qui vienne à moi.

Lorsque le téléphone a sonné, nous avons tous les deux sursauté, fixant le petit appareil métallique comme s'il s'agissait d'un serpent venimeux. L'écran affichait le nom de Burke. Prenant une profonde inspiration, j'ai répondu d'une main tremblante.

– Burke.

Il y a eu un silence à l'autre bout de la ligne, j'entendais presque mes dents claquer. Puis il a parlé.

– Quand elle était bébé, je me demandais si elle était à moi. Je n'arrêtais pas de demander à Alexa si Daye était ma fille. Je lui aurais donné tout ce que tu ne pouvais pas lui donner. Je lui promettais que je ne la laisserais jamais en plan comme toi tu faisais, mais ce n'était pas assez. C'est toujours vers toi qu'elle revenait, a dit Burke en partant d'un rire dément qui m'a glacé le sang. Quand Daye a grandi et que j'ai vu qu'elle était ton portrait craché, ça m'a fendu le cœur. Elle me rappelait chaque jour que tu avais tout ce que je voulais, mais que tu passais ton temps à le rejeter. Je suis revenu à Sheridan uniquement parce qu'elle m'a dit que tu l'avais quittée. Mais elle ne m'a pas dit qu'elle était encore amoureuse de toi. J'ai complètement changé de vie pour cette femme.

J'ai serré la main d'Emrys jusqu'à lui briser les os. Pâle, elle me regardait les yeux écarquillés.

– Je comprends ta colère. Aucun homme n'aime être rejeté. Mais ça n'a rien à voir avec Daye. Elle n'a rien fait de mal. Alexa l'a fait souffrir exactement comme toi, Burke. Daye est innocente.

J'aurais voulu lui hurler de me rendre ma fille, que j'allais le tuer pour ce qu'il avait fait à Lane. J'allais l'enterrer juste à côté de la femme qui, même morte, continuait à me faire vivre un enfer.

– Dis-moi où tu es et je viendrai la chercher, ai-je poursuivi d'un ton implorant que je n'ai pas essayé de masquer.

– Tu l'as quittée mais ce n'était pas suffisant. Tu continuais à être son seul sujet de discussion, le seul homme qu'elle voulait. Sais-tu qu'elle a même arrêté de boire après ton opération ? Quand tu es parti en roue libre à ta sortie de l'hôpital, elle voulait te soutenir et t'aider comme tu l'avais fait pour elle pendant des années. Elle faisait de son mieux pour être la femme dont tu avais besoin, mais tu n'as rien remarqué. Ton égoïsme lui a brisé le cœur.

Burke était fou de rage. Je pouvais sentir son venin à travers le combiné. Il me haïssait et voulait me faire du mal. Malheureusement, il possédait le moyen le plus sûr de me détruire, et il n'y avait rien que je puisse faire. Il fallait à tout prix que je lui reprenne ma fille.

– Puis Alexa a brisé mon cœur. Je lui ai demandé de m'épouser, je lui ai même acheté une alliance. On pouvait former une famille. Je serais un bon père pour Daye, celui qui lui manquait… Elle m'a ri au nez. Pour elle, j'étais juste un coup d'un soir. C'était le rejet de trop. Je n'ai pas supporté l'humiliation, a-t-il dit avec un profond soupir. Je ne me rappelle pas avoir sorti l'arme de sous le comptoir ni avoir appuyé sur la détente. C'était un accident. Je ne voulais pas lui faire de mal, je l'aimais. Mais je me souviens du sang et d'avoir pensé que tout était ta faute, Sutton. À cause de toi, Alexa ne m'aimait pas. C'était ta faute si elle était morte. J'aurais dû me douter que Rodie ne t'arrêterait pas pour son meurtre. Vous êtes amis depuis trop longtemps. Dommage que la pauvre Cyndi Hammond ait dû payer le prix fort de sa loyauté envers toi.

J'ai failli lui crier qu'on n'abattait personne par accident. Mais ça ne servait à rien d'essayer de ramener à la raison un fou furieux comme Burke.

– Alexa et moi ne nous fréquentions plus depuis longtemps. Quand je suis sorti de l'hôpital, je ne faisais pas attention à grand-chose. Toi-même tu as été témoin de ma chute. De toute façon je n'aurais pas accepté son aide parce que je ne voulais l'aide de personne. Ça n'avait rien à voir avec elle. Je foutais ma vie en l'air, et je le fais encore… mais j'y travaille.

J'essayais de lui rappeler que j'étais un être humain, juste un homme, comme lui. Nos blessures étaient différentes, mais la douleur restait la même. J'espérais que cette prise de conscience le retiendrait de faire du mal à ma fille pour me punir.

– Tu foutais ta vie en l'air, mais inexplicablement tu réussissais toujours à retomber sur tes pattes. Tu avais beau te saouler à mort, quelqu'un venait toujours t'arracher à ce maudit comptoir, peu importe ton ingratitude et ta méchanceté. Tu t'es tapé l'ivrogne de la ville, et tu es parvenu à lui faire une belle petite fille. La femme que tu as failli faire tuer est tombée amoureuse de toi. Tu es le suspect principal de deux meurtres, et alors même que toute la ville te croit coupable, tu sors libre de prison. Rien ne t'atteint. Comme de l'eau sur un putain de canard, aucun mal n'entache durablement Sutton Warner. Il y avait suffisamment d'opiacés dans ce verre pour assommer un cheval, mais tu continuais à bouger. Même ça, ça ne t'a pas atteint, comme si tu étais fait d'acier.

Il commençait à vraiment s'énerver. Il venait pratiquement d'avouer qu'il m'avait drogué. Soudain, j'ai réalisé qu'Em et moi n'étions plus seuls dans la clairière. Cyrus et Ten venaient de débarquer de l'autre côté de la rivière, les yeux fixés sur le corps inerte de Lane. Je voyais à leurs mines catastrophées qu'ils avaient compris la gravité de la situation. J'étais coincé au téléphone avec un psychopathe.

– Je n'ai pas fait une overdose ? Tu m'as drogué ? ai-je crié sans pouvoir retenir ma colère : je lui avais fait confiance alors que j'étais au plus bas et il avait profité de ma faiblesse.

Burke a lâché un autre rire dément.

– Au départ, je croyais que tu deviendrais accro. Tu étais déjà bien parti pour. Je pensais que faire l'expérience de l'addiction t'ouvrirait les yeux. Après tout, tu n'avais pas hésité à abandonner Alexa au moment où elle avait le plus besoin de toi, a-t-il grogné. Puis j'ai réalisé que si je voulais qu'elle revienne vers moi, il fallait que tu disparaisses, tout simplement. Pas de bol, Joel a choisi ce soir-là pour te rentrer dedans. S'il ne l'avait pas fait, ça serait de toi que toute la ville parlerait, pas d'Alexa. Ce serait de toi que ta fille ferait le deuil… pas de sa mère.

J'avais du mal à respirer, je transpirais et tremblais de partout. Ses mots étaient autant de coups de couteau qui me lacéraient.

– Où es-tu ? Où est ma fille ? Tu ne crois quand même pas t'en tirer à si bon compte ? Rodie va récupérer la vidéo du soir de la bagarre. Il va comprendre que tu m'as tendu un piège. Il va te voir ramasser ma casquette et mettre une drogue dans mon verre. N'oublie pas non plus que Lane va pouvoir t'identifier. Les Warner ont la peau dure. Tout ça va très mal finir, Burke. Et ce n'est pas ce qui ramènera Alexa.

Il était l'incarnation de l'amour fou. Il avait transformé un sentiment beau et pur en une chose néfaste et corrompue. Son amour n'avait ni queue ni tête, pourtant il s'en servait comme prétexte pour faire du mal aux autres.

– Je sais qu'elle ne reviendra pas. Je n'aurai plus jamais l'occasion de la rendre heureuse, a-t-il dit avec une amertume proche de la démence.

– Qu'est-ce que tu veux de moi ? ai-je soupiré en regardant Emrys dans les yeux. Qu'est-ce que je dois faire pour récupérer Daye ? Je ferais n'importe quoi. Si tu veux que je boive une bouteille entière de whisky empoisonné, je le ferai. Je traverserai l'autoroute sans aucune hésitation. Si tu veux, je peux hurler à toute la ville que j'ai tué Alexa et Cyndi. Je me séparerai de la femme brune s'il le faut.

Emrys a retenu un cri et le sang a quitté son visage. Mais l'éclat de ses yeux m'indiquait qu'elle comprenait. Je ne voulais pas à lui faire de peine, mais si la vie de ma fille était à ce prix, je n'hésiterais pas. S'il arrivait quoi que ce soit à Daye, il ne me resterait de toute façon plus aucun amour à donner.

– Je ferai tout, Burke. Tout ce que tu veux. Mais je veux ma fille saine et sauve, ai-je poursuivi d'une voix brisée tandis qu'une larme solitaire coulait sur ma joue.

– Je sais que tu feras tout ce que je veux, parce que tu n'as pas le choix, a-t-il dit en partant d'un rire hideux qui m'a retourné l'estomac. Viens au bar. Je t'échange ta fille contre ta nouvelle petite amie. Mais viens seul, Warner. Si je vois ne serait-ce que l'ombre de tes frères ou du shérif, tu récupéreras ta jolie petite fille en pièces détachées. Comme tu l'as justement remarqué, je n'ai plus rien à perdre à ce stade. Alors que toi…

Il a raccroché et j'ai laissé tomber le téléphone par terre. Cyrus me pressait pour avoir des informations tandis que Ten, penchée au-dessus de Lane, hurlait des ordres au téléphone. Je l'ai vaguement entendue demander quand l'hélicoptère serait là, mais je nageais dans un brouillard épais. J'avais le souffle coupé, comme si je venais de courir un marathon, j'étais incapable de me concentrer sur rien. M'empoignant le crâne, je me suis tiré les cheveux jusqu'à avoir mal. Mon cœur se fendait en deux. J'aurais juré qu'on entendait la déchirure à des kilomètres à la ronde.

À cet instant, Emrys a pris mon visage à deux mains, ses doigts agrippés fermement à mon cou. Ses yeux mouillés de larmes brillaient d'une volonté farouche. Je percevais vaguement des voix qui hurlaient, mon frère qui me pressait de questions. J'ai saisi les poignets d'Emrys et senti son pouls battre comme un oiseau captif sous sa peau. Comment aurais-je pu risquer de la mettre en danger ? Les pulsations de son cœur m'ont ramené à la réalité. En suivant leur rythme, je m'empêchais de sombrer dans la folie. Comment pouvais-je lui demander de mettre sa vie en danger pour moi alors qu'elle en avait déjà tant fait ?

– Em… ai-je balbutié. Il veut échanger Daye contre toi. C'est sa seule condition pour que je puisse récupérer ma fille.

Mais il ne me la rendrait pas. Nous le savions tous les deux.

Elle a acquiescé en même temps que je secouais la tête. Elle a redressé les épaules avec détermination. Appuyant son front contre le mien, elle m'a chuchoté d'une voix à peine audible :

– C'est ce qu'on fait quand on aime quelqu'un, Sutton. On prend une balle à sa place.

Je n'avais aucune intention de laisser cette balle l'approcher de près ou de loin. La situation me semblait beaucoup plus dangereuse que celle que nous avions vécue dans la montagne. Mais j'avais besoin d'elle pour récupérer ma fille. Il ne me restait plus qu'à espérer un miracle pour qu'aucun de nous ne soit blessé mortellement au cours de cette entreprise désespérée.

20

UN AIR DE DÉJÀ-VU

EMRYS

Burke n'y était pas allé de main morte avec les frères Warner. Lane était le seul à être véritablement entre la vie et la mort, mais Cyrus et Sutton avaient l'air tous les deux au bord de l'apoplexie.

Quand Sutton a fait comprendre qu'il allait chercher sa fille sans renfort et sans attendre l'arrivée du shérif, Cy s'est mis dans une rage noire. Il a foncé sur son frère et l'a cloué au sol, refusant de le laisser partir. Au loin, on entendait le vrombissement des hélicoptères. Mais au lieu de se débattre et de hurler sa colère, Sutton a attrapé les poignets de Cyrus pour lui dire calmement :

– Il a ma fille, Cyrus. Je n'ai pas le choix. Il faut que j'y aille.

Cyrus était face à un dilemme. Il était hors de question qu'il laisse Lane sans surveillance, mais il ne pouvait pas rester avec son frère tout en assurant la sécurité de l'autre. Il allait devoir laisser Sutton partir… seul. On aurait dit qu'il avait subitement vieilli de dix ans. Il a secoué Sutton par les épaules, tellement fort que ses dents ont claqué. Je n'avais évidemment pas la carrure pour me battre contre

Cyrus, mais j'étais prête à intervenir si les coups se mettaient à pleuvoir. Bien sûr, Sutton pouvait régler lui-même son compte à Cyrus. Mais j'étais morte d'inquiétude pour Daye, et son frère était en train de nous faire perdre un temps précieux.

Finalement, Cy a relâché Sutton avec un long soupir, les épaules basses. Puis il a dit doucement ce qu'aucun de nous n'osait penser.

– Tu ne sais pas si elle est encore vivante. Il cherche à t'attirer sur son terrain de jeu, selon ses propres règles. Tu n'es même pas sûr d'avoir une vraie raison de t'exposer au danger. Tu as besoin d'en savoir plus. Tu as besoin d'aide.

Sur ces mots, il s'est relevé et est retourné au côté de Lane. Il a soulevé délicatement la tête de son petit frère pour la poser sur ses genoux. Ses grandes mains étaient incroyablement tendres lorsqu'il s'est mis à caresser le visage de son frère en lui répétant à voix basse que les secours étaient en route. Lane était immobile, même ses yeux tuméfiés ne clignaient plus, mais il respirait encore. Il restait de l'espoir.

– Ça ne fait rien. Il y a une chance minime pour qu'elle soit encore en vie, je vais lui donner ce qu'il veut. Il *faut* que j'y aille et tu le sais.

Au regard que Cy lui a lancé, on voyait qu'au fond de lui il savait que Sutton n'avait pas le choix. Mais ça ne voulait pas dire qu'il approuvait.

J'ai aidé Sutton à se relever et l'ai regardé sortir un T-shirt de la sacoche de Lane. Le sien était imbibé du sang de son frère. J'ai déposé un baiser sur le front tuméfié de Lane, puis Sutton m'a prise par la main et m'a entraînée vers le quad.

Quand Cy m'a regardée, c'était avec les larmes aux yeux.

– Ramène-le sain et sauf, Em, a-t-il supplié d'une voix qui m'a noué l'estomac. Ramène-les tous les deux.

– Tu as ma parole, Cyrus, ai-je chuchoté avec une assurance qui a paru fausse même à moi.

Le retour a été encore plus périlleux que l'aller. Sutton prenait les virages sans aucune considération pour moi, à l'arrière. Je sentais une telle tension dans son corps sec et mince que je craignais presque de m'accrocher à lui. On aurait dit qu'il était sur le point de claquer. Ses épaules étaient crispées et son dos, raide comme un piquet. Je n'avais jamais vu personne aussi à cran, j'avais peur que le moindre geste le fasse exploser. Burke savait exactement comment mettre les frères Warner à sa merci. Il s'en était pris au membre de la famille le plus faible et le plus vulnérable : l'innocente fillette. Il tenait Sutton par les couilles, et il le savait. Sutton était prêt à tout pour sauver sa fille.

Arrivés au ranch, le quad n'était même pas arrêté complètement que Sutton courait déjà vers son camion. J'ai eu un sursaut de frayeur quand, ouvrant les portes arrière, il a sorti un fusil et un revolver de la grosse boîte à outils fermée à clé. À la vue des armes, j'ai compris dans un choc que la situation était bien réelle. Une nouvelle fois, Sutton se retrouvait à devoir protéger une personne tombée entre de mauvaises mains. Pas étonnant ensuite qu'il soit constamment au point de rupture. Le pauvre ne semblait jamais avoir une minute de répit.

Leo s'est précipitée hors de la maison. À la vue de mon expression mortifiée et des armes dans les mains de Sutton, elle s'est figée. Sans dire un mot, elle a secoué violemment la tête.

J'ai tendu une main pour la toucher, mais l'ai laissée retomber. Aucune parole de réconfort ne rendrait la situation moins dramatique.

– Lane respire encore. Si les secours arrivent tout de suite, il s'en sortira, ai-je dit même si je n'étais sûre de rien ; je refusais de croire autre chose. Burke retient Daye en otage dans son bar. Il a dit à Sutton de ne pas appeler la police et de ne pas venir avec ses frères. Moi seule, je suis censée l'accompagner. (Ma voix s'est brisée et j'ai été prise d'un frisson incontrôlable.) Il me veut en échange de Daye.

– Non ! s'est-elle écriée en secouant vigoureusement la tête, ses cheveux flamboyants volant en tous sens. Il vous tuera tous les deux puisqu'il en veut personnellement à Sutton. (Elle a posé sa main sur mon bras et m'a secoué gentiment.) Pourquoi est-ce que tu te mettrais en danger ? Laissez les professionnels s'en charger.

– Il a dit que s'il voyait des policiers, Daye allait mourir, ai-je repris en ôtant sa main avec douceur. On ne peut pas prendre ce risque, tu le sais.

Jetant un coup d'œil derrière mon épaule, j'ai vu Sutton monter dans son camion. Il était au bord de l'effondrement. Ses yeux verts brillaient d'une lueur folle et sa bouche était tordue par l'angoisse.

– Tu sais qu'il ne survivra pas s'il arrive quoi que ce soit à sa fille. Je dois le faire. Je n'ai pas le choix.

Elle a attrapé mes mains et les a serrées fort dans les siennes. Elle était terrifiée pour moi, morte d'inquiétude à l'idée que je sois blessée. Mais elle se résignait à ma volonté.

– Il ne survivra pas non plus s'il t'arrive quelque chose, Em, a-t-elle dit dans un murmure. Il se remet à peine d'avoir dû assister à ton agression. Je vais vous perdre, toi et lui. Et je perdrai aussi une partie de Cyrus quand il verra que son frère a renoncé définitivement à s'en sortir.

Le coup de klaxon nous a fait sursauter. Nous aurions pu rester la journée à débattre, mais chaque minute comptait. Il n'y avait pas le temps de réfléchir à deux fois. Il fallait se décider, vite. Je me suis écartée de ma meilleure amie en tâchant de lui faire mon sourire le plus rassurant.

– Il m'a déjà sauvée une fois. J'ai besoin que tu sois certaine qu'il peut recommencer.

– Je ne peux pas te laisser faire, Em, a dit Leo, les yeux baissés au sol.

– Pas de famille, Leo. Si Burke vous voit toi, Cyrus ou Brynn, il tuera Daye. À cet instant, il n'y a qu'elle qui compte. Tu dois penser à elle, pas à ce qui pourrait éventuellement m'arriver. Tu ferais pareil pour quelqu'un que tu aimes.

Et je les aimais tous les deux, le père et la fille. C'était eux, ma raison de me battre. Grâce à eux, je me sentais épanouie, entière, vivante. Ils étaient la promesse d'une autre vie, meilleure, plus riche, intense. Ils étaient les pièces manquantes qui comblaient les espaces vides en moi.

Elle m'a serrée de toute la force de ses bras menus.

– Tu as raison. Je ferais n'importe quoi pour les personnes que j'aime. Va chercher sa fille. Surveille les arrières de Sutton. Je suis sûre qu'il fera tout ce qui est en son pouvoir pour vous protéger, parce qu'il vous aime toutes les deux.

J'ai acquiescé, en prenant une profonde inspiration pour me donner du courage. Puis j'ai couru jusqu'au camion et me suis engouffrée à bord. Sutton a démarré sur les chapeaux de roue. Il m'a lancé un bref regard pour s'assurer que je tenais le coup. J'étais pâle comme la mort et tremblais de tous mes membres, mais j'étais résolue. Je lui faisais une confiance aveugle.

– Quand on arrivera au bar, j'entrerai le premier au cas où il se mettrait à tirer dès qu'il nous voit. Je doute qu'il le fasse, étant donné qu'il veut me voir souffrir. Mais si c'est le cas, je veux que tu t'enfuies au premier signe de danger. (Je n'ai pas répondu, et il a mis sa main sur ma cuisse.) Tu as compris ?

– J'ai compris, ai-je dit en lui prenant la main. Tu as conscience qu'il ne te laissera jamais entrer avec les armes que tu as sur toi ?

Un tic nerveux a parcouru sa joue et il a fait une grimace.

– Je sais. Mais il faut qu'il comprenne que je suis sérieux. J'ai un petit calibre .22 que je veux que tu caches dans ta botte, en espérant qu'il ne te fouillera pas. Hors de question que tu y ailles sans armement, a-t-il dit avant de reprendre d'une voix douce : D'ailleurs je ne veux pas que tu y ailles du tout.

J'ai regardé en silence l'arsenal posé sur la banquette arrière. Burke savait que Sutton allait débarquer armé jusqu'aux dents. Il lui avait pris son enfant. Il avait tué son premier amour puis une femme innocente, et il lui avait fait porter le chapeau. Il avait blessé grièvement son petit frère et réclamait qu'il lui donne sa petite amie. Évidemment que Sutton allait essayer de l'exterminer. Il n'y avait pas d'alternative.

– Est-ce que tu as un couteau ? Quelque chose de long et fin.

Il me fallait une arme que je pourrais dissimuler, au cas où Burke s'approcherait d'assez près pour me toucher. J'étais bien placée pour savoir quels dégâts pouvait faire une lame tranchante.

Sutton m'a jeté un regard surpris puis a penché la tête, comme s'il faisait mentalement l'inventaire de ce qu'il y avait dans son camion. Au bout d'une minute, il m'a dit de regarder dans la boîte à gants.

J'ai fouillé parmi un tas de serviettes en papier usagées et de vieux sachets de ketchup. Des lignes de pêche emmêlées, un paquet de munitions. Un dessin d'enfant – Daye, forcément – en plus d'une bouteille d'eau de Cologne, plusieurs préservatifs et un tube de colle extraforte. Je l'ai dévisagé en haussant les sourcils, et aussitôt le sourire familier a étiré sa bouche. Un répit plus que bienvenu pour détendre la pesante atmosphère.

Mes doigts ont touché un lourd objet métallique. L'espace d'une seconde, j'ai ressenti une grande excitation, mais ce n'était qu'un canif tout rouillé et trop lourd pour l'usage que j'avais en tête. Sutton m'a dit de continuer à chercher. Je l'ai fait, mais j'étais certaine qu'il cherchait seulement à m'occuper l'esprit à mesure que nous approchions des abords de la ville, donc du bar.

Puis, au fin fond de la boîte à gants, enveloppé dans un bandana, j'ai enfin trouvé ce que je cherchais. Un long couteau à fileter doté d'un manche en bois. Il avait connu des jours meilleurs, mais la lame était tranchante. Je pouvais le cacher dans un endroit où Burke ne penserait pas à regarder.

Quand j'ai demandé à Sutton s'il pouvait voir l'arme dissimulée sur moi, il m'a assuré qu'elle était quasiment invisible. Le contact du couteau m'a redonné un peu confiance.

Le camion a pilé devant le bar. Le parking était vide et un panneau « Fermé » visible depuis la rue était suspendu sur la porte. La scène évoquait un vieux western. Le *saloon* décrépit qui abritait des cow-boys aux mines patibulaires. J'entendais presque l'harmonica du film *Le Bon, la Brute et le Truand.* Il ne manquait plus qu'une boule d'herbes sauvages virevoltant à travers le parking pour compléter le décor.

Sutton s'est tourné, et j'ai cru que c'était pour ramasser les armes sur la banquette arrière. Mais quand sa main a enlacé mon cou, j'ai poussé un cri de surprise. Il m'a approchée contre lui et m'a embrassée en murmurant mon nom. Je sentais le goût de sa peur, mais aussi autre chose. Quelque chose de sucré, de parfait.

– Toute ma vie, on m'a donné ce que je croyais vouloir, Em. J'ai eu la femme qui ne quitterait jamais ni moi ni cette ville, même si aucun des deux ne la rendait heureuse. J'ai eu ma part de l'héritage Warner, que je pensais mériter autant que mes frères. J'ai rencontré une femme qui a bouleversé ma vie et qui m'a écouté quand je lui ai dit de partir, a-t-il dit en m'embrassant encore puis en me relevant le menton afin que je sois obligée de le regarder dans les yeux. Je pensais que tout ça m'était dû. Mais c'est seulement quand j'ai eu ce dont j'avais *réellement* besoin que j'ai compris qu'aucune de ces choses ne m'appartenait véritablement et qu'il me faudrait travailler dur pour les obtenir. J'avais besoin de la femme qui était partie pour mieux me revenir ensuite. J'avais besoin de l'amour de ma fille selon ses conditions à elle, car elle mérite d'être aimée comme elle le veut. J'avais besoin de savoir que mes frères ne m'abandonneraient jamais et qu'ils continueraient à être là pour moi, même si j'étais absent physiquement. J'avais besoin de savoir que ce n'était pas uniquement le ranch qui nous liait les uns aux autres, a-t-il poursuivi en m'embrassant une dernière fois, la pointe de sa langue traçant un cœur sur ma lèvre. J'ai besoin que tu saches qu'avec le temps, j'apprendrai à t'aimer comme tu mérites d'être aimée, Em. Je trouverai un moyen de le faire. Et je n'oublierai jamais de te donner ce qu'il faut pour que tu sois heureuse.

J'ai soupiré de douleur. Je ne voulais pas qu'il me déclare son amour juste parce qu'il risquait de me perdre. Je voulais qu'il m'aime parce qu'il avait besoin que je reste pour toujours à ses côtés. Je ne voulais pas d'une déclaration mue par la seule peur de vivre ce que nous avions déjà vécu par le passé.

Sentant ma nervosité, il a attrapé mon visage entre ses mains et m'a regardée droit dans les yeux.

– Emrys Santos, j'ai besoin de toi pour des tas de raisons. C'est vrai, j'ai besoin de toi maintenant pour récupérer ma fille, mais aussi beaucoup plus. J'ai besoin de toi pour me rappeler que certaines parties de moi méritent le pardon et la douceur. J'ai besoin de toi pour toucher au bonheur. Je serai toujours le type d'homme qui brave la tempête. J'ai besoin de toi pour nous protéger, Daye et moi, du mauvais temps. Je veux que tu sois notre refuge. Je veux être ton refuge. (Ses yeux vert foncé étaient presque noirs.) Tu es la personne que je désire le plus dans ce monde. Je veux te voir sourire à ma fille. Je veux me réveiller chaque matin enveloppé dans tes cheveux. Je veux me perdre en toi, jusqu'à oublier mon nom. Je veux que tu sois présente quand ma vie est en plein chaos et après, quand elle aura repris un cours normal et ennuyeux. Avec toi, tout paraît nouveau et excitant. Je veux que tu passes du temps avec ma fille pour qu'elle sache combien ta présence m'a aidé à panser mes blessures. Tu es la seule femme que j'aimerai jusqu'à la fin des temps. Personne ne pourra jamais m'offrir ce que tu me donnes.

Les mots se bousculaient dans ma bouche. Je n'ai réussi qu'à balbutier :

– Moi aussi j'ai besoin de toi, Sutton.

J'avais été perdue, mais je savais enfin où je voulais être : auprès de lui, quelle que soit la situation.

– Et j'ai aussi besoin de Daye. Donc, allons la récupérer pour que notre famille soit à nouveau au complet.

Il a acquiescé gravement et s'est tourné pour prendre les armes. J'ai essayé de ne pas paniquer quand il m'a fourré un petit pistolet entre les mains. En vain. Réprimant un violent haut-le-cœur, je l'ai glissé dans ma botte. Sutton m'a pris la main, et nous sommes sortis affronter notre destin.

21

SANS ISSUE

SUTTON

Sans surprise, Burke m'a ordonné de lâcher mon fusil dès que je suis entré dans le Big Horn. Toutes les lumières étaient éteintes. Ça sentait la bière éventée et la transpiration. De toute évidence, il n'avait pas rouvert le bar depuis plusieurs jours. Je me suis demandé combien de temps il s'était terré dans notre propriété pour nous tendre une embuscade.

Il se tenait derrière le comptoir sur lequel était posée une bouteille de whisky. À présent que j'étais sobre, je voyais qu'au lieu d'être transparent et ambré le liquide paraissait légèrement trouble, comme périmé. C'était la bouteille qui avait failli me tuer. Il tenait également un revolver qu'il me braquait en pleine poitrine. Malgré la pénombre, j'ai immédiatement remarqué que Daye n'était pas dans la salle.

J'ai jeté le fusil sur une des tables environnantes en m'assurant que mon corps faisait bouclier pour Emrys qui s'avançait avec prudence derrière moi. Je la sentais presque vibrer d'anxiété, et j'ai sursauté quand elle m'a touché le dos.

– Je ne vois Daye nulle part, a-t-elle chuchoté avec une note de panique.

– Où est ma fille, Burke ?

Rien ne comptait sauf elle. Le ton de ma voix exprimait cette pensée. Je n'avais pas peur de lui. J'avais peur pour elle et pour la femme derrière moi.

Burke n'a pas dit un mot pendant une longue minute. Et quand il l'a fait, il ne s'est pas donné la peine de répondre à ma question.

– Déshabillez-vous. Tous les deux, a-t-il commandé en agitant son arme.

J'ai senti Em se raidir dans mon dos. Je savais à quoi elle pensait : à la dernière fois qu'on l'avait menacée d'un pistolet pour lui ôter ses vêtements.

Voyant qu'aucun de nous ne s'exécutait, Burke a haussé les sourcils et armé son revolver.

– Dessape-toi, Warner. Comme ça, je saurai que tu ne portes pas d'arme. Quant à elle… a-t-il poursuivi avec un sourire sadique en se penchant pour mieux reluquer Emrys, c'est juste pour le plaisir des yeux.

N'ayant aucune idée de l'endroit où se trouvait ma fille, j'ai obéi à contrecœur. J'ai ôté nerveusement ma chemise et mes bottes trempées. Le flingue que j'y avais caché est tombé au sol dans un fracas métallique, et Burke a fait claquer moqueusement sa langue en signe de désapprobation. Tandis que je débouclais ma ceinture pour enlever mon jean, j'ai lancé un bref coup d'œil à Em pour voir comment elle allait. J'aurais volontiers étranglé Burke quand j'ai vu combien elle était blême et terrifiée. Vêtue seulement d'un soutien-gorge en dentelle et d'une culotte assortie, elle tremblait de toutes ses longues jambes et de toutes ses courbes parfaites. J'ai haï Burke de voir ce que personne d'autre que moi n'avait le droit de voir.

Je l'ai détesté plus encore lorsque son regard s'est attardé sur les cicatrices qui contrastaient avec sa peau dorée.

Quand il s'est tourné pour me regarder, un sourire vicieux déformait ses lèvres.

– On dirait qu'un autre type est déjà passé par là. J'ai pas l'impression que tu fasses très gaffe à ta nana, Warner. Faut croire que chez toi c'est récurrent. Tes femmes finissent toutes par être blessées, m'a-t-il craché en se penchant sur le comptoir, d'une voix où se mêlaient haine et amertume. On va boire un verre et discuter de ce que je veux que tu fasses si tu veux revoir ta fille vivante.

J'ai fait un pas hésitant. Il a pivoté et saisi deux verres qu'il a posés à côté de la bouteille de whisky. Cette bouteille m'avait déjà envoyé à l'hôpital une fois. Burke paraissait déterminé à s'en servir pour m'enterrer définitivement. Si je mourais d'une overdose de drogues et d'alcool, personne excepté ma famille ne serait surpris. C'était exactement ce à quoi s'attendaient les gens. Il aurait eu beaucoup plus de mal à justifier pourquoi mon corps avait été retrouvé criblé de balles dans un bar. Burke était fou, mais pas stupide. C'est ce qui le rendait si dangereux.

J'ai avancé vers le comptoir, vêtu de mon seul caleçon et de mes chaussettes. Le corps presque nu d'Emrys s'est collé à mon dos et je lui ai pris la main. À présent que nous n'étions plus qu'à quelques pas de Burke, je voyais clairement dans ses yeux le dégoût que je lui inspirais. Comment avais-je été assez aveugle pour ne pas le remarquer quand je m'enivrais à mort pour oublier la femme derrière moi ?

– Comment as-tu réussi à cacher ta liaison avec Alexa tout ce temps, Burke ? Dans cette ville, tout le monde sait tout sur tout le monde. Comment as-tu pu la garder secrète ?

J'essayais vainement de faire diversion tandis que, de la pointe de son revolver, il poussait vers moi le verre rempli à ras bord.

Il m'a fixé sans ciller. Quand il a parlé, il s'est adressé à Emrys tout en continuant à me dévisager.

– Approche-toi, ma belle. Je ne veux surtout pas que tu rates le spectacle, a-t-il dit en tapotant le bord du verre. Puis il a aboyé : Bois ça !

Ne voyant pas d'autre issue, j'ai ramassé le verre et bu une petite gorgée. La brûlure du whisky masquait à peine le goût infect de ce qu'il avait rajouté dans la bouteille. Aussitôt j'ai eu un haut-le-cœur et les larmes me sont montées aux yeux. Dans le même temps, j'ai commencé à avoir des vertiges et les jambes flageolantes. Emrys a posé sa main sur mon bras avec un regard inquiet. Burke riait.

– Alexa et moi, ça remonte à loin. Gamin, j'étais toujours avec mon père à l'époque où il dirigeait le bar, et la mère d'Alexa avait l'habitude de traîner sa fille ici. Sa mère se saoulait jusqu'à ce que mon père la mette à la porte. C'est dans mes bras qu'Alexa pleurait quand il n'y avait plus de nourriture à la maison parce que sa mère avait bu tout l'argent des courses. C'est moi qui lui ai donné son premier verre le jour où elle a voulu comprendre pourquoi l'alcool était plus important qu'elle et sa sœur. Une nuit, je lui ai pris sa virginité dans la réserve lorsqu'elle m'a supplié de lui faire oublier combien sa vie était merdique. J'ai dit que je lui donnerais tout. Je lui ai promis que je l'enlèverais à cette ville misérable, qu'elle pouvait être autre chose que ce qu'ils avaient déjà décidé pour elle. Mais elle ne voulait pas de ça. Elle ne voulait que toi.

Il a rempli le verre à nouveau et l'a tapoté du bout de son canon.

– Cette fois, bois tout. Je veux pas de ces gorgées de gonzesse, a-t-il dit avant de fixer Emrys. Pense à ça : plus tu bois, moins il en restera pour elle.

La mort dans l'âme, j'ai pris le verre tandis qu'Emrys soufflait « non ». J'ai avalé le verre d'un trait, incapable de retenir un nouveau haut-le-cœur. Burke a éclaté de rire en me voyant m'étouffer. Je commençais à me sentir brumeux. Ma vision se troublait et j'avais chaud. Mes oreilles se sont mises à bourdonner. Emrys m'observait d'un air effrayé en se mordillant la lèvre. Ses mains étaient sur ma poitrine mais je ne les sentais pas. Dire qu'il n'y a pas si longtemps j'avais recherché désespérément cet état d'engourdissement. À présent, ne pas être capable de sentir la chaleur de ses mains me rendait fou.

– Tu as débarqué dans sa vie, et plus rien d'autre n'a compté. Dès qu'elle a été en couple avec un Warner, plus personne n'a osé dire du mal d'elle ou la regarder comme si elle suivait les pas de sa mère. Avec toi, elle n'était plus l'ivrogne de la ville. Elle était prête à faire n'importe quoi pour rester avec toi, y compris arrêter de boire. Elle t'aimait.

Burke a saisi la bouteille et rempli le verre d'Emrys. Avec un sourire diabolique, il l'a poussé dans sa direction et lui a ordonné de boire. Sans penser aux conséquences de mon geste, j'ai commandé à mes membres engourdis de m'en emparer avant qu'elle le fasse. J'avais l'impression que mes mains appartenaient à un autre. Mes doigts ne sentaient plus rien. Incapable de coordonner mes mouvements, j'ai envoyé valser le verre, qui s'est répandu sur le comptoir.

Poussant un hurlement outragé, Burke a attrapé Emrys par la nuque et a appuyé le canon de son arme contre sa tempe.

– Pour la peine, tu vas finir la bouteille, m'a-t-il dit avec un regard haineux. Ramasse-la.

J'ai dû m'y reprendre à plusieurs fois à cause de l'effet des drogues, et à chaque tentative ratée, il pressait le revolver plus fort contre la tempe d'Emrys, la faisant crier de douleur.

– Elle t'aimait mais tu n'as jamais compris ce dont elle avait besoin. Tu n'as jamais pris la peine de regarder ce qu'elle avait à offrir. Tu voulais sans cesse la changer, tu lui disais qu'elle n'était pas assez bien pour toi. Ni une bonne partenaire, ni une bonne mère. Chaque fois que je rentrais pour voir ma famille, elle m'appelait et me déversait ses peines comme quand elle était plus jeune. La réserve de ce bar a vu plus d'action que mon lit *king size*. Elle aimait boire et elle avait des soucis. Qui se serait étonné qu'elle passe son temps ici ? J'étais le seul à pouvoir lui donner ce dont elle avait besoin. Quand tu as fini par la quitter définitivement, elle m'a confié qu'elle voulait se suicider. Je suis rentré à Sheridan et je lui ai demandé de m'épouser. Je voulais qu'on fonde une famille mais elle m'a ri au nez en me disant que je n'avais jamais été qu'un plan cul. Elle attendait que tu lui reviennes. Elle m'a brisé le cœur. Quand elle m'a dit que je n'étais qu'une consolation pour les soirs où elle se sentait seule, j'ai vu rouge. J'avais mis toute ma vie de côté pour elle. J'étais revenu dans ce trou à rats pour elle. J'avais tout quitté, mais ce n'était pas assez. Je n'étais pas assez bien pour elle. (Il a pressé le revolver contre la joue d'Emrys, qui a poussé un petit cri.) Bois, Sutton. Sinon je lui explose la tête, a-t-il poursuivi en faisant glisser le canon contre les lèvres d'Emrys.

Il m'a fallu un effort suprême pour saisir la bouteille et la porter à ma bouche en m'agrippant au comptoir pour garder l'équilibre. Mes jambes ne me soutenaient plus et je ne sentais plus mes lèvres. Le visage terrifié d'Emrys s'est dédoublé, avant de disparaître dans un épais brouillard. Burke me regardait vicieusement tandis que j'avalais à grandes lampées le whisky empoisonné.

– Dis-moi où est ma fille, ai-je bafouillé entre deux quintes de toux.

Burke m'a fait signe de me taire puis a courbé Emrys en travers du comptoir. Ses yeux ont brillé d'une lueur malsaine quand il s'est mis à lui dégrafer son soutien-gorge. Avec un râle de désespoir, elle a essayé de se dégager mais il la tenait fermement. Jambes flageolantes, j'ai avancé maladroitement vers elle. Ma vision ne se réduisait plus qu'à un minuscule cercle et mes oreilles bourdonnaient atrocement. J'ai voulu crier son nom mais ma langue paraissait coulée dans le béton. Mon corps ne répondait plus aux ordres de mon cerveau.

– Je t'explique ce qui va se passer, Warner. Car, non, tu n'es plus aux commandes maintenant. Tu n'obtiendras plus ce que tu veux, simplement parce que tu le veux. Une fois que je serai certain que tu ne peux plus bouger, je vais prendre du bon temps avec ta nouvelle petite femme. Tu l'entendras crier à l'aide et me supplier pendant que je lui tailladerai sa jolie peau. Quand j'en aurai fini avec elle, je la laisserai décider qui de toi ou de ta fille prendra une balle. Si elle choisit de sauver Daye, je passerai aussi un peu de temps à m'amuser avec la gamine. Je ferai en sorte qu'elle se souvienne que tu as lui ruiné son enfance. Ta nouvelle petite amie ne pourra sauver que l'un de vous deux. Qui crois-tu qu'elle va choisir ?

Il est parti d'un rire dément qui m'a révulsé les entrailles. Mais je ne pouvais pas lui hurler de laisser ma famille tranquille. Chaque battement de paupière prenait un temps infini. J'étais couvert de sueur froide et pantelant. Je frissonnais, ma peau me piquait. La pièce tourbillonnait à un rythme effréné. Le poison que Burke m'avait fait ingurgiter était en train de prendre le dessus. Mon corps refusait de m'obéir. J'étais hors circuit.

Emrys se débattait en hurlant et en donnant de grands coups de pied tandis que Burke essayait de lui arracher ses sous-vêtements. Je voulais l'aider, mettre un terme à son supplice, mais comme la dernière fois, j'étais impuissant. Rassemblant mes dernières forces, je me suis projeté contre le comptoir afin de vaciller dans sa direction. Soudain, la bouteille de whisky que je tenais à la main s'est fracassée au sol, détournant pour une fraction de seconde l'attention de Burke.

C'était plus qu'il n'en fallait à Emrys pour agir. Lorsque Burke s'est tourné pour regarder dans ma direction alors que, vaincu, je m'effondrais, elle a tiré le couteau d'où il était soigneusement dissimulé : dans la masse de son volumineux chignon. Sans laisser à Burke le temps de réagir, elle a enfoncé la lame jusqu'à la garde dans le bras qui tenait le revolver. Avec un hurlement de douleur, Burke a lâché instinctivement le pistolet pour serrer son bras blessé. Aussitôt, Emrys s'est emparée de l'arme tombée au sol. Le doigt sur la détente, elle a tenu en joue l'homme qui avait kidnappé ma fille.

Il fallait qu'elle retrouve Daye. J'avais besoin d'elle pour prendre soin de ma fille et la protéger.

– Je vais revenir te chercher, Sutton. Ne capitule pas. J'ai besoin de toi, m'a-t-elle dit dans un souffle furieux.

Je n'ai pas pu lui répondre. J'avais l'impression que l'univers entier me clouait au sol et m'empêchait de bouger. J'ai entendu le bruit de ses pieds nus sur le plancher lorsqu'elle a disparu de mon champ de vision. Il ne me restait plus qu'à espérer que Burke ait caché ma fille à l'intérieur du bar. J'aurais voulu lui crier de regarder dans la maudite réserve qui occupait toutes ses pensées, mais aucun son n'est sorti de ma bouche. J'avais de plus en plus de mal à respirer.

Brusquement, alors que j'étais déjà au bord de l'asphyxie, un poids énorme a atterri en plein sur ma poitrine. La blessure sur le bras de Burke pissait le sang. Il a refermé ses mains ensanglantées autour de mon cou, l'œil fou, la bouche tordue. Il était en train de m'étrangler et j'étais incapable de lutter.

– Faut croire qu'elle a choisi de sauver la gamine.

Évidemment que nous avions décidé de la sauver. Aucun de nous n'aurait hésité à mourir pour elle.

Je l'ai fixé tandis que le monde autour de moi ralentissait jusqu'à se figer. Il continuait à m'insulter, me promettant que ma place m'attendait au chaud en enfer. Au bout d'un moment, même sa voix furieuse s'est éteinte. Je ne sentais plus rien. Je dérivais sur un nuage où ni la souffrance ni la peur n'existaient. J'étais insensible à la douleur, au feu qui pulsait dans mes veines. Je m'échappais dans un lieu où régnaient le calme et la paix, où plus rien ne pouvait m'atteindre. Ce n'était pas exactement le bonheur, mais ça s'en rapprochait. J'ai songé que je pourrais y rester éternellement. Mais quelque chose m'a retenu. Non. Je n'appartenais pas encore à cet endroit. Je me suis senti envahi par la panique.

J'ai essayé d'appeler à l'aide. Je me suis débattu afin de pouvoir reprendre une dernière inspiration. J'ai lutté pour la bouffée d'air qui me permettrait de hurler mon amour pour ma fille. Qu'on me donne juste une petite minute. Le visage de Burke a commencé à s'effacer tandis qu'il m'étouffait de ses mains nues.

J'ai entendu mon nom, puis un rire de mépris. J'ai entendu un « pop » sonore suivi d'un immense cri de douleur. Un verre qui se brise, du bois qui craque. Et toute la devanture du bar a explosé. Des projectiles ont volé en tous sens tandis qu'un énorme 4x4 s'encadrait dans la porte d'entrée. Couvrant les grondements du moteur, les alarmes d'incendie du bar se sont mises à hurler.

Le poids sur ma poitrine a subitement disparu et j'ai aspiré avidement une bouffée d'air brûlante. Quelqu'un répétait mon nom inlassablement et j'ai senti des mains fraîches caresser mon visage. Les yeux ambrés d'Emrys étaient immenses d'inquiétude. Leo aussi était là, ses grands yeux noirs remplis de peur, ses mains tremblantes sur mon corps inerte. Cyrus allait devenir fou lorsqu'il apprendrait qu'elle avait mené seule une opération kamikaze pour nous sauver. Elle avait foncé droit sur la devanture du bar. Pas très discret, mais efficace. Pris au dépourvu, Burke avait été forcé de lâcher mon cou. À présent, il se tenait avachi à quelques mètres de nous, en état de choc. Dès que j'ai pu à nouveau respirer, il ne m'est plus resté qu'à combattre les ténèbres qui étaient en train de m'engloutir. Je savais que les deux femmes ne le laisseraient plus me toucher. Il aurait de la chance si elles le remettaient à la police en un seul morceau. Leo paraissait assez en colère pour causer des dégâts terribles.

– Daye ? ai-je bredouillé du fond de l'abîme où je me noyais.

Les mains douces et fraîches qui tenaient mon visage ont cédé la place à d'autres, plus petites.

– Papa.

C'était la voix d'un ange. Jamais un mot n'avait paru plus doux à mon oreille.

– Je t'aime, ma chérie.

Je me suis embrouillé en le disant, mes mots hachés et pâteux, mais elle a déposé un doux baiser sur mon front.

– Moi aussi je t'aime, papa, a-t-elle répondu d'une voix tremblante et secouée.

Je pouvais enfin me laisser avaler par l'obscurité.

Mon bébé m'aimait et elle était sauve. Elle était entourée des personnes qui l'aimaient et qui feraient l'impossible pour la protéger. C'était tout ce qu'il me fallait savoir. Je pouvais mourir en paix.

22

N'IMPORTE OÙ AVEC TOI

EMRYS

Nous avons dû attendre deux longues semaines avant que la totalité des Warner soit réunie sous le même toit. Lane avait été transporté à Billings, dans le même hôpital que celui où la blessure par balle de Sutton avait été soignée. Il avait failli y rester. Il avait perdu beaucoup de sang et tellement d'air s'était infiltré dans son poumon transpercé que son taux d'oxygène avait chuté à un niveau quasi mortel. La balle avait également troué son gros intestin et il avait fallu l'opérer de toute urgence afin de contrer l'infection bactérienne. Nous étions épuisés de passer de la salle d'attente de Billings à celle, beaucoup plus petite, de Sheridan où Sutton était hospitalisé depuis plusieurs jours.

Après un lavage d'estomac, les urgentistes avaient administré à Sutton un puissant antidote morphinique, le Narcan, afin de neutraliser les effets de la drogue que Burke lui avait fait boire. Ses poumons ne fonctionnaient plus quand les médecins étaient parvenus *in extremis* à le stabiliser. Avec ses deux frères en arrêt respiratoire, Cyrus, fou d'inquiétude, jurait qu'il ne laisserait plus jamais aucun d'eux échapper à sa vigilance. Une période difficile pour tout le monde. Mais Sutton s'était peu à peu remis et, au bout de quelque temps, il avait eu la permission de rentrer au ranch à la condition expresse de se reposer plusieurs semaines. La convalescence de Lane avait été beaucoup plus longue. Il avait même dû retourner au bloc quand la blessure à son intestin s'était rouverte, entraînant une surinfection. Il avait oscillé entre la vie et la mort, mais en véritable combattant il s'était finalement tiré d'affaire et avait passé le reste de la saison à râler dans son lit d'hôpital.

Sans ses frères pour l'épauler dans le travail, Cy avait été forcé de recruter une aide extérieure. Leo et moi nous rendions utiles du mieux que nous pouvions, mais il était douloureux de constater que deux citadines, aussi zélées soient-elles, ne seraient jamais capables de remplacer deux authentiques cow-boys.

Entre-temps, l'enquête sur les crimes abjects de Burke se poursuivait. L'air hagard et embarrassé, Rodie avait rendu visite aux deux blessés à l'hôpital. On sentait que le shérif aurait voulu demander pardon à Sutton, mais étant donné l'état critique du malade, le moment était mal choisi. Il avait lu ses droits à Burke et l'avait embarqué dès que le personnel hospitalier avait recousu ses deux blessures au bras. Au milieu de ce chaos, j'avais raconté au shérif, dépassé par les événements, que Burke avait confessé les meurtres d'Alexa et de Cyndi. Un des crimes était passionnel, l'autre, un acte de pure malveillance commis dans le seul but de piéger Sutton.

La mine sombre, Rodie m'avait répondu que ses agents avaient récupéré les images de vidéosurveillance du bar. On y voyait le meurtre d'Alexa, et, plus loin sur la bande, Burke qui traînait une Daye terrifiée dans le bar. Le shérif avait également la preuve vidéo des événements précédant l'arrivée fracassante de Leo dans son 4x4. Avec de tels chefs d'inculpation, Burke passerait très, très longtemps à l'ombre, et les habitants de Sheridan auraient assez d'histoires à raconter pour les mille prochaines années.

Durant cette sombre période, notre seul bonheur avait été de voir la nouvelle recrue de Cy, Webb Bryant, s'éprendre de Ten après que la jolie garde forestière était passée donner un coup de main au ranch. Je connaissais Webb de ma première visite dans le Wyoming, quand il nous avait aidés, Sutton et moi, à échapper aux trafiquants de drogue. Il était aussi charmant qu'espiègle, et son sourire dévastateur couplé à son humour grinçant me rappelaient Lane. Ten lui avait rapidement fait comprendre qu'elle avait passé l'âge des flirts sans lendemain. Webb ne parlait jamais de lui, mais je savais qu'il avait eu des démêlés avec la justice dans sa jeunesse, ce qui n'arrangeait pas ses relations avec son frère aîné, policier. Aussi, tout ce qui ressemblait de près ou de loin à un uniforme hérissait le beau jeune homme aux cheveux auburn. Pourtant, il ne s'était pas laissé décourager par les refus répétés de la charismatique garde forestière. Lorsque j'avais demandé à Cy si Webb avait déjà travaillé dans un ranch, il avait haussé les épaules et m'avait dit qu'il valait mieux parfois faire confiance à quelqu'un qui voulait apprendre plutôt qu'à quelqu'un qui savait déjà. Sans compter que ça l'amusait de voir Ten perdre ses moyens en présence du jeune rancher.

Lane était censé rentrer ce même jour. La famille pouvait enfin respirer. Nous étions tous réunis, du moins jusqu'à la fin de la saison, quand Sutton et moi avions prévu de partir.

Il était temps que j'affronte mes parents et que je leur parle. Je voulais leur raconter ce qui m'était arrivé, le meilleur comme le pire. Je voulais qu'ils se rendent compte de tout ce que j'avais accompli après avoir tout perdu. Nous attendions pour cela que l'école soit finie et que Lane soit rentré. Sutton souhaitait également que les affaires au ranch soient définitivement remises sur pied avant d'aller en Californie du Nord. On n'avait pas encore prévu de date de retour, mais Sutton et Daye étaient excités comme des puces à l'idée de quitter pour un temps leur ville natale. Ils avaient besoin de s'éloigner des mauvais souvenirs afin que les bons souvenirs accumulés dans ces lieux au cours de leur vie puissent enfin reprendre le dessus.

Je n'oublierai jamais la vision de Daye recroquevillée en boule sur le sol crasseux de la réserve. Elle pleurait en silence. Tous ses ongles étaient cassés et elle avait une ecchymose impressionnante sur la pommette. La petite fille de Sutton ne s'était pas laissée faire sans se battre. J'étais fière d'elle. J'étais surtout soulagée qu'elle ne soit pas plus grièvement blessée. En me voyant, elle s'était jetée dans mes bras, avant de me demander si son père allait bien et pourquoi je ne portais pas de vêtements. Je n'avais pas pu m'empêcher de rire, mais toute légèreté m'avait quittée quand je m'étais souvenue que Sutton était seul et sans défenses face à un fou dangereux. Sortant par l'issue de secours du bar, j'avais trouvé une cachette pour la petite fille. Je lui avais dit de ne pas en sortir jusqu'à ce qu'on revienne la chercher, moi ou un officier de police. Elle avait acquiescé gravement en m'assurant qu'il n'y avait pas meilleur qu'elle à cache-cache. J'étais retournée chercher Sutton. Je n'avais pas hésité une seconde à tirer sur Burke lorsque je l'avais vu en train d'étrangler mon bel amoureux, remerciant secrètement mon père pour les leçons de tir qu'il m'avait données. Ma balle l'avait touchée au bras.

Il s'était écroulé par-dessus le corps inerte de Sutton, juste avant que Leo ne débarque avec fracas, donnant l'alerte parmi les habitants de la ville. J'aurais dû me douter que le chaos qui avait suivi exciterait la curiosité de la téméraire petite fille. Elle était peut-être bonne à cache-cache, mais elle refusait de rester cachée en sachant son père en danger. Elle s'était précipitée devant Leo et moi en voyant Sutton avachi sur le sol.

À mesure que Sutton se rétablissait, il devenait de plus en plus nerveux. À présent qu'il avait admis qu'il n'était pas heureux dans sa vie, il était prêt à explorer le vaste monde. Comme moi, il était prêt à trouver le lieu où il pourrait enfin être l'homme qu'il était supposé être. Le lieu où il ne serait pas uniquement le petit frère de Cyrus, ni un rancher, ni un homme aux prises avec ses vices. Daye était tout excitée à l'idée de découvrir l'océan et de visiter Disneyland. Sutton était nerveux à l'idée de rencontrer mes parents, mais je l'avais rassuré en lui disant qu'ils allaient l'aimer parce que je l'aimais, moi. Et si n'était pas le cas, mon amour pour lui resterait le même. Mes paroles avaient paru le réconforter. Peu importait où nous irions ou qui nous fréquenterions, mes sentiments pour Daye et lui ne changeraient jamais. Il m'avait fallu tellement de temps pour le trouver, je n'avais aucune intention de le perdre, et ce malgré les imprévisibles tourbillons de la vie.

Mais aujourd'hui était un jour de fête. On se dirait au revoir le moment venu.

Sutton et moi étions seuls dans la grande maison. Cyrus et Brynn étaient partis chercher Lane à Billings. Daye avait insisté pour les accompagner. Elle avait beaucoup souffert de voir son père et son oncle à l'hôpital. Leo avait demandé à être déposée en ville pour aller récupérer son nouveau 4x4.

Comme prévu, Cy était devenu fou en apprenant qu'elle avait risqué sa vie pour nous sauver. Mais, en fin de compte, il avait compris que Leo n'avait pas eu le choix, qu'il lui avait été impossible de rester les bras croisés en sachant les dangers qu'on encourait. Elle m'avait sauvé la vie, et c'était réellement la meilleure amie dont on puisse rêver. Son mec n'était pas si mal non plus. Il lui avait acheté le dernier modèle de 4x4, capable de traverser une apocalypse, doté de toutes les options et de tous les gadgets disponibles sur le marché. Lorsque le concessionnaire avait appelé pour lui annoncer que le véhicule était prêt, elle ne tenait plus en place tant elle était impatiente.

J'ai frappé doucement à la porte de la chambre de Sutton, au cas où il serait en train de faire une sieste. Depuis son retour de l'hôpital, il avait passé son temps à dormir pour reprendre des forces. Sa gorge portait des ecchymoses jaunâtres, pas beaucoup plus belles que les marques violacées qu'il avait eues pendant des semaines. Sa voix était encore plus rauque que d'ordinaire. L'effet aurait été des plus sexys s'il ne m'avait pas constamment rappelé que j'avais failli le perdre à tout jamais.

Allongé sur le ventre, le visage tourné dans ma direction, il me fixait intensément. Quand j'ai été assez près, il m'a attrapée par la cuisse et un frisson d'excitation m'a traversée. Nous avions passé chaque nuit ensemble depuis son retour. J'étais incapable de dormir sans sentir le contact de sa peau. Je ne doutais pas que ce contact aurait été plus intime si une petite fille de six ans ne s'était pas trouvée entre nous deux. Malgré mon désir de lui sauter dessus, nous étions convenus qu'il était plus important pour Daye de se sentir en sécurité. Je voulais qu'elle sache que son père n'était pas le seul à s'inquiéter pour elle, et qu'elle aurait toujours sa place entre nous deux.

Une main sur le matelas, je me suis penchée pour embrasser son dos, juste entre les omoplates. Je voyais sous le drap qu'il dormait nu. Il avait perdu les quelques kilos qu'il avait repris, et Brynn mettait un point d'honneur à le remplumer grâce à ses bons petits plats. Du moment qu'il respirait et qu'il me fixait de son regard brûlant, je me fichais de son poids.

– Comment tu te sens ?

Sa main est remontée jusqu'à mes fesses, dont il a caressé le renflement charnu. J'ai haussé les sourcils et lui ai rendu son sourire. Je portais un string, et la chaleur de sa main contre ma peau nue m'a fait battre le cœur plus vite.

– Je me sens bien. J'ai dormi plus d'une heure, a-t-il dit. Puis, avec un sourire coquin : C'est calme. Tout le monde est parti ?

J'ai embrassé son dos, jusqu'aux deux fossettes de part et d'autre de son cul musclé, sur lesquelles j'ai passé la langue en souriant lorsque je l'ai senti frémir contre ma bouche.

– Tout le monde est parti. Leo sera de retour dans deux heures, et le reste juste avant le dîner. La dernière fois que j'ai vu Webb, il était dans la grange, probablement en train d'échafauder un plan machiavélique pour conquérir le cœur de Ten.

Dès qu'il a eu la confirmation que nous étions seuls, il s'est retourné sur le dos et m'a pris les bras pour m'asseoir sur ses cuisses, juste devant son membre déjà dressé. Ses mains ont remonté le long de mes hanches, emportant ma robe au passage. Il a poussé un grognement en découvrant que je ne portais pas de soutien-gorge. Parfois, c'était un avantage de ne pas avoir une grosse poitrine. À mon tour, j'ai gémi profondément lorsque ses mains ont touché mes seins. Aussitôt, mes tétons ont durci, comme pour implorer son attention. J'attendais depuis si longtemps de sentir la caresse de ses mains sur ma peau nue. Il m'avait manqué terriblement. Mon corps tout entier le réclamait.

J'ai caressé sa poitrine, ses muscles étaient fermes et souples sous mes doigts. Puis je me suis penchée pour l'embrasser. Ce n'était pas un baiser doux et langoureux. Non, c'était un baiser fougueux, ardent. Sa langue a fouillé l'intérieur de ma bouche, et j'ai été parcourue d'un frisson quand sa main a attrapé mes cheveux tandis qu'il me mangeait les lèvres et explorait chaque recoin de ma bouche. Mes tétons ont balayé son torse et nous avons gémi d'un même souffle. C'était comme si notre peau était électrique. Le moindre contact provoquait une décharge entre nos deux corps.

Sa queue gonflée était raide comme un mât entre mes cuisses écartées, et ma culotte était déjà trempée quand j'ai basculé mon bassin pour me frotter contre son érection. Mes yeux se sont fermés de plaisir : il était si brûlant. Sa chaleur infusait mon corps, mes cuisses tremblaient. Folle de désir pour lui, je me frottais contre son membre raide et engorgé.

Nous nous sommes embrassés pendant longtemps, des baisers passionnés et dévorants. Je n'avais jamais rien goûté d'aussi bon. J'ai continué mon va-et-vient sur son membre tandis qu'il caressait mon dos et mes jambes. Puis j'ai suivi aveuglément ses indications lorsqu'il m'a ordonné d'enlever mon string. Il a marmonné quelque chose à propos de m'arracher mes sous-vêtements une fois qu'il serait totalement remis. Je me fichais de devoir acheter de nouveaux dessous, mais pour l'heure, j'étais juste heureuse de me déshabiller à l'ancienne.

À califourchon sur lui, je me suis jetée sur sa queue que j'ai empoignée à pleine main. Sa seule présence suffisait à me faire mouiller de désir, et sans aucun préliminaire, je me suis empalée sur sa queue dressée. La tête renversée en arrière, j'ai poussé un long gémissement tandis que mon corps se raidissait. C'était tellement bon de se sentir reliée à lui de cette façon. Nous étions là où nous étions censés être.

– C'est bon, Em, je n'ai jamais rien senti de meilleur, a-t-il soufflé en me prenant les hanches pour me faire monter et descendre sur son manche.

– Moi non plus, cow-boy.

En sentant son membre grossir à l'intérieur de moi et me remplir tout entière, j'ai haleté son nom encore et encore, en gémissant de plaisir. Sutton m'a serré les hanches avec un sourire sexy et ses yeux se sont assombris. J'allais me pencher pour l'embrasser quand sa main a disparu entre nos deux corps. Ses doigts ont glissé dans l'humidité de ma fente, pour en enduire son membre palpitant. Puis il s'est mis à caresser légèrement mon clitoris, étouffant un petit rire quand je me suis raidie avec un hoquet de plaisir. Il a cerclé doucement mon bouton de chair tandis que je le chevauchais à un rythme effréné, à la recherche désespérée de l'orgasme qui montait par spasmes depuis mon bas-ventre.

– Tu me fais perdre la tête, Sutton.

C'était vrai. Je me sentais prise d'un vertige qui troublait même ma vision. La seule chose sur laquelle j'arrivais à me concentrer était son visage souriant et la fine pellicule de sueur qui couvrait son corps parfait. Avec un grognement, il a déplacé sa main pour masser mon clitoris entre son pouce et son index. Des vagues de plaisir m'ont submergée, et j'ai poussé une série de râles tout en continuant à le chevaucher frénétiquement. Je n'allais pas pouvoir tenir très longtemps, mais il semblait résolu à me baiser toute la journée.

– Et toi, tu fais chavirer mon monde, Em. Tout était immobile, mais grâce à toi il s'est remis à tourner. Tu m'as sorti du banc de touche, maintenant je peux reprendre la partie.

Il a sorti d'entre mes jambes ses doigts trempés et les a fait glisser derrière mes hanches, jusqu'à mon orifice étroit et obscur qu'il semblait déterminé à explorer en profondeur.

– Dès que tu es revenue, j'ai su que j'avais déjà gagné.

Soudain je me suis immobilisée quand, du bout de son doigt, il s'est mis à titiller doucement mon anus. Son sourire est devenu carnassier et son œil a brillé d'une lueur sombre et décadente alors que je me figeais, à moitié empalée sur sa queue lourde et vibrante. J'ai senti la pression inhabituelle de sa nouvelle caresse. C'était tellement différent de ce qu'il faisait d'ordinaire à mon corps que je n'ai pas su tout de suite si j'aimais ça ou pas. Cette zone était aussi érogène que celle qu'il venait de quitter. Mon cerveau n'était pas sûr de pouvoir absorber les myriades de sensations que Sutton provoquait, mais mon corps, lui, se délectait de tous ces plaisirs érotiques inédits.

– Tu me fais confiance, Em ? a-t-il demandé tout en travaillant du doigt l'ouverture de mon cul.

J'ai acquiescé, puis j'ai attrapé mes seins à deux mains tandis que mes reins montaient et descendaient sur sa queue.

– Quoi qu'il arrive, c'est toi et moi. Tu le sais, n'est-ce pas ?

Oui, je savais. Je le savais jusqu'au tréfonds de mon âme. Peu importent les tempêtes, les épreuves, j'allais rester à ses côtés.

– Toi et moi, Sutton. Peu importe où on sera, je resterai toujours auprès de toi.

L'orgasme m'a prise par surprise, irradiant dans tout mon corps. Avec un cri, je me suis affaissée en avant et mes membres se sont relâchés. Ses doigts baladeurs ont profité que je n'étais plus qu'une marionnette désarticulée pour pénétrer plus profondément derrière.

– Il n'y a qu'un endroit où je voudrais être maintenant. Laisse-moi entrer, Em. Laisse-moi te donner ce plaisir, et je t'emmènerai là où tu n'as encore jamais été, parce que tu sais que je n'irai nulle part sans toi.

Je n'allais pas protester après un tel orgasme. Oui, je lui faisais confiance. S'il y tenait à ce point, c'était parce que je lui avais confié que c'était une chose que je ne ferais qu'avec l'homme qui serait le bon. Il voulait que je lui prouve que j'étais aussi dépendante de lui qu'il l'était de moi.

– D'accord, ai-je soufflé avec un soupir de satisfaction en embrassant le bout de son nez.

Il a lâché un râle de triomphe, et soudain ses doigts sont revenus caresser mon clitoris et mes lèvres trempées, comme si cette preuve d'amour lui suffisait. Mais une seconde plus tard, j'ai senti une pression contre mon petit orifice et il m'a ordonné de me cambrer sur ses doigts. Cette fois, il m'a pénétrée avec deux doigts, et, les yeux fermés, j'ai hoqueté de surprise sous la brûlure de mon anus distendu. De sa main libre, il a caressé mon front plissé par la concentration. Soudain, en entendant un bruit de tiroir, j'ai ouvert les yeux. J'ai fait une moue interrogative à la vue du lubrifiant et du petit emballage en aluminium, manquant éclater de rire. À chaque fois, ou presque, qu'on se retrouvait ensemble, on oubliait de se protéger, y compris aujourd'hui. On était tellement pressés de se donner du plaisir et de se mêler l'un à l'autre qu'on en négligeait notre propre sécurité. Et voilà qu'il se tenait prêt dans cette situation particulière, comme un bon boy-scout. Du Sutton tout craché.

– Tu savais que tu m'aurais à l'usure, hum ?

Sa queue était dure comme la pierre à l'intérieur de moi, et mes craintes ont commencé à céder la place à autre chose. De la curiosité, et un intérêt pour la façon dont mon corps se laissait aller d'avant en arrière contre ses doigts.

Quand il a ri, j'ai senti les vibrations dans mes organes. Puis il s'est redressé en position assise, et le brusque mouvement a fait pénétrer ses doigts encore plus profond. Il s'est retiré lentement puis qu'il m'a dit de me mettre à quatre pattes. La joue contre le matelas, j'ai laissé retomber mes cheveux sur mon visage afin qu'il ne voie pas les émotions conflictuelles qui me traversaient.

– Disons que j'avais bon espoir. Je t'ai dit que je te voulais tout entière. J'espérais qu'un jour tu te donnerais totalement à moi.

Sa main a glissé le long de mon dos et ses lèvres ont embrassé mon épaule. J'aurais dû savoir qu'il ne me laisserait pas me cacher de lui. D'une main douce mais ferme, il a repoussé ma lourde chevelure et j'ai failli éclater en larmes quand il a déposé un tendre baiser sur ma joue.

– Je veux seulement te donner du plaisir, Em. Si tu as mal, on arrête tout de suite, a-t-il dit avant de se retirer, laissant mon corps vide et tremblant d'anticipation.

Je savais qu'il ferait attention à ne pas me faire mal. Mais sous la peur de l'inconnu, je me suis raidie avec un petit cri quand j'ai senti le liquide froid couler entre mes fesses. Cependant, lorsque ses doigts sont revenus me caresser, dilatant mon anus jusqu'à ce qu'il soit parfaitement ouvert, la brûlure a été moins cuisante. Le regardant par-dessus mon épaule, je n'ai pu m'empêcher de gémir de plaisir à la vue qui s'offrait à moi.

La queue énorme et raide quasiment collée contre son ventre, il enfilait le préservatif d'une main experte. Il se mordillait la lèvre, les yeux rivés sur l'orifice de chair qu'il malaxait. Ses joues étaient en feu et sa large poitrine montait et descendait rapidement. C'était un regard de pur désir animal. Il en avait tellement envie qu'il paraissait comme possédé. Comme si subitement il n'était qu'un corps mû par ses pulsions. Son expression de désir avide et cru m'a excitée au point que je me suis cambrée, allant et venant sur ses doigts avec des halètements de plaisir. Levant les yeux vers moi, il a attendu que je lui fasse un signe d'assentiment.

– Respire fort, Em.

Je me suis figée en sentant la pression de son corps massif contre le mien. Sa main a caressé le galbe de mon cul, et ma peau s'est couverte de frissons quand son gland a pressé l'entrée de mon orifice.

J'étais hyperconsciente de tout ce qui se passait. J'ai entendu son souffle s'accélérer et senti ses mains trembler tandis qu'il me caressait le dos. J'ai vu sa mâchoire se crisper et ses yeux devenir troubles à mesure qu'il s'introduisait lentement, très lentement en moi. C'était différent de tout ce que je connaissais. Il y avait plus de pression. Les sensations semblaient jaillir d'autres terminaisons nerveuses. Ce n'était pas la vague de plaisir instantanée qui me balayait chaque fois qu'il me prenait, c'était encore plus intense. Un plaisir silencieux et sournois qui a oblitéré tout le reste.

Sutton a projeté son bassin en avant. J'ai laissé échapper un cri étranglé lorsqu'il a empoigné mes cheveux et qu'il s'est mis à donner de grands coups de reins. Oh oui, il avait raison. C'était différent, mais c'était bon. J'avais l'impression d'être remuée jusque dans mes zones les plus sensibles, comme s'il glissait sa queue sur chaque partie érogène de mon corps. J'étais pleine de Sutton. Je le sentais partout en moi, dans chacun de mes mouvements. Il m'inondait de plaisir.

– Si étroite. Si chaude. Je ne vais pas tenir longtemps, Em. Je veux que tu jouisses avec moi. Je ne veux pas finir sans toi.

J'ai gémi son nom au rythme de son corps qui martelait le mien. Il m'avait si bien baisée quand je le chevauchais que je ne pensais pas pouvoir jouir une nouvelle fois. Mais, à ma grande surprise, dès que j'ai glissé un doigt dans mon sexe trempé, je me suis sentie repartir. Mon corps vibrait d'être rempli par l'avant et par l'arrière. En quelques secondes, j'ai atteint un orgasme si violent que des étoiles ont dansé devant mes yeux, et je me suis affaissée sur le lit.

À cet instant, il a hurlé mon nom et s'est écroulé sur mon dos. Il pesait lourd malgré sa récente perte de poids. Puis il a embrassé ma nuque et ses dents ont glissé contre mon épaule.

– J'ai changé d'avis. Tu ne fais pas chavirer mon monde, Em, a-t-il soufflé en caressant délicatement mes fesses. Tu *es* mon monde. J'ai hâte d'explorer tous tes continents.

Nous nous sommes blottis l'un contre l'autre, ma tête sous son menton.

– J'ai toujours aimé les hommes aventureux.

Il a ri et je lui ai fait un sourire. Il y avait tellement d'endroits à découvrir ensemble, tellement de choses à expérimenter. Le meilleur comme le pire. J'étais impatiente de voir où cela nous mènerait, du moment que je le vivais avec lui. J'avais parcouru un long chemin avant de le trouver. Désormais, je n'allais plus le quitter.

23

CE N'EST QU'UN AU REVOIR

SUTTON

C'était l'heure de se dire au revoir.

Burke croupissait derrière les barreaux. Lane était rentré. Cyrus s'était décidé à passer une bague au doigt de Leo et attendait anxieusement le moment de lui demander sa main. Mon sac était bouclé et je m'apprêtais à quitter le ranch pour la première fois de ma vie. Je me sentais un peu coupable de ne pas ressentir de regret au moment de ce départ. Mes frères allaient énormément me manquer, mais j'en avais ma claque d'être coincé entre eux deux, sans nulle part où aller. Désormais ma route s'ouvrait sur une infinité de possibilités et de territoires à explorer. J'avais hâte de tout voir, tout découvrir, mais avant de partir, il me fallait fermer définitivement une porte.

La famille entière voulait nous accompagner, mais ces adieux-là n'appartenaient qu'à Daye et moi. Emrys nous avait regardés partir le cœur triste, mais avec un signe de tête de compréhension. Les cendres d'Alexa devaient être dispersées par les personnes qui l'avaient aimée malgré les épreuves. Nous étions sa famille, c'était notre devoir de s'assurer qu'elle reçoive les derniers adieux qu'elle méritait.

Au départ, Daye avait paru confuse. Elle était encore traumatisée par les récents événements avec Burke. La petite fille ne m'avait guère quitté depuis. Ça m'allait. Je respirais plus facilement quand je l'avais sous les yeux.

C'était une chaude après-midi ensoleillée, l'été touchait à sa fin. Pas un seul nuage ne mouchetait le ciel bleu. Un jour parfait pour faire ce qui devait être fait.

Assise sur le cheval devant moi, Daye gardait le silence. Ses mains tenaient fermement l'urne funéraire d'Alexa. Je lui avais pourtant proposé de la poser délicatement dans mon sac de selle afin qu'elle ne soit pas chargée d'une tâche aussi solennelle. Mais je commençais à savoir que ma fille était bien plus coriace que moi. Elle a redressé les épaules comme un petit soldat et m'a dit qu'elle voulait tenir sa maman dans ses mains jusqu'à ce qu'il soit temps de la laisser partir. Elle faisait son travail de deuil, avec des pas prudents et un cœur fort.

J'avais pensé que notre coin préféré au bord de la rivière serait le lieu idéal où disperser les cendres d'Alexa, mais Daye refusait de s'approcher de l'endroit après que Burke l'y avait kidnappée et qu'elle l'avait vu tirer sur Lane. Les souvenirs heureux étaient une fois de plus teintés de sang et de peur, et je ne l'avais pas forcée à retourner sur la scène de crime. C'est ainsi que je lui avais demandé si elle se sentait capable de porter l'urne jusqu'au sommet d'une des montagnes les plus hautes qui bordaient la propriété. Toujours prête à relever un défi, elle avait accepté avec ravissement. Par chance, la météo nous était favorable. On n'aurait pas à affronter le mauvais temps en plus de notre pesante tristesse.

Arrivés au sommet et descendus de cheval, nous avons eu l'impression d'être sur le toit du monde. Le ranch n'était qu'un grain de poussière dans le lointain. À perte de vue s'étendait le vaste paysage de champs vallonnés.

Enfin, nous dominions tout ce qui nous avait fait du mal et effrayés. Nous étions loin de tout ce qui paraissait impossible. De nouvelles et excitantes aventures nous attendaient par-delà l'horizon. Quand j'ai baissé les yeux vers ma fille, j'ai vu qu'elle envisageait l'avenir de la même façon.

– Tu es prête, ma chérie ? ai-je demandé en posant une main protectrice sur son épaule.

Elle a serré une dernière fois le vase dans ses bras et mon cœur a chaviré. Son ultime câlin à sa mère.

Ses yeux de la même couleur que les miens m'ont fixé intensément. Ils étaient pleins de larmes mais farouchement déterminés.

– Je suis prête.

J'ai pris Daye dans mes bras et l'ai serrée fort en lui embrassant la joue. Puis je l'ai aidée à dévisser le couvercle de l'urne. Quel gâchis que chaque opportunité qui avait été offerte à Alexa soit réduite à un tas de cendres. J'avais toujours voulu plus pour elle.

Daye a étouffé un sanglot. Je lui ai pris la main et, ensemble, nous avons laissé s'en aller Alexa. À cette altitude, il y avait toujours une brise légère. Il ne faisait pas froid, mais l'air soufflait assez fort pour que les restes de la femme qui m'avait tout donné, et qui avait tant perdu, s'envolent en décrivant un arc parfait. Alexa adorait cet endroit. C'est ici qu'elle avait toujours voulu être. À la pensée qu'elle allait reposer sur les terres qu'elle chérissait le plus au monde, la tourmente que je ressentais depuis l'annonce de sa disparition s'est apaisée.

– Tu crois qu'elle va être heureuse maintenant ? a dit Daye d'une voix douce et les yeux fermés en posant sa tête sur mon épaule.

Lui prenant l'urne des mains, j'ai acquiescé gravement.

– Oui, je crois qu'elle est heureuse. Tu l'as toujours rendue heureuse, Daye. C'est juste qu'elle ne savait pas comment te le dire.

– Est-ce que tu as aimé maman ?

Sa question a creusé dans mes regrets les plus enfouis.

– À un moment, je l'ai aimée, oui. Puis j'ai oublié comment on faisait.

C'était une vérité que j'allais devoir porter pour le restant de mes jours.

– Est-ce que moi aussi tu vas oublier comment m'aimer ?

Je me suis détesté qu'elle puisse avoir une raison de me demander ça. J'aurais volontiers donné tout ce que j'avais pour remonter le temps et ne jamais l'avoir abandonnée comme je l'avais fait.

– Non, Daye, je n'oublierai jamais comment t'aimer. Mon cœur t'appartient en entier. Lui ne connaît qu'une seule façon de t'aimer : totalement et absolument.

Elle a hoché la tête contre mon épaule et m'a enlacé le cou de ses petits bras. Puis elle s'est écartée et m'a regardé dans les yeux avec un sourire espiègle.

– Je n'aime pas partager, mais je veux bien donner à Emrys un petit bout de ton cœur. Mais juste un petit, a-t-elle dit avec un rire malicieux. Elle au moins, elle n'a pas oublié comment t'aimer et elle te rend heureux.

– Em aussi va t'aimer, ma chérie. Elle t'aime déjà.

Elle a reposé sa tête sur mon épaule et nous sommes restés ainsi sans parler, à tirer une croix sur le passé et à embrasser l'avenir.

Les adieux ne sont jamais faciles, mais nous nous en étions sortis mieux que prévu. Je retournais vers le cheval quand j'ai entendu Daye murmurer :

– Moi aussi je vais l'aimer.

Nous allions apprendre à le faire ensemble : aimer ceux qui nous aimaient, totalement et absolument, pour le meilleur et pour le pire.

ÉPILOGUE

CE QUI EST À MOI EST À TOI

EMRYS

– Quel mal y a-t-il à ce qu'un oncle vienne rencontrer son futur neveu ? Je voulais voir comment vous alliez, et puis Daye me manque. La semaine que vous avez passée au ranch pour son anniversaire était trop courte. Sans elle et les pleurnicheries de Sutton, je m'ennuie là-bas, a dit Lane en posant ses pieds bottés sur la table basse de mon salon.

J'ai mis une main sur mon ventre : en réponse, son neveu a donné un coup de pied. Le bébé semblait s'agiter chaque fois que la voix grave d'un des frères Warner résonnait dans la pièce. J'étais enceinte de plus de six mois. Si la visite surprise d'un des frères de Sutton n'avait rien d'extraordinaire, j'avais le sentiment que la présence de Lane n'était pas seulement due à la courtoisie.

– Tu es ici chez toi, Lane. Sutton va être tout content de te voir. Mais je te préviens… ai-je dit en haussant les sourcils avec une grimace comique. Si tu n'as pas apporté de cadeau à Daye, tu vas en entendre parler pendant des mois. Donc si tu n'as rien pour elle dans ton sac, je te conseille fortement d'aller lui chercher quelque chose avant leur retour.

– Bien sûr que j'ai un cadeau. Je sais ce que veulent les femmes, même les futures femmes autoritaires de sept ans, a répondu Lane avec un sourire qui m'a paru forcé.

À vrai dire, tout chez lui me paraissait étrange. C'était comme si la flamme qui brillait constamment dans ses yeux s'était éteinte, ne laissant derrière elle qu'une ombre fugace.

Je n'avais pas imaginé un seul instant que Sutton et Daye tomberaient fous amoureux de la Californie lorsque nous avions rendu visite à mes parents plusieurs mois auparavant. Sutton et mon père s'étaient immédiatement entendus comme larrons en foire. Je crois que mes parents l'ont aimé avant même de le rencontrer, car c'était lui qui m'avait donné le courage de finalement rentrer à la maison. Il m'avait tenu la main tout au long du récit que je leur avais fait de ce que j'avais enduré. Ma mère avait beaucoup pleuré et mon père m'avait serrée fort dans ses bras en me disant qu'il était fier de moi. Il était fier que j'aie survécu et que j'aie retiré de cette terrible expérience les deux amours de ma vie. Ma mère m'avait confié qu'elle n'avait jamais douté que je trouverais un jour ma raison d'être. Que cette raison soit accompagnée d'une adorable fillette la comblait de joie. En un rien de temps, elle avait endossé le rôle de la parfaite mamie gâteau. Daye ne se lassait pas de ses excès d'attentions et de gâteries.

De deux semaines au départ, notre séjour s'était prolongé, se transformant en trois, puis quatre semaines. Puisque nous hésitions tant à rentrer dans le Wyoming, mon père avait suggéré qu'on jette un œil aux offres d'emploi dans le coin. Sutton avait ricané, prétextant qu'il ne savait que monter à cheval et s'occuper d'un ranch. Avec un sourire patient, mon père l'avait informé que l'industrie équestre connaissait un formidable essor en Californie. Moins d'une semaine plus tard, Sutton avait été recruté par un ranch aux abords de Sacramento qui cherchait un entraîneur pour son programme de thérapie équestre. Le centre se servait des chevaux pour soigner les enfants et les adultes autistes, les vétérans de guerre et les victimes d'abus en tous genres. Leur précédent employé venait de prendre sa retraite et le poste était à pourvoir dès que possible. Même si le propriétaire n'avait pas été convaincu immédiatement par Sutton lors de leur premier entretien, il lui aurait offert le poste à la seconde où il aurait rencontré Daye.

La petite fille souffrait d'insomnie et paniquait dès que Sutton disparaissait de sa vue. Elle était également sujette à de violents changements d'humeur, face auxquels Sutton et moi étions impuissants. Elle avait traversé tellement de rudes épreuves. Nous savions tous les deux qu'elle avait besoin d'une aide que nous ne pouvions pas lui offrir. Puisqu'elle aimait les chevaux, cela nous avait paru naturel de tenter la thérapie équestre. Elle se rendait au centre chaque semaine pour une séance avec une femme que Sutton semblait adorer. C'était lui qui avait choisi spécialement le cheval qu'elle montait. Quand ils rentraient à la maison après les séances, le père et la fille paraissaient rayonner de soulagement.

Le centre avait également permis à Sutton de trouver un lieu sûr lorsque ses craintes étaient revenues le tourmenter. Au lieu de noyer ses idées noires dans le bar le plus proche, il disposait de personnes de confiance à qui parler et à qui confier ses doutes en tant que père, partenaire, frère… bref en tant qu'homme. Par chance, il commençait à prendre conscience que les seules ambitions qu'il n'atteignait pas étaient celles qu'il s'était lui-même fixées. Nous autres l'aimions tel qu'il était.

Bien avant de quitter le Wyoming, nous nous étions rendu compte que notre usage désastreux des contraceptifs avait conduit à une grossesse imprévue, quoique pas inattendue. Je m'attendais à ce que Sutton perde la tête face à cette complication supplémentaire dans notre avenir incertain, mais il n'avait pas fléchi dans sa décision de m'épauler quels que soient les événements. Daye n'avait pas accueilli la nouvelle aussi bien lorsque nous lui avions annoncé que la famille allait s'agrandir. Elle était habituée à être le bébé et elle adorait l'attention exclusive que lui portaient tous les adultes de la famille. Heureusement pour nous, Cy avait demandé Leo en mariage juste avant notre départ pour Sacramento, et après que nous avions tous pleuré quand elle avait accepté, Leo avait proposé à Daye d'être sa demoiselle d'honneur. La petite fille avait été tellement surexcitée à l'idée de porter une robe de princesse qu'elle en avait oublié le bébé.

À présent que la grossesse devenait visible, elle était curieuse et posait de plus en plus de questions. Parfois elle caressait mon ventre et parlait au bébé. Elle lui racontait comment elle lui apprendrait à nouer ses lacets et à monter à cheval. Elle lui parlait de son père et chuchotait qu'elle lui chiperait en douce des cookies après le dîner, même quand papa dirait non. Elle était d'autant plus ravie d'avoir un petit frère qu'il ne lui volerait pas ses jouets ou ses vêtements. Je n'avais pas le cœur à lui expliquer que les choses ne fonctionnaient pas toujours ainsi.

Quoi qu'il en soit, on s'était installé dans notre nouveau chez-nous sans trop d'embarras. Qui aurait cru que je finirais par revenir d'où j'étais partie ? Nous avions loué une maison et songions à en faire construire une sur un terrain que mon père avait trouvé à l'extérieur de la ville. Une fois que le bébé serait arrivé et que nous aurions un logement à nous, je retournerais travailler. J'avais toujours été douée pour le management, mais à présent je voulais aider les gens à trouver la carrière qui leur convenait. Moi qui m'étais cherché une vocation presque toute ma vie, je voulais guider les autres vers une voie où ils s'épanouiraient au lieu de se contenter de survivre.

Me tournant vers Lane, je lui ai demandé :

– Tu as réussi à partir ? Cy n'avait pas besoin de toi ?

J'aurais voulu lui parler de Brynn, mais j'avais l'intuition qu'il refuserait d'admettre la raison de sa visite. Peut-être que lui-même ne le savait pas.

Il a secoué la tête et s'est renfoncé dans le canapé, les yeux au plafond.

– Il a toute une équipe pour l'aider maintenant. Le ranch tourne comme une machine bien huilée. Parfois je me demande s'il a réellement besoin de moi. Webb en connaît autant que moi maintenant. S'il n'était pas aussi chiant, je suis sûr que Cy l'aurait promu contremaître.

– Webb ne fait pas partie de la famille, ai-je répliqué d'une voix sèche, le regard dur.

Il a poussé un soupir à la fois triste et las.

– J'avais besoin d'une pause, le temps de m'éclaircir les idées. Leo et Cy sont débordés par l'organisation du mariage. Brynn n'est quasiment jamais là. Sutton a une nouvelle famille, il est à l'autre bout du pays. Les choses ont tellement changé en six mois, quelquefois j'ai l'impression de ne plus arriver à suivre. J'ai l'impression d'être à la traîne, d'avoir perdu toutes les personnes que j'aimais.

Je me suis assise à côté de lui sur le canapé et j'ai posé la tête sur son épaule. Aussitôt, il m'a prise dans ses bras.

– Il y a une chose qui ne changera jamais chez les Warner, Lane. Vous avancerez peut-être à des allures différentes et dans des directions différentes, mais aucun de vous ne laissera jamais l'autre derrière. Personne ne va aller nulle part sans toi.

– Tu m'avais manqué, Em, a-t-il soupiré en me serrant fort.

Soudain, le silence méditatif dans lequel nous étions plongés a été brisé par le fracas de la porte d'entrée et le martèlement de pieds chaussés de mini-bottes de cow-boy sur le parquet. Daye a crié mon nom, prête à se lancer dans le récit détaillé de tout ce qui lui était arrivé dans la journée. C'était notre petit rituel quotidien avant que je l'aide à faire ses devoirs, ou juste après son cours de danse. Elle adorait la danse et refusait toujours de jouer au football, malgré les taquineries de Lane.

La petite fille m'a oubliée dès l'instant où elle a aperçu son oncle. Elle a crié tellement fort que mes oreilles ont bourdonné, puis elle s'est jetée dans ses bras. Ses yeux verts pareils à ceux de son père ont brillé d'une joie malicieuse, et sans honte, elle lui a demandé :

– Qu'est-ce que tu m'as apporté ?

– Pas touche à ma femme, petit frère, a raillé la voix profonde de Sutton au moment où il entrait dans la pièce.

Il m'a embrassée, et j'ai ri quand il a ébouriffé la tignasse noire de Lane comme s'il était un enfant.

– Je n'étais pas au courant de ta visite, a-t-il dit avant de me lancer un regard interrogateur. Tu savais ?

Voyant que ses questions mettaient Lane mal à l'aise, j'ai haussé les épaules et choisi de répondre la vérité.

– Ça ne fait rien. Il y a toujours de la place pour la famille.

Où que nous soyons et quoi que nous fassions, notre porte resterait toujours ouverte aux êtres que nous aimions. Où que l'on soit, quelle que soit la situation, il y aurait toujours un refuge où s'abriter de la tempête.

NOTE DE L'AUTEUR

Si vous avez lu la note d'introduction du premier volume de *Wild Men*, vous savez que cette série a été conçue à une époque particulièrement difficile de ma vie. J'aspirais à quelque chose de simple, mais aussi à un retour à tout ce qui m'avait fait aimer la romance. Je voulais écrire une série qui me rappellerait les livres que je volais à ma mère quand j'étais adolescente. C'est son amour de la lecture qui m'a incitée à lire d'abord, puis à écrire. La série des *Wild Men* est un hommage à la littérature qui m'a conduite où je suis aujourd'hui.

Croyez-le ou non, j'ai eu beaucoup de peine à donner vie à Sutton et à Emrys. Ça paraît difficile à imaginer, mais je suis pessimiste par nature. Si quelque chose doit foirer, c'est tout l'immeuble qui s'effondre. Généralement je suis plutôt douée pour garder la tête froide, mais cet été j'ai cru que j'allais basculer définitivement. Vous n'aurez aucun mal à ressentir mon mal-être quand vous lirez le sentiment de perdition d'Emrys ou la volonté de Sutton de réparer les choses autour de lui sans trop savoir comment s'y prendre. C'est pourquoi ce livre est écrit selon deux points de vue différents, et pas uniquement celui d'Emrys. Je ressentais ce que Sutton ressentait… au plus profond. Je l'entendais haut et fort, parfois même plus fort qu'Em. Il est difficile d'écarter ses sentiments intimes du livre quand on est à ce point noyé dans ses problèmes et qu'on crée une œuvre de fiction qui mêle aussi bien le drame que la romance.

Ces livres sont très spéciaux. J'ai le sentiment qu'ils m'aident à garder un équilibre et qu'ils m'offrent une perspective nouvelle sur les raisons pour lesquelles je fais ce que je fais. Écrire sur les frères Warner me ramène à l'époque où ma vie était moins chaotique et compliquée. Cette série m'oblige à penser à ce que la romance signifie réellement pour moi, et à la raison pour laquelle c'est ce que je préfère lire depuis toujours. À travers ces livres, j'essaie de transmettre ce sentiment à une autre fille, ou garçon, avec une imagination fertile et des millions d'histoires à raconter. J'adorerais que quelqu'un se souvienne d'avoir choisi Cyrus, Sutton ou Lane, puis d'avoir voulu raconter une histoire similaire quelque vingt ans plus tard.

Je sais que ces livres sont différents de ceux que j'écris habituellement. Je sais qu'ils ne plairont pas à tous les lecteurs. Mais vous qui lisez ces lignes, vous qui avez la curiosité d'être là, je ne vous remercierai jamais assez. Je ne plaisantais pas dans la dédicace… nous sommes bel et bien des âmes sœurs. Il faut une personne spéciale pour aimer TOUS les types de romance. Sans vous, je n'aurais jamais découvert ce que je ressens comme étant véritablement ma raison d'être.

Merci.

REMERCIEMENTS

Si vous avez acheté, lu, critiqué, fait la promotion, blogué, vendu, discuté, aimé ou détesté un de mes livres… merci.

Si vous faites partie de mon groupe de lecture spécial The Crowd… merci.

Si vous m'avez permis de concrétiser mon rêve… merci.

Si vous m'avez aidée à améliorer mes mots et à les partager au monde… merci.

Si vous m'avez soutenue dans les périodes difficiles où j'avais l'impression que tout le monde était contre moi… merci.

Je remercie également toute l'équipe éditoriale, en particulier Elaine York sans qui cette série n'aurait pas vu le jour.

Composition et mise en pages
Nord Compo à Villeneuve-d'Ascq